蟋蟀在堂

蟋蟀在堂

李零 著

生活·讀書·新知 三联书店
生活書店出版有限公司

本作品版权由生活书店出版有限公司所有。未经许可，不得翻印。
Copyright © 2023 by Life Bookstore Publishing Co., Ltd. All Rights Reserved.

图书在版编目（CIP）数据

蟋蟀在堂 / 李零著 . —北京：生活书店出版有限公司，2023.1
ISBN 978-7-80768-385-8

Ⅰ.①蟋… Ⅱ.①李… Ⅲ.①中国文学－当代文学－作品综合集 Ⅳ.① I217.2

中国版本图书馆 CIP 数据核字（2022）第 149824 号

蟋蟀在堂

著　　　者	李　零
责任编辑	李方晴
装帧设计	李猛工作室
制　　　作	丁文亚
责任印制	孙　明
出版发行	生活書店出版有限公司
	（北京市东城区美术馆东街 22 号）
邮　　　编	100010
经　　　销	新华书店
印　　　刷	北京博海升彩色印刷有限公司
版　　　次	2023 年 1 月北京第 1 版 2023 年 1 月北京第 1 次印刷
开　　　本	889 毫米 ×1194 毫米　1/32
印　　　张	10.375
字　　　数	214 千字
印　　　数	0,001—8,000 册
定　　　价	59.00 元

印装查询：010-64052066
邮购查询：010-84010542

写在前面

杂文的特点是"杂",不用板着面孔用学术讲话,我喜欢。

古之所谓"杂"有双重含义:一是兼收并蓄,什么都包括,如《吕览》之"杂";二是无法归类,内篇不收,外篇不入,最后剩下的话,如《庄子》分内、外、杂篇之"杂"。前者不以学科、门派、家法划界,后者是"多余的话"。

我的杂文写于不同时期,随作随辍,难免杂乱无章,但编成集子,还是要分分类。

我写杂文,大约始于上世纪80年代,最初用笔名(吴欣)。我写过一篇小文,《服丧未尽的余哀》,刊于《东方纪事》1989年1期。谁来约稿,我已记不清。当时,没人知道我是谁,使用笔名,就更没法知道。杂志介绍作者,说我是"理论家",真逗——"理论家"就是无法归类的家!

从那个时代起,我拉拉杂杂写过不少文章,前后编过四个集子:

1.《放虎归山》,辽宁教育出版社,1996年8月。2008年,山西人民出版社出过此书的增订本,所谓"增订",主要是加了

"近作十篇"。

2.《花间一壶酒》,同心出版社,2005年。2010年和2013年,山西人民出版社再版,先出平装本,后出精装本。

3.《何枝可依》,生活·读书·新知三联书店,2009年。

4.《鸟儿歌唱——二十世纪猛回头》,北京大学出版社,2014年。2015年,香港中文大学出版社出过此书的繁体版。

上述四集多讲"当下感受",等于个人眼中的"现代史",即古之所谓"私史"。读者不难看出,前两个集子,喜怒笑骂,语多嘲讽,后两个集子,越写越严肃。风格不同,时代使然。我的每个集子各有主题,为了突出主题,后出的集子有时会酌收早先收过的文章,现在搁一块儿出,当然不合适。

这次汇集旧作,除上述四集,又加了两个集子,《我的天地国亲师》和《蟋蟀在堂》。责编李方晴跟我反复商讨,对所有文章做重新调整。旧集,凡重出之作,尽量删除,只保留最初出现的文章,唯一例外,我把怀念父母老师亲友的文章从各集中抽出,编入《我的天地国亲师》。这活儿挺烦人,我很感谢她的耐心和细心。

另外,与杂文创作有关,我还有两个集子,顺便提一下。

2013年,生活·读书·新知三联书店出版过我的自序集《小字白劳》(孟繁之编)。这些自序是我的另一类杂文,特点也是讲"当下感受",搁笔之际的"当下感受"。

2014年,我还出过一个杂文选,题目作《大刀阔斧绣花针》,强调文体改造。此书是应北岛、李陀之邀,先刊于《今天》2014

年秋季号《视野：李零特别专辑》，后作为"视野丛书"之一，由香港中文大学出版社出版。2015年，"活字文化"在中信出版社出过大陆简体版。此书所收几乎全是旧集中的旧作，没什么新鲜玩意儿。同年三晋出版社出版的《回家》也是。

上述六个集子，不包括《大刀》《小字》中的文字。

上面说了，我的杂文多是记录眼前发生的"一刹那"，包括自序。多少年过去，回头一看，这不就是"今天"刚变"昨天"、学者叫作"历史"的东西吗，一幕一幕，历历在目。

考古学家讲"历史"，喜欢用"过去"一词，如"阅读过去"。

"历史"就是"过去"，过去的就让它过去吧，逝者如斯，不可能推倒重来。我的文章肯定有不少错，一下笔，白纸黑字，追悔莫及。我爱截句，截句也有截过头、标点太碎的毛病。错字病句应该改，可以改，但历史不能改，不可能改，想改也改不了。

这次重出的旧作，凡旧作按出版社要求"自我纠正"因而以省略号隐去的地方，请参看旧作。旧作还保留着历史原貌，包括我的各种错误。新作，有些不便讲的，咱们也撤掉。

文天祥《正气歌》有这样两句，"在齐太史简，在晋董狐笔"。

董狐是山西人，我敬佩的山西人。我想尊重历史，尽量保存历史原貌。

2022年8月14日写于北京蓝旗营寓所

目 录

写在前面 i

第一辑　说话要说大实话

传统为什么这样红 3
　　——二十年目睹之怪现状
有话好好说，别一提孔子就急 26
　　——和立华谈心
血荐轩辕 33
　　——抗战胜利七十周年祭
20 世纪猛回头 45
　　——被围、突围与入围
人文的宿命 66
　　——访中文系李零老师
从燕京学堂想起的 74
我劝天公重抖擞 82
爱我中华，振兴中华 101
和三联一起过生日 108
贺三联韬奋书店重新开业 114
我与文研院 117

v

第二辑　我的读书生活

为什么说曹刿和曹沫是同一人 ……………………………… 125
　　——为读者释疑，兼谈兵法与刺客的关系
南白和北白 …………………………………………………… 133
　　——读《历史的坏脾气》
南城读书记 …………………………………………………… 138
说名士，兼谈人文幻想 ……………………………………… 143
万岁考 ………………………………………………………… 153
谈谈《论语》 ………………………………………………… 157
世界杯感言 …………………………………………………… 180
历史与文学 …………………………………………………… 185
电视、鱼缸及其他 …………………………………………… 193
　　——座谈会：艺术·未来生长点（两段对话）
读《聂绀弩旧体诗全编》 …………………………………… 204
十问十答 ……………………………………………………… 207
我的读书生活 ………………………………………………… 221
　　——以阅读经典为例

第三辑　历史、考古与汉学

伟大不需要吹牛 ⋯⋯⋯⋯⋯⋯⋯⋯⋯⋯⋯⋯⋯⋯⋯⋯⋯⋯ *231*
　　——"中国历史发展阶段和特点"讨论会上的发言
《书品》订正 ⋯⋯⋯⋯⋯⋯⋯⋯⋯⋯⋯⋯⋯⋯⋯⋯⋯⋯⋯⋯ *238*
我对"夏"的理解 ⋯⋯⋯⋯⋯⋯⋯⋯⋯⋯⋯⋯⋯⋯⋯⋯⋯ *240*
从"文明"二字想起的 ⋯⋯⋯⋯⋯⋯⋯⋯⋯⋯⋯⋯⋯⋯⋯ *248*
　　——《了不起的文明现场》引言
西高泉秦墓发掘记 ⋯⋯⋯⋯⋯⋯⋯⋯⋯⋯⋯⋯⋯⋯⋯⋯⋯ *257*
　　——我的点滴回忆和感想
送鼠迎牛 ⋯⋯⋯⋯⋯⋯⋯⋯⋯⋯⋯⋯⋯⋯⋯⋯⋯⋯⋯⋯⋯ *267*
　　——我的贺岁书
百年高罗佩 ⋯⋯⋯⋯⋯⋯⋯⋯⋯⋯⋯⋯⋯⋯⋯⋯⋯⋯⋯⋯ *284*
　　——谈《中国古代房内考》
同一个中国，不同的梦想 ⋯⋯⋯⋯⋯⋯⋯⋯⋯⋯⋯⋯⋯ *290*
　　——我对法国汉学、美国中国学和所谓国学的点滴印象
沙畹 ⋯⋯⋯⋯⋯⋯⋯⋯⋯⋯⋯⋯⋯⋯⋯⋯⋯⋯⋯⋯⋯⋯⋯⋯ *303*
　　——从《泰山》到《投龙》，一个没有讲完的故事

第一辑

说话要说大实话

传统为什么这样红
——二十年目睹之怪现状

一、传统为什么这样红

这是我和大家讨论的问题，大家身边非常热闹的问题。

前一阵儿有件事，大家都知道，就是"红心鸭蛋"事件。鸭蛋为什么这样红？事情比较简单，质监局一查就查出来了，鸭蛋里面放了苏丹红。但我们要谈的事可不一样，后边的背景很复杂。

台湾有家报纸，登过篇文章，题目是《孔子为什么这样红》。它是学我们的老电影，《冰山上的来客》，雷振邦的插曲《花儿为什么这样红》。

孔子为什么这样红？这是个敏感问题。不了解前因后果，不能理解它。比如，于丹为什么这样红？知识分子的眼睛为什么这样红？不管是高兴的红、生气的红、嫉妒的红——电视广告词：酸不溜丢的山里红。

现在，《论语》走进千家万户，民工发，监狱学，领导高兴，群众欢喜，知识分子不能太孤立，自绝于领导和群众。

有人说，孔子死了，两千五百年才出了个于丹，太可爱，太可爱；就她把孔子讲透了，讲活了，了不起，了不起。这是捧。

有人说，此人活像一说书的，讲的全是心灵鸡汤，心得是她的心得，跟《论语》有什么关系？夫子之道，全让她糟蹋了，我们得保卫孔子，保卫他的道。这是骂。

还有人，深得中庸之道，说人民群众读《论语》，传统文化被发扬，毕竟是好事，我支持你，但《论语》也分雅《论语》和俗《论语》，人民群众归你管，知识分子的地盘你休想进。我们知识分子讲《论语》，那是另一番天地，我才不带你玩儿。

这三种反应，和我无关。

不错，我是知识分子，但最不乐意戴这顶帽子。儒这个林大了，什么鸟没有？

填表，我是群众（群众是集合概念，其实应叫群众分子，和知识分子一样）。群众有什么了不起？人多势众，未必真理在握。我还是群众一分子呢。一分子就是一分子，他们代表不了我，我也代表不了他们。

一本书，一人读，想不到闹出这么大动静。我读《论语》，就是我读《论语》，自己写点读书笔记，讲点个人想法，谁也不代表，犯不着绑上一堆人说事。

现在，举国若狂，复古一边倒，不正常。我的声音太小，但我要大声说给你们听，请大家认真想一想，传统为什么这样红？

二、什么是传统?

"传统"这个词儿,现在地位很高,高得吓人,除了过去的"革命",啥都比不了,谁敢说个不字?

大家记住了,这是上世纪末、本世纪初的神话,将来肯定是笑话。

传统是什么?不就是过去,好的坏的,一锅乱炖?跟现在没什么两样,用不着拔高,用不着贬低。《兰亭序》说,"后之视今,亦犹今之视昔"。我儿子看我,和我看我爸爸,道理差不多。祖宗留下的东西,什么没有?你别以为,大浪淘沙,剩下的全是金子。

孔子说,"三年无改于父之道"才叫"孝"。杨伯峻说,"道"是正面的东西,爸爸的合理部分。但父母留下来的东西,合理的,三年不许改,三年以后就可以改了吗?难道我们要改的,不是爸爸不合理的部分,反而是他的合理部分吗?

我的看法,祖宗留下的宝贝,最大一件宝贝,是中国人。古今中外,一切遗产,都是为我所用。人吃饭,人是主体。不管什么饭,总是被人吃。饭不能分体用。"中餐为体,西餐为用",那不是笑话?但我们自己,也有毛病,甚至是浑身的毛病。《孝经》,开宗明义第一章,说"身体发肤,受之父母",好坏都不能拒绝。比如我爸爸的礼物是震颤,我妈妈的礼物是过敏。遗传病,年轻没事,年纪大了才暴露。可见就是体,也是好坏参半。

传统,谁都有。比如美国,立国不过两百三十年,家家藏枪，就是传统，所以老有校园枪击案。当然了，溜门撬锁的也要小心，私闯民宅，人家会开枪。

孩子是自己的好，但别人的孩子未必比你的差。你排斥人家，人家不排斥你，吃亏的是自己。西方人，开口闭口，言必称国际，你的我的，都是他的。国际二字，背后有霸道，但他们四海为家，气魄比我们大。

三、西化有什么可怕

全盘西化是个不争的事实，但大家最爱争。我讲全盘西化，不是价值判断，而是事实判断。不管好不好，爱不爱，这是大局已定的事情。你只要睁眼看一看，周围的一切，几乎全是西方文化，哪怕是国产自己造。

我们中国人，特别自豪的一件事，就是历史上，我们特别能化人。古书上讲的"柔远能迩""远人来服""归义""归化"，都是讲这类事。就连最不济的宋以来，汉族多次被异族统治，我们还是把他们给化了。还有，抗战时，我们讲四大发明，国人称之为文化馈赠，很自豪。但结果怎么样？人家学了，却拿船坚炮利来还礼，我们又学他们。

可见，老师和学生是换着当。

中国人的心态很简单，我化别人，我爱听；别人化我，绝不行。近代中国，明明已经被人化了，有人还在幻想，说元代怎么样，清代怎么样，那么大的块头儿，不也叫咱们汉族给化了？多少年后，还会大翻盘。凤凰卫视，文化大观园，文怀沙说，王鲁湘，你的唐装是满服，我穿的和服才是唐装，倘若日本把中国灭了，没关系，结果是，中国多了个日本族，第五十六个少数民族（这话，不仅中国人听了生气，日本人听了也生气）。

现在的日本，现在的美国，你给我化化看，别做梦了。想不到这种明摆着的事，照样有人犯糊涂。

谁化谁，表面是争谁的文化更优越，其实是争支配权。我占有这个势，怎么化都行，什么你的我的，全都是我的。没有，才分彼此，才争高下。想不通的事，换位思考，道理很简单。

中国近代史是部挨打的历史。中国人挨打，中国文化也挨打，打得失魂落魄。一是揍出一个国学来，我叫它"国将不国之学"。二是剩下一堆国粹，其实是全盘西化还来不及化，或化而不动，最后剩下来的东西。好像熬药，药被人喝了，留在砂锅里的，全是药渣。原汁原味，本来是药，没有药，只好拿药渣说事。所谓国粹，其实很多是国渣。前一阵儿，各地申遗，什么都申，很多就是这类东西。其实不少是这两年刚造出来的东西。

还有一样，令人自豪，则是我们的国宝。这是真正的宝贝，西化化不动的东西，只能毁而不能造。造出来的都不是国宝。我们中国，历史悠久，文明辉煌，当然很自豪。古迹、古物和古书，尽管使劲糟蹋，留下的东西还是不少。物质文化遗产，实实在在；非物质文化遗产，虚虚假假。

古董，很多本来也是普通玩意儿，日用的东西，家家都有。毁的毁，弃的弃，最后剩下来，全是宝贝。保古和西化，如影随形。西化的破坏，反而抬高了古董的身价。

文物，摆进博物馆的展柜，都是稀罕玩意儿，无所谓精华糟粕。糟粕精华，只有进入现代生活的东西，还在使用的东西，才有这类问题。我们把古董摆进展柜，但不必把自个儿也摆进去。

四、国学是国将不国之学

前一阵儿，国学网选国学大师。尹小林问我，哪些人算国学大师。我跟他说，举国若狂谈国学，大师不大师，暂且搁一边儿，咱们先得问一下，什么叫国学？

国学是个混乱概念。

什么叫国学？研究中国的学问就叫国学吗？不是。第一，没有西学，无所谓国学，国学是对西学而言，郑玄不是国学家，戴震也不是。第二，人家外国有汉学，同样研究中国。比如20世纪上半叶，法国汉学很牛。汉学不能叫国学。他们从周边国家讲中国边疆，从中国边疆讲中国内陆，比世界眼光谁大，比精通语言谁多，我们的大师（如陈寅恪），毫无优势可言。当时，五大发现，全和外国人有染，真让国人气短。陈寅恪、傅斯年，他们到外国干什么？就是出去偷艺。他们心里，全都憋着口气：人家看不起，暂时不说话，三十年后，再与他们争胜。

我的看法，国学虽刻意区别于西学，但实质上是"国将不国之学"。它跟西学争胜，越争气越短。新学，就连国学家也学，即使最最保守者也学——明着不学偷着学。大家要找原汁原味的，几乎没有，其实都是不中不西之学，不新不旧之学。所谓大师也很简单，全是推倒重来、白手起家、创建各门新学术的人。

现在，一般人的印象，读古书就是治国学。比如章太炎、黄侃、杨树达、余嘉锡，还有钱穆，这样的人才算国学大师。如果这才叫国学大师，很多人都不能算，国学的阵容很可怜。

我的意见，近代学术，有些太新，不算国学，最好归入西学；有些太旧，也不算，最好归入清代学术。比如考古学（archaeology），就是地地道道的外国学问，绝不是宋人讲的考古学；还有历史比较语言学（philology），也是地地道道的外国学问，绝不是清代的小学和考据学。李济、夏鼐，不算国学家；赵元任、李方桂，也不算国学家。

大家说的国学，很多都是不新不旧之学，什么算、什么不算，标准很难定。如所谓罗（振玉）、王（国维）之学，材料是五大发现，全是新材料，他们和法国、日本的学者有不少交流，眼界也很新，这种学问，大家叫国学。但中国边疆史地的研究算不算？好像不算（地理系，现在归理科）。中国哲学史的研究算不算？让哲学系一讲，当然算，特别是近代尊孔的名人，更是绝对没跑，肯定都是国学大师，就连释道二藏也算是国学。

大家都知道，史语所的"史"，是用考古学改造传统的经史之学；"语"是用历史比较语言学改造传统的小学和考据学。这样的学问，都是不新不旧。还有清华国学研究院，所谓国学也是不新不旧，有些还是严格意义上的新学。

现在，最奇怪的是，连季羡林都成了国学大师。人家自己都说不是,好事之徒,还要把这顶帽子扣在他的头上。这也反映了国学概念的混乱。

五、国粹多是国渣

国粹是个可笑的概念。

中国古代,两河文明,黄河流域比长江流域要发达一点。从前的中国,头在北方,屁股在南方。近代,情况反过来,"鬼子"从海上来,现代化从东南往西北推,屁股变成头。最先进的跟最落后的凑一块儿,反而成了欢喜冤家。西化越凶,才越讲国粹。

古人说,楚地多巫风,江南多淫祀。明清时期的闽越还是如此,拜拜的风气最浓。我们的同胞,漂洋过海,把这些文化带到香港、台湾地区,带到海外的唐人街,在很多外国人看来,这些文化最中国。他们成了中国的窗口。唐人街,舞狮子,舞狮子是汉代传入的外来艺术。港台好武侠,武侠是人文幻想加义和团,专打外国人。好多人说,礼失求诸野,求出来的礼,很多都是这类东西。

中国的国粹是什么?很可怜。全是西化剩下来的东西,有些城里化了,乡下没化,沿海化了,内地没化。中医中药,国剧(京剧)国术(武术),还有中国菜,数来数去没几样。

我们身上穿的,屋里用的,衣食住行,一切拿眼睛能瞅见的,几乎全是洋的。我们的词汇,留下了一堆"洋":点灯用洋油,烧饭用洋火(或洋曲灯),穿衣用洋布,就连梳头洗脸,也是洋瓷脸盆洋胰子。

衣，中国传统，特重发式和衣冠，披发束发，左衽右衽，所以别蛮夷。满人入关，为争这口气，死了很多人。衣服的进化，全世界差不多。早期，裁剪技术不高，全是拿片布，往身上一裹；第二步，才宽袍大袖。紧身衣，类似运动装的衣服，往往和军事、体育有关，特别是骑马，我们叫胡服。所谓深衣、汉衣冠，早就没了。真国粹，有，农民穿的土布衫、缅裆裤，大家不爱穿。

食，我们以为特国粹。其实，打新石器时代就粹不起来。烹调方法不说，材料是五花八门。五谷之中，只有小米、糜子是北方原产，水稻是南方原产。历史上，多少动植物，都是引进。比如各种瓜，除了香瓜，多半都是外来。现在的东半球，据说1/4的食物，全是来自西半球。比如，辣椒从哪儿来？烟草从哪儿来？西红柿从哪儿来？红薯从哪儿来？都是来自美洲。没有辣椒，还有什么川菜？

住，古城，秦始皇铭功刻石，自诩堕坏六国城郭，我们比他还厉害，拆；城里的胡同四合院，拆；这些年，农村的老房子，也都扒了。我回老家，就连北方的土炕（从新石器时代就使用）也都扒了，年轻人要睡席梦思。

行，也是汽车、轮船、飞机的天下。就连自行车，也是外来，我们老家叫洋车子。

祖宗留下的，还有什么？我是说，生活层面的东西。抓耳挠腮，大家想到了语言。中国文学，总得用中国话写中国人，汪曾祺如是说。但就连这事,也要打折扣。研究外来语的都知道,我们的汉语,很不国粹,哲学术语、科学术语、军阶官衔、制度名称,几乎全是外来语(很多都是日本传来的假汉语),甚至语法也大受影响。

唉,就连最最国粹的汉字,也被简化了。港台的同胞想不开。

六、国宝要保不要造

中国历史太悠久,地上地下宝贝多。古人说,地不爱宝,稍一动土,就有发现。

古迹古物,和我们的万里河山分不开。保护自然生态,保护文化生态,是我们肩上的重任。

我们的地面遗迹,长城、大运河,很宏伟。长城断断续续,运河断断续续,保护起来最费劲。后者的现状非常惨,我亲眼所见,不是排污渠道,就是垃圾坑。利用南水北调,古的变新的,不像话;不利用南水北调,又没有钱。

中国的考古发掘,年年大丰收,但盗掘也十分猖獗。

传世品和出土品,书画、陶瓷、青铜器,博物馆的收藏很丰富。近两年,全国都在盖新馆。但很多文物流入私人手中,流入海外市场。

地面遗迹,《封禅书》《郊祀志》《水经注》等书所载,如甘泉宫、后土祠、八主祠等等,都是了不起的古代遗迹。岳镇渎海的庙，也有存留。古建，山西最多，主要是元大德癸卯年地震后的劫后余存。

这些都是真古物、真古迹，一定要保。

假古迹，也不少，用《红楼梦》上的话说，很多都是"从这敬爱上穿凿出来"的东西。比如陕西的黄帝陵，湖南的炎帝陵和舜庙，河南的二帝陵和太昊陵，山东的少昊陵，绍兴的大禹陵，江苏的泰伯祠，还有各地的关庙，等等。这些古迹，历代翻修，本身也是古迹。但各地公祭，烧香磕头，十分滑稽。不仅如此，为了寻根问祖，弘扬中华传统文化，各地还拆了不少真古迹，造了不少假古迹，十分荒诞的假古迹。保护真的没钱，造假倒有钱。

现在的中国，文物古迹大破坏，超过历史上的任何时期，不能怪"五四"，不能赖"文革"。中国的地方官、旅游部门、施工单位、考古文博单位，都有责任。

……………

中国传统再伟大，也不能靠毁真造假来弘扬。推而广之，就是古代思想，也是同样的问题。真孔子，没人爱。大家更爱假孔子。

七、五四运动，光芒万丈

五四运动，打倒孔家店，打倒的只是店，不是孔子。孔子安然，孔子无恙。当时的非圣疑古，表面上是传统中断，其实是传统重建。它对中国新学术有不可估量的贡献。不仅引入西方科学，自然科学、社会科学和军事学，是全面占领。人文学术，也革旧鼎新。从旧经史之学到新史学，从旧子学到中国哲学史或思想史，从旧集部之学到新文学，革新是全面的。

中国的新学术，不光是靠点滴积累，一砖一瓦往起垒，更重要的，是文化立场的突破。

我要感谢前辈，感谢鲁迅，也感谢胡适。"五四"的遗产是多方面的。今年是五四运动八十八周年，很多问题，要全面总结。

"五四"有两个遗产，和胡适有关。

第一，是以顾颉刚为代表的疑古运动。这个运动，很多人都认为是中国史学现代化的标志。它和胡适的影响直接有关。胡适和顾颉刚，都很重视崔东壁，美国的恒慕义也很重视。顾颉刚对崔东壁很佩服，但明确指出，他和崔氏不一样。崔东壁尊孔卫道，他不是。正因为不是，所以顾先生才敢怀疑圣人，怀疑孔子时代的圣人（尧、舜、禹）。这是了不起的突破。虽然，在方法上，顾先生沿袭了崔氏的方法，没有反省这类方法的不足，在古书体例的研究上没有突破。其实，宋以来的辨伪学，辨伪考实乃禁书之策，考据是为了保卫孔子的道，并不是纯粹的方法，里面也有意识形态。《古史辨》留下的问题，今天也还是问题。傅斯年、蒙文通、徐旭生，他们的族团说，都破顾说，问题的争论，一直没断，即使今天，也还在争（如关于断代工程的争论），可见影响多么大。

第二，是中国哲学史的建立。胡适的《中国哲学史大纲》，舍上古圣人不谈，直接讲诸子，直接讲老、孔，当时人以为学问不足，但他的路是对的。这书是真正的开山之作。胡适之后，冯友兰是大家，书比他多也比他厚。胡不讲六家，冯讲；胡否认王官，冯加限制而肯定；胡以老在孔前，冯以老在孔后。这些分歧，现在也还是争论的话题。一般认为，这门学问，冯氏才是真泰斗。我的看法不一样。我认为，胡适的考证诚多可商，但文化立场，占位却比冯氏高。第一，他强调，中国哲学史，不能用西方哲学史的概念和框架来剪裁，冯氏反之；第二，他是把孔子从圣人的位子上请下来，和诸子平起平坐，冯氏却是尊孔派。即使今天，胡适的看法也是解毒剂。

"五四"代表的新文化，后来分为两岔。1949年后，更被海峡隔绝，判若两个世界。

1998年，杜正胜他们编过《新史学之路》。什么是新史学？不光梁启超，不光傅斯年，派别很多。他们说的新史学，只是新史学的一支（杜氏去蒋，还讲什么傅斯年）。史语所的最大成就是考古发掘。这个队伍，海峡两岸各一半，不能只算一边。我见过的社科院考古所和历史所，很多老人都是参加安阳发掘和西北考察的旧人。我的老师张政烺就是史语所的人。罗王之学的传人，绝大多数也在大陆。史语所的研究，强调的是动手动脚，找各种实证材料，这种材料，新东西全在大陆，研究是由大陆的学者在继续。过去的研究根本没法比。超越这类研究，打散了研究，提高了研究，还有不少东西，比如社会史的研究，也和共产党关系更大，即使走过曲折的路，也还是有很多贡献。

新史学的各派，成败是非，可以慢慢讨论，来源是什么，很清楚，根本没法按政治立场和意识形态分疆划界。它们的共同来源，都是"五四"。

厚诬"五四"，是数典忘祖。

近年，余英时说，郭沫若抄钱穆，引起轩然大波。钱穆和郭沫若，分属不同的营垒，分属海峡两岸各一边。他们的政治立场和为人怎么样，可以另外评价。政治观点不同，立场当然不一样。但他们俩，学术成就怎么样？自有公论。钱穆，学问太旧，格局太小，根本无法和郭沫若比。"中央研究院"选第一届院士，他们对郭沫若的政治立场很不满，但学问没商量，还是承认，照样提名。傅斯年说了，只要不是汉奸。

其实，学术就是学术，即使罗振玉的书，我们也要读。他有学问，还是有学问。

这才是公允的看法。

八、文化断裂和复古风

现在的中国，复古成风，动言断裂。断裂和复古是自古有之。艺术尤其明显。我有一本书，叫《铄古铸今》，就是讲这个问题。

张光直先生有个说法，西方文明是断裂的文明，中国文明是连续的文明。最近，法国的沙义德（John Scheid）教授来北大讲罗马的皇帝崇拜，他不同意这一说法，他说欧洲历史也有连续性。

西洋史，断裂多，不然不会有他们的阶段说、形态说。但罗马推崇亚历山大，很多方面继承希腊；蛮族入侵，灭罗马，只是西罗马亡了，东罗马还在。东罗马一直有希腊之风。亚历山大灭波斯，也接受波斯文化，不光女人和地盘。

历史，都有断裂，也有连续，就像《三国演义》上说的，"天下大势，分久必合，合久必分"。我们就算连续性强，也还是有很多断裂。他们有断裂，更不用说，否则还有什么文艺复兴？

现在，时兴讲文化断裂，好像只是中国大陆断了，香港、台湾地区没断，日本没断，欧美更没断。断裂的罪魁祸首，据说是五四运动。这是危言耸听。

断裂的原因，其实很简单。根本原因是现代化。这不是哪个国家、哪个地方、哪个时段偶然发生的问题，而是近五百年来，带有全球性的普遍问题。比如，欧洲的文艺复兴，是断中世纪的传统，接希腊、罗马的传统；日本的脱亚入欧，也是断中国传统，接欧洲传统。谁都是爸爸不亲爷爷亲，反认他乡是故乡。这是风水轮流转和历史时装化的普遍规律。

还有，古典教育衰落，也很普遍。欧洲，是20世纪衰落，二战后，彻底衰落。拉丁文唱诗，如法国的天主教堂，1960年代后，也彻底不行了。

传统为现代化腾地方，哪儿都如此。就连事后诸葛亮的保古，也是由现代化来买单，由现代化来挽救——尽管摧毁它们的也正是现代化。

我说过，保古的前提是舒缓现代化的压力。这个压力不减，全是空话。欧美日本比我们做得好，主要原因是，他们先下手为强，抢下家底，没有这么大的压力，败家和疯狂致富的冲动没我们强。

中国的败家，是和现代化拴在一起，是和现代化引起的各种政治冲突和社会灾难拴在一起，参与其中的所有政治派别都有份，就连清王朝也有份（溥仪从宫中弄出多少文物）。比如五大发现，为什么都在世纪之交，就是中国败家败出来的。西域汉简、敦煌文书，被"丝绸之路上的洋鬼子"搞到外国去了，那是清朝的事。内阁大库档案造了还魂纸，那是民国的事。这些都不是现在的事。

大家把气撒在"五四"身上，"五四"和鲁迅成了众矢之的。众怨所集，才有目前的各种发烧发狂。背后的台词我不说，谁都知道。

九、说经典阅读

说起读古书，我们会想起鲁迅。

今人厚诬鲁迅，主要因为他是左翼，是延安树起的文化革命旗手，1949年后，在思想文化界一直处于独尊的地位。但我国知识分子，真奇怪，居然和美国的大老粗一般见识，以为只要沾个右字就好。毛泽东不是说，鲁迅活着，不是右派，就是在监狱里（凤凰台有个节目，专门考证过这个问题）。他要活着，算什么派？有人说，匕首乱飞、皮带乱飞，都是鲁祸引起，恨不得掘墓鞭尸，这话公允吗？

关于读古书，鲁迅说过逆耳的话，那是忠言。有人说，他自己读了很多古书，却反对读古书；不让别人读，自个儿躲起来悄悄读。我读过鲁迅的书，他的想法没这么简单。

第一，他说，要少看或不看中国书，多看外国书，主要是为了树立新学的地位。他并没说，绝对不许读古书，而只是说，新书和旧书，还是以新书为主，旧书最好搁一边儿，当务之急，还是读新书。今天的中国，也是这个格局，我看不能反过来。就像中医，保护中医我同意，但用中医代替西医或领导西医，我看没人会同意。

第二，他说，读经不能救国，这也是对的，今天我也这么看。

第三，他说，与其读经，不如读史，与其读正史，不如读野史，看看中国的历史有多么烂，我看也很有深意。世界历史学的趋势，日益重视生活史、口述史。野史正是生活史、口述史。其实，子学的地位比从前高，也是顺理成章。

第四，他说，要治国学，也不能像过去那样治，而是像王国维那样治。很多古书的研究变成专家之学，也是势所必然。它不再走进千家万户，我看没什么不好（西方早就如此）。

古书是一种文化结构。"五四"以来，这个结构被颠覆，非常合理，非常正常。

六经是孔子时代的经典。汉以来，儒生是以孔子的经典为经典，五种不同的东西凑一块儿，没什么道理。现在，经典的概念早已变化，文史哲各系，分别去读，没什么不好。

汉代有五经，唐代有九经，宋代有四书五经。《论语》本来不是经。汉代，《论语》是四大传记之一，所谓传记，多是儒家的子书。四书五经，《论语》也是四书之一，不算经。只有十三经，才把《论语》列为经，这是后起的概念。我们拿《论语》《孟子》当子书，和《老子》《墨子》搁一块儿，是恢复诸子的本来面貌。

宋代树道统，孔子传曾子，曾子传子思，子思传孟子，一脉单传。这个道统是虚构。"五四"以后，《论语》降为子书，道统被打散。孔、孟重归诸子，跟荀子搁一块儿，这也是儒家的本来面目。没有这种调整，只有经学史，没有中国哲学史，更没有中国思想史。

中国文化，博大精深，绝不是一个儒字所能概括。中国典籍，经史子集，也绝不是一个经字所能概括。

现在，很多自己都读不懂经书的大人，却疯狂鼓吹读经，甚至鼓吹少儿读经，我是不以为然的。少儿读经，不是读《诗》《书》一类经。《诗》《书》，连教授也啃不动。他们所谓经，是《三字经》这样的经，其实是蒙学课本，可笑。

我在北大开经典阅读课，不是读传统意义上的经典，而是以"鬼子"为榜样，读他们理解的四大经典：读《论语》，读《老子》，读《孙子兵法》，读《周易》经传。我觉得，这样安排更合理。

第一，这四本书最有思想性，最有代表性。《论语》是儒家的代表，《老子》是道家的代表，讲人文，这两本最有代表性。《孙子兵法》讲行为哲学，《周易》经传讲自然哲学，讲技术，这两本最有代表性。

第二，它们的篇幅比较合适，《论语》大一点，有1.5万字，其他三本都在5000—6000字。别的子书太大。

总之，古书可以读，但不必是过去的读法。

十、我们的信心建在哪里

我们的信心该建在哪里？是真传统，还是假传统？这个问题，和大国崛起有关。

我一直说，中国人的心底，埋着个梦，就是重新当大国。不当大国，堵得慌。

历史上，大国崛起，往往有小国背景。如小邦周克大邑商，亚历山大征波斯，都是小国胜大国。

亚述，号称世界第一帝国，本来是处于四战之地的小国。因为怕挨打，才穷兵黩武，以血腥杀戮和野蛮征服著称于世。亚述宫殿的画像石，为我们留下了恐怖的印象。历史上的大国，往往都有这种背景。

中国曾经是大国，历史上了不起的大帝国。然而世事沧桑，近百年来，我们衰落了。就像历史上的很多大国一样。

近代，从前的文明古国，全都灾难深重。伊拉克是亚述、巴比伦，伊朗是波斯，全是挨打或准备挨打的对象（看看美国样板戏《亚历山大》和《三百勇士》的暗示吧）。早期探险家初到这些地方，简直不能相信自己的眼睛，《圣经》和古典作家笔下，天堂般的奇迹,怎么会是这等荒凉破败。

欧洲,所谓大国崛起,原来都是小国。希腊、罗马是小国,即使成为大国,内部也很松散,还保持城市自治。罗马帝国崩溃后,欧洲也一直是小国林立,书不同文,车不同轨,没有政治统一,只有宗教统一。草原帝国,都是部落聚合,也是以宗教为凝聚力,聚得快也散得快,缺少真正的黏合剂。和亲、女王一类东西,也是小国的特产。

西方传统,是小国传统,比如民主制,就和小国有关,和他们保持的原始特点有关。希腊、罗马的民主制,是建立在对外征服和奴隶制之上(柏拉图的《理想国》,原型是斯巴达的军事共产主义)。对内特别仁慈,对外特别残酷;上层特别优雅,下层特别野蛮。今天的大国,古风犹存。我们面对的还是古老的现实。

基督教统治下的欧洲,他们的统一是宗教大一统,不是政治大一统。普世性的宗教,和政治大一统有类似功效。这是思想上的专制主义。

对比他们,我们该作何感想?

1980年代,怨天尤人骂祖宗,大家还记得吗?当时骂什么?主要是骂专制主义,骂封闭停滞,骂小农经济,骂吃粮食不吃肉,心理自卑,达到愤懑的地步。大家恨传统,简直恨到了根儿上。《河殇》的播出是高潮,就是表达这种悲情。当时,我写过三篇文章(一篇登在《中国文化报》上,一篇登在《东方纪事》上,一篇登在《知识分子》上),力陈传统并非如此:其弊固多,不如是之甚也,何必众恶归之,集为怨府,把明明属于中国现代化的不良反应,全都怪在传统的头上。但这种声音,并未引起大家的注意,国人几乎一边倒。

现在的中国,正好相反,从骂祖宗变卖祖宗,急转直下。我们的自信心仿佛一夜之间就提高了,高到令人惊讶的地步。举国若狂,一片复古之声。然而,只要耐心倾听,在《狼图腾》中,在最近播出的《大国崛起》中,我们还是可以听见《河殇》的声音,忽而哀怨忽而亢奋的声音。

一句话:大国梦想,小国心态,表面自大,骨子里还是自卑。

现在的人,迷托古改制,常拿欧洲说事。他们的文艺复兴和宗教改革,是迫于宗教传统的巨大压力,不托古,不能求新。大家乐道的阐释学,不过是这类玩意儿。说是复兴中国文化,其实是步欧洲后尘。现在,西方史家有反省。大家猛回头,才发现,很多传统都是假传统。假希腊,假罗马,对传统和现代都是破坏。

中国的复古,是因为信仰缺失,就像俄国,乞灵于传统。

但我们的传统,精英文化,不语怪力乱神。下层见神就拜,也没有宗教大一统。

中国的传统很实在。没有教,不必造。现在,很多英雄气短的人,宁愿相信假传统,也不愿相信真传统。就像古之好事者,登临怀古,没有真古迹,也要造一个出来。中国需要这样的造神运动吗?中国的运动还少吗?

现在的复古,是真复古,还是假复古?孔子教导我们说,他的目标是奔西周,你会照他说的办吗?王莽倒是打这个旗号,你能学得来吗?说复古的,往哪儿复,怎么复?哪朝哪代哪个皇帝？你的复古方案是什么？请给大家说说看。你要迷这帝那帝，曾胡左李，就别讲什么"走向共和"。

20世纪初，国人惊呼，神州陆沉，亡国灭种。然而现在怎么样？国未亡，种未灭，中国人还在，中国的万里河山还在，以往的历史，可以平心静气看。

我的看法是：

研究传统，我们应该有充分的自信。中国的历史遗产，虽遭破坏，还是相当丰富。古书也好，古物也好，古迹也好，还是集中在中国大陆。特别是尚未开发的地下资源，更几乎百分之百在中国大陆。

特别重要的一点，是我们有人。中国人还在，不信邪的精神还在。我们的一切，已经纳入现代化的视野，古今中外已经摆上了同一桌面。

台湾有点东西，都是大陆带走的，集中在史语所和台北"故宫"，还有一个历史博物馆，很小。社会上尽瞎吹，说好东西全在台北"故宫"，其实，台北"故宫"的收藏只有四个强项，其他都比不了北京的故宫博物院。他们，报告发光，图录出尽，就没有资源了。人，"台独"政治家连自己是谁都不知道，还谈什么传统文化。

香港太小，没有祖国的万里河山，完全脱离中国文化的主流，眼中没有真正的中国人和中国生活（只能从旅游和电影了解），殖民统治太久，没根。他们的居民，要么很土（各种怪力乱神的崇拜），要么很洋（官场、课堂说英文，连名字都是英国的），传统文化，同样很淡薄，缺乏自主原创力。

欧美和日本的汉学家，是另一个天地，他山之石吧。我们不要以为，只有几个美籍华人就是国际汉学界。

对中国传统，我们要有清醒的认识，我们的天是中国的天，地是中国的地，人是中国的人，根本用不着气短。

我们的文化资源，研究中国自己的资源，世界任何地方都比不了。中国人在自己的土地上，面对着有血有肉的中国生活，用中国人的语言、中国人的体验，写中国自己的历史，这是最大优势。

我们为什么要自卑？我们有这么多真东西，干吗还要拿假的壮胆，拆了真的造假的，跟着别人起哄？

托古改制，自欺欺人的阐释，全是无聊把戏，对中国的形象，有百弊而无一利。不是爱中国，而是害中国。

传统不必这样红。

2007年4月18日写于北京蓝旗营寓所
4月19日在中国人民大学清史所演讲，5月1日改定
（原刊《香港传真》No.2007-50）

有话好好说，别一提孔子就急
——和立华谈心

杨立华，我认识，陈来的学生，北大哲学系的老师。陈来，跟我邻居，楼上楼下，电梯里常见。我们两个系，五院和六院，彼此挨着，都是老朋友了。

最近，立华突然破口大骂，跟陈明等人在海外呼应，骂我不敬孔子，辱了他的圣。陈来也表态了。他说，以他的立场，他更爱于丹。话还算客气（他不直接说我怎么样），说我讲错的问题，全被立华和陈明解决了。

想不到，如今的我们，又回到了站队画线的火红年代，亲不亲，一家人——只要为了孔子。孔子就是当年的"革命"，谁敢说个"不"字（不符合他们的文化诠释），跟你没完。

立华"解决"的问题是什么？主要是"圣人"。这个问题，在他，主要是感情问题。感情压倒一切。对不起，我是学历史的。我和你不同，孔子只是历史研究的对象。

我在《丧家狗》中说，老师是靠学生出名，古代和现代一样，学生经常拍老师，孔子当圣人，是子贡他们捧起来的。有些崇圣卫道者，对我破口大骂，主要就是攻击这一条。他们说，墨子也有很多学生，他怎么没当圣人？还是孔子威望高。

我请他们注意，古书有两条，都是讲墨家管老师叫"圣人"。一条见《墨子·公孟》，有一次，墨子得病，他的学生跌鼻问，先生不是教我们，鬼神很灵，能为祸福，做了好事会奖励，做了坏事会惩罚，"今先生，圣人也"，怎么会得病？还有一条见《庄子·天下》，墨家的学生，彼此闹矛盾，但他们都诵读《墨经》，都"以巨子为圣人"。

事实上，孔子的学生既然可以把孔子捧成圣人，墨子的学生怎么不会？墨子的学生，脑筋很迷信，他们以为，得病都是不积德（东汉道教讲命算，就是这种想法）。老师既然是圣人，怎么会得病？老师不会得病。

我们要知道，孔子讲的圣人，不是自己，而是尧舜，他不会自比尧舜，更不会说自己比尧舜还强，他比他的学生或学生的学生老实得多。子贡、宰我、有若树孔子，说孔子超过尧舜，自有生民，谁都比不了，当然有他们的政治考虑。但它无疑违反了孔子的意愿。他们的拍，或曰修正，对后世影响很大，从此，圣人的概念才乱了套。不但孔子的学生说孔子是圣人，孟子的学生说孟子是圣人，就连墨子的学生也不例外（庄子骂圣人，另当别论）。这是老师当圣人。

还有，是领导当圣人，也别忘了。比如神农派的许行，他去拜见滕文公，就说"闻君行圣人之政，是亦圣人也"（《孟子·滕文公上》），当面拍，一点不脸红。后世帝王都爱这个"圣"字，谁都往自己脸上贴，道理一模一样。

这是乱了套的"圣人",不是本来意义上的"圣人"。事与孔子无关。

关于圣人的概念是怎么演变的,怎么从"巍巍乎尧舜"变成"人皆可以为尧舜",怎么从孔子见不着的圣王变成孔子本人的头衔,即后世理解的圣人。除了书,我还另外写了篇东西,将来会和读者见面。这是学术问题,不是靠感情或骂人能解决。

立华说,前不久,他在三联见过我,没错。当时,他问我在干什么,我说我在写《丧家狗》,话是一本正经,根本没跟他开玩笑。关于丧家狗的故事,我和你理解不同,咱们可以讨论嘛。我认为,这个故事很严肃,是孔子对圣人问题的表态,而绝非如你想象,是孔门师弟之间在玩幽默(刘东也这么曲解)。乱世盼圣人,孔子拒绝当,这是他的聪明;他引丧家狗自嘲,这是他的明白。丧家狗不是我的发明,而是古人的话,古人讲这个故事,不是骂孔子(他们对孔子很崇敬)。恶意的想象,恰恰来自你自己。孔子的话,你都骂,那还尊什么孔!

立华和我是熟人。我还记得他过去的话,许多令我感动的话,但他突然翻脸了——为他的感情问题。

翻就翻吧,你要能翻出个道理来给我看,我可以接受。可惜,他讲了三条,除第三条纯属骂人,没必要讨论,其他两条全是错的。

我说,孔子生前不得志,死后才得大名,圣人之名是学生捧出来的。立华不同意,他反驳说,孔子出名,是他本人道德高,和学生无关。他说的名是一般的名,我说的名是圣人之名,两者根本不是一回事。你总不能硬说，孔子活着时就当了圣人吧。

第一，立华说，孔子十七岁，孟僖子（他引的是《史记》，作"孟釐子"）就让他的两个儿子，孟懿子和南宫敬叔，拜孔子为师，当时，孔子没有学生，怎么靠学生出名？这和我说孔子死后当圣人毫不相关，无须辩。我的书，早就讲明，子贡树孔子是孔子晚年的事，孔子当圣人是他死后的事。这跟他出不出名，什么时候出名，全都毫无关系。孔子是三十岁以知礼名，我在我的书里讲过了。你不读我的书，没关系，问题是，你把古人的书也读错了。立华讲这个故事，不读《左传》，光读《史记》。我想请你注意，你引《史记·孔子世家》，来源是《左传·昭公七年》，司马迁读《左传》，恰好把原文读错了。孟僖子卒，根本不在这一年，而在十七年后（见《春秋》昭公二十四年），即孔子三十四岁时（古人算法不同，也有放在三十五岁的）。《左传》昭公七年讲这事，是因为讲孟僖子学礼，连类而及，干脆把后来的事提前叙述。孔子，"吾十有五而志于学"（《为政》2.4），昭公七年，他十七岁，刚过两年，就给人家当老师，早了点。更何况，此年，他在服丧，哪有心情当老师？前人早已指出，昭公七年，孟懿子和南宫敬叔还没出生，拜师是后来的事。司马迁误读《左传》，谁都知道，你不看梁玉绳的《史记志疑》，不看杨伯峻的《春秋左传注》，中华标点本《史记》，正文下边有注，你总该瞧一瞧吧？《索隐》早就指出这一点。

第二，立华说，孔子仕鲁定公，已出大名，子贡才十九岁〔案：应为二十岁至二十三岁〕，不是孔子沾了子贡的光，而是子贡沾了老师的光。这都哪儿跟哪儿呀。他又是把出名和当圣人混为一谈。上面已经说过，我再强调一遍，子贡树孔子是在孔子晚年，孔子当圣人是在孔子死后，你讲这些，没有一点用。我们要知道，学《论语》，不能光当格言背，光当道德讲，还得有点历史眼光。我是拿《论语》当历史研究，不是当崇拜的道具。这类考据，有人说没用——对崇拜没用，我说有用，随便讲哪儿，你都躲不过去。比如这一条吧，孔子周游列国（孔子五十五至六十八岁）前，古书关于子贡，没有任何材料。学者多认为，子贡卫人，他是前497年孔子到达卫国后才收的学生（参看钱穆：《孔子传》，北京：三联书店，2002年，108页；李启谦：《孔门弟子研究》，济南：齐鲁书社，1988年，77－78页）。孔子当大司寇那阵儿，孔子还没收子贡做学生，你讲年代，又是开口即错。孔子当圣人，很清楚，那是孔子死后，你辩也徒劳，骂也无益。孔子死后，七大弟子，宰我最大，子贡次之，是四十出头的人，大师兄。其他五人，有若、子游、子夏、子张和曾参，是二十五岁至三十岁的人，小师弟。这事是他们搞出来的。我书里讲过，此事可能和"叔孙武叔毁仲尼"事件有关，子贡捍卫老师，是为张大师门，团结弟子。此事的政治背景是什么，你不理，光在那儿扯敬不敬，有什么用（还有"不为名，不为利"，更是莫名其妙）。你说，孔子为什么当圣人，原因全在崇拜，即司马迁的话，"虽不能至，心向往之"。不错，这话和司马迁的崇敬有关，他很崇拜，但和孔子当圣人扯不上关系。因为在这之前，他已经当了圣人——当然是后世所谓的那种圣人。朱骏声说得好，"战国以后所谓圣人，则尊崇之虚名也"（《说文通训定声·鼎部第十七》）。你说圣人是从敬爱而来，这也太小瞧了古人的政治智慧。

立华，恕我直言，你的毛病是，爱孔子而不尊重原书，虽"读孔氏书"而不"想见其为人"（知人论世之谓也）。你读《论语》，连起码的年代都不知排一排，这怎么行？

近来，骂我的文章，大体都是出于崇圣的感情：《丧家狗》，不读，坚决不读，或只用鼻子读，逮着书名，立刻开骂，对自己的攻击对象，不惜恶意揣测，还自以为捍卫了什么。特别是那些热衷政治、大讲托古改制的人（甭管左的右的），一提传统，就魂不附体，唯恐别人剥夺了他的文化资源。这样的文章，可以概括为两句话：天大地大，不如传统文化大；爹亲娘亲，不如孔夫子亲。我所寓目，骂的理由，无不出于这两句话，鸡蛋里面挑骨头，也还是为了这两句话。骂就骂，兜那么大圈子，费那么多笔墨，有劲吗？

立华之文以"哗众取辱"为题，狂泻其辱。辱是来自你背后的众。其实，你说的"哗众取辱"，还不如改成"逆众取辱"，读起来，会更顺畅。正像某位"于迷"骂我时所说，我是丧家狗，她是宠物狗。立华，我还是我，丧又怎么样？逆又怎么样？我不会往领导、群众的怀里跳，也不会跟时下的风气跑，就像当年你夸我写《学校不是养鸡场》一样。什么叫顺，什么叫逆，你该明白吧？

看看现在的孔子热吧：

"孔子上管五千年，下管五千年"（下管且不说，上管怎么管？都管到新石器时代去了，更何况，就连孔子当时，他都没管好）。

"1988年七十五个诺贝尔奖获得者，群聚巴黎，公选孔子为世界第一思想家"（借洋人之口自吹自擂的"第一"还有很多种，有人早在《读书》1997年1期辟谣，但蛊惑人心的说法还是层出不穷，孔子救世的福音更是满天飞）。

全国各地，到处寻根问祖：官员率众，衣古衣冠，虚糜国帑，烟熏火燎，逮着个祖宗（很多都是子虚乌有）就拜。

小孩不上学，非关起来读经。

现在想当帝王师的，让我想起当年的大气功师，想起魏武十六方士的老故事。

还有想发或已发各种文化财的（从汉服唐装到抽文化遗产税）……

你会赞同这样的孔子热吗？

中国当前的复古潮，已经闹到乌烟瘴气的地步，何人扫此阴霾？

中国的尊孔派，尚未立教，就如此专制，这确实让我想到了自由的问题。这个问题，不必扯得太远，想得太玄，眼前的事是言论自由。信仰不是学术。学术自由，不讲也罢了，就算你们是个教，也得讲点信仰自由吧。

幸亏他们的教，还只在鼓噪之中。

2007年6月1日写于北京蓝旗营寓所
（原刊《南方周末》2007年6月14日）

血荐轩辕
——抗战胜利七十周年祭

2015年是抗战胜利七十周年。"战争"二字很沉重,"胜利"二字很悲壮。

一

第二次世界大战是人类战争史上最惨烈的一幕,血流成河,泪流成河。

人,一个个鲜活的生命,在将军眼里,在史家笔下,也许只是冰冷的数字,小到可以忽略不计,但对失去他(或她)的亲人来说,那却是一切。

网上的数字极不准确,也不可能准确,只能当作大概。

战胜的一方:美国死了29万人,英国死了26万人,法国死了21万人,中国死了1800万人,苏联死了2660万人。

战败的一方:德国死了350万人,日本死了185万人,意大利死了20万人。

德国屠杀犹太人，据说死了600万人。

这里的数字，无论怎么统计，都是苏联最多，中国其次。

今年是世界反法西斯战争胜利七十周年，本来应该普天同庆，但在这个充满偏见的世界上，各国有各国的庆祝法，人类的感情并不相通。

说起二战，美国想起的是珍珠港，日本想起的是广岛、长崎，西方只纪念犹太大屠杀和诺曼底登陆，苏联死了多少人，中国死了多少人，没人关心。不止不关心，中、俄两国的纪念活动，西方还坚决抵制。有位德国汉学家甚至理直气壮地跟我说，我们德国可以向犹太人忏悔，但中国不配让日本忏悔。

今年5月，我在日本东方学会第六十届会议演讲。他们给我安排了很多活动，其中一项是参观东洋文库。日本有太多的中国资料。他们对中国的研究，既深且广，对中国琢磨得很透。

东洋文库的收藏，特色之一是中国方志。可能事先了解到我是山西武乡县人吧，他们特意为我准备了康熙版的《武乡县志》。展厅中有一幅新收的藏品，《大明地理之图》（1814年细史玄俊临摹于京都）。那幅地图很大，英文说明，题目是 *Large Map of East Asia*，下面的解释是，它不仅包括中国，也包括朝鲜、日本、琉球群岛和越南。

山西武乡县陈村壁画（已毁）

站在大洋彼岸，从日本人的角度看，我看见了中国，看见了山西。我用手一指，瞧，那块绿色的地方标着武乡县。我说，这就是我的老家。

武乡是个著名的抗战圣地。东边是太行山，西边是太岳山，漳河水，九十九道湾，哗啦啦流过我们县。1933年，武乡就有共产党，阎锡山称"四大赤县"之一，它的第一个党支部就在我们村，北良侯村。武乡过去的县城，是座石砌的台城，非常漂亮，二战中被日军烧毁。他们在武乡杀了很多人。

我爸爸、我妈妈，他们都参加过抗战，整整八年，直到胜利。

我们村，李丙全、李克忠、李伏牛、李水柱、李牛则、李全信、李含明、李华明、李戊生、李怀珠、李呈田、李五昌……很多人都死于这场战争：有些死于战斗，壮烈牺牲；有些被日军虐杀，死得非常惨（据李秀碧《北良侯人物志》，2002年）。

8月1日，长治学院邀我参加该校和《历史研究》杂志合办的抗日战争与近代中国学术研讨会。会议安排我做总结发言。我说，我不是抗战史专家，不配做总结。短短五分钟（他们只给我五分钟），我能说什么呢，我只讲了两点。

一、上党是自古取天下的战略要地，太行、太岳，每个县都重要，八路军总部是流动的，不光在武乡，虽然我是武乡人，对武乡很有感情。

二、抗战是二战的一部分，脱离国际谈抗战，什么也讲不清。比如打我们的日本人，帮我们的美国人，就是今天，我们都不太了解，特别是不了解他们心里的想法。

8月下旬，我参加了北大、牛津的西伯利亚考察，从阿尔泰山，一路东行。

俄罗斯的大自然，雄浑壮阔，非常空旷，非常寂静。在街上，在加油站，到处都有纪念卫国战争胜利七十周年的海报。苏联解体后，卫国战争几乎是这个国家唯一的精神支柱。

我们的最后一站是海参崴。酒店在海边，窗外是大海，凭窗远眺，天风扑面，我仿佛看见了对岸的日本。

二

纪念二战胜利，书很多，文章很多，看不过来。眼看一年将尽，会上想说未说的话，不吐不快，借《读书》一席地，说几句感想，算是我对牺牲者的纪念吧。

（一）什么叫"国际秩序"？

欧洲，自罗马帝国解体后，四分五裂，干戈相寻，根本没有像样的国家。他们的现代国家是战争的产物。战胜国强迫战败国割地赔款，解除武装，缔结不平等条约，理所当然，这就叫"国际秩序"，这就叫"和平"（peace的拉丁语是pax）。如三十年战争有《威斯特伐利亚和约》，反拿破仑战争有《维也纳议定书》，第一次世界大战有《凡尔赛和约》，第二次世界大战有《雅尔塔协议》。《凡尔赛和约》埋藏着下一场战祸，《雅尔塔协议》预示着未来的冷战。战争与和平，有如同一枚钱币的两面。我们都还记得，一战胜利后，中国作为"战胜国"，何等屈辱，巴黎和会是五四运动的导火索。二战胜利前，三巨头拿中国做交易，把一切商量好,让蒋介石签字,他只能吞下苦果。

(二)谁挑战"国际秩序"谁倒霉

富勒(John F. C. Fuller)是英国人。他说,一战后的和平是"不列颠的和平"(Pax Britannica);二战后的和平是"美利坚的和平"(Pax Americana)。尽管英国无可挽回地衰落了,但他宁要"美利坚的和平",也绝不要"鞑靼的和平"(Pax Tartarica,指苏联的和平),因为在他看来,俄国人是野蛮人。一战,德、俄是主要交战国。德国战败,割地赔款,备尝屈辱,逼出一个法西斯主义;俄国伏尸百万,经济崩溃,逼出一个十月革命。在他看来,德国是世界秩序的挑战者,苏联是共产主义国家,更是。二战,德、苏还是主要交战国,英、法想把战火引向苏联,但事与愿违,法国被占领,英国被轰炸,最大战败国还是德国,苏联虽浴火重生,但牺牲太大,最大好处落在美国手里。二战后,为了冷战大业,西方不再制裁德国。德国呢,也愿赌服输,不再挑战"国际秩序",认定当老二,其实更好,紧跟美国,与法国修好,向犹太人道歉,"民主国家不再战",携起手来,共同对付苏联。二战后,反犹属于非法,仇俄却很时髦。去年,西方纪念诺曼底登陆七十周年,有人揭露,盟军也有黑暗面。但《零年:1945》的作者怎么说?他说,虽然本地男人不高兴,但美国大兵跟苏军可大不一样,"他们带来了双重的解放,军事解放和性解放。他们解放了被占领的国家,还让许多女子品尝到了一种全新的自由滋味"(盛韵采访:《伊恩·布鲁玛谈二战终战七十年》,《东方早报·上海书评》2015年4月26日，第2版）。

（三）日本的逻辑

日本从"脱亚入欧"到"亚细亚主义"到"大东亚共荣圈"，有一套自圆其说的侵略逻辑。很多日本人都真诚地认为，亚洲是亚洲人的亚洲，应由亚洲最先进的日本来领导。他们有责任有义务帮助这些饱受欺凌的国家，把他们从欧美的殖民统治下"解放"出来，因此当他们到来时，不但不应抵抗，还应夹道欢迎。而不幸的是，二战期间，很多落后国家夹处于交战的大国之间，确实也选择了合作，成为"汪伪"那样的伪政权。他们说，打反正打不过，跟谁不是跟，宁愿接受"解放"，而战后的民族解放运动大潮也借了这个势，无非再换个"保护者"。日本在中国打仗，跟活生生的中国人打仗，但他们并不认为是跟中国打仗，而是跟中国的"保护者"打仗，因此绝不承认是被中国打败。

（四）谁来援助中国？

中国抗战是一部非常屈辱也非常悲壮的历史。国民党政府代表中国，一直委曲求全，退让退让再退让，押宝于国际干涉。东北丢了，华北丢了，华南丢了，中南丢了，首都沦陷遭屠城，多少忠勇之士战死沙场，多少百姓流离失所，国际就是不干涉。东北义勇军在东北抗战，八路军在华北抗战，新四军在华南抗战，他们在国军丢掉的地方，坚持敌后抗战，在中国最危险的地方，用最弱小的力量，同最强大的敌人作战，怎么就不叫抗战了？凭什么只有国军溃退千里的正面战场才叫抗战？在援华问题上，有些人大讲飞虎队，没错，我们应该感谢飞虎队，但要说只有美国援华，那就错了。1937—1941年，中国最困难的时候，美国在哪里？当时真正援华的，只有苏联派出的航空队，他们有200多官兵血洒长空。1945年，美国负责海上，陆上出兵，消灭关东军的，也是苏军。美国对日宣战在1941年12月8日，国民党政府对日宣战在第二天，距"七七事变"已经整整过去了四年。1942—1945年，中国的正面战场在西南方向，主要是配合英、美作战，更主要是中国援助英、美。

（五）谁来接收中国？

《开罗宣言》《德黑兰协议》《雅尔塔协议》《波茨坦公告》是安排战后接收。中国的接收只是这场大戏的缩影。苏联接收，主要是与苏联邻近及有共产党抵抗组织和武装力量的国家。美、英接收，主要是前法西斯政权和其占领国的伪政权、伪军队。《菊与刀》，有它没它都一样。为了冷战的需要，保留天皇，保留日本军政界的残渣余孽，那是必须如此，也必然如此。蒋介石也好，阎锡山也好，战争尚未结束，他们就赶紧与日军接洽，请他们协助剿共。冷战是在这样的背景下揭开大幕。战后的一切，比如柏林墙问题，比如巴以冲突，比如外蒙地位，比如朝鲜战争、越南战争，比如台海危机，比如钓鱼岛问题，无一不是三巨头给我们留下的历史遗产。

（六）冷战决定了后冷战

美国在全世界驻军，千条绳，万条索，捆着全世界。发财是硬道理。战后，凡是发了财的国家都发的是冷战财，凡是跟美国作对的国家都揭不开锅。但冷战结束后，金融危机的阴云却始终笼罩着这个"千禧之年"的新世纪，谁的日子都不好过。1990—1991年，苏联解体，世界一面倒。美国及其盟友乘机发动了一连串战争：海湾战争（1991年）—科索沃战争（1999年）—阿富汗战争（2001年）—伊拉克战争（2003—2011年）—利比亚战争（2011年）。最近一场是叙利亚战争（2011— ）。先挑动内乱或内战，再"人道主义干涉"，是其惯用手法，终于导致大批难民从战乱地区涌入欧洲，爆发地地道道的人道主义危机。反恐是美国发明，但恐怖主义的根子却是美国。基地组织和塔利班是美国及其盟友一手资助、武装和训练，原本是为了对付苏联的阿富汗战争，结果却成为反美武装。最近的"伊斯兰国"（IS）是谁扶植，也是有目共睹。前有纽约"9·11"，近有巴黎"11·13"，终于为世界敲响警钟。

我们仿佛又回到了一百年前，历史还是那样陈旧。

难道这就是"历史终结"吗？难道我们永远也摆脱不了历史宿命吗？

三

还是让我们回到脚下，还是让我们回到当年，说说我认识的

老兵李四元（摄于抗日战争时期）

一个普通人吧。

  我手头有两张照片，怀璧哥送我的。照片上是一位抗战老兵，现在已经去世，当年也曾年轻。他的名字叫李四元。

  此人十岁在家放牛种地，十六岁去平遥纱厂当工人，抗战爆发，他才十七岁。下面是他的简历（据《北良侯人物志》引《李四元同志回忆录》）：

  1937年，参加决死队教五团，在三营当公务员。

  1938年，参加牺盟会，成为地下党员。

  1939年，给太岳区保安司令部游击一支队支队长当警卫员。

  1942年，多次参加白晋铁路破袭战。

  1945年，参加武西（武乡西部的简称）三区游击队，段村

老兵李四元（摄于解放战争时期）

（武乡新县城）解放后，这支队伍改编为武乡独立营。

1946年，武乡独立营改编为武乡独立团，任"特务"连班长。

1947年，武乡独立团改编为太行15军43师127团（属二野），任团卫生队指导员，以林县为根据地，参加解放博爱、汤阴、安阳。

1948年，过黄河，参加解放郑州，参加淮海战役。

1949年，参加渡江战役，在景德镇，率卫生队一班，俘敌一排，荣立一等功。后随部队转战湖北、湖南、广东、广西、贵州。

1950年，在云南剿匪。同年秋，参加志愿军，任15军补训师三营教导员。

1956年，转业到天津航运管理局，任银河办事处主任。

这位参加过抗日战争、解放战争、抗美援朝，一口气打了十五年仗、立过多次战功的英雄，1958年却选择回乡，默默无闻当农民。他的立功喜报是回到家乡才看到。

吃粮，当兵，在很多农民看来，祖祖辈辈，再普通不过。不打仗，回家种地，多好，事情就这么简单。但他们干出的事却惊天动地。

我曾在老家住过五年，和他一起劳动，却从不知道他的故事。

当我第一次看到他的照片时，我曾问，这是谁呀。怀璧哥说，这就是那个天天和你在地里动弹的老汉呀。

想起他，我就会想起我的家乡，想起许许多多像照片上的他，同样年轻，不幸死在战场上的人，想起这场普通人的抗战。

2015年11月21日写于北京蓝旗营寓所

（原刊《读书》2016年1期）

20世纪猛回头
——被围、突围与入围

从自由说起

我想给大家念一首诗,作为开场白。

叶挺《囚歌》

原文版	课文版
为人进出的门紧锁着, 为狗爬走的洞敞开着。 一个声音高叫着: 爬出来呵,给尔自由! 我渴望着自由, 但也深知到 人的躯体,那(哪)能从狗的洞子爬出! 我只能期待着, 那(哪)一天地下的火冲腾, 把这活棺材和我一齐烧掉。 我应该在烈火和热血中得到永生。 六面碰壁居士卅一、十一、廿一。	为人进出的门紧锁着, 为狗爬出的洞敞开着, 一个声音高叫着: 爬出来吧,给你自由! 我渴望自由, 但我深深地知道—— 人的身躯怎能从狗洞子里爬出! 我希望有一天, 地下的烈火, 将我连这活棺材一齐烧掉。 我应该在烈火与热血中得到永生。

原作有两个版本,前者比较原始,后者经过改动。

作者叶挺，一代名将，先后参加过北伐战争、南昌起义、广州起义、抗日战争。皖南事变后，蒋介石把他关在重庆渣滓洞，周恩来称之为"千古奇冤，江南一叶"。

《囚歌》是作者在狱中写给他的北伐战友郭沫若的祝寿诗，祝贺郭沫若五十岁生日。郭沫若生于1892年11月16日，此诗写于1942年11月21日。郭沫若书"三军可夺帅，匹夫不可夺志也"（语出《论语·子罕》）作为答谢。

1958年，我学过一首俄罗斯歌曲，"感受不自由，莫大的痛苦"（《光荣牺牲》，玛契切特词、别雷曲）。蹲大狱，最不自由。这首《囚歌》写于狱中。囚室的门紧锁，四四方方有六个面，哪一面都出不去。作者自嘲，署名"六面碰壁居士"。

囚徒对自由体会最深。

我最喜欢头四句，原因是我经历过冷战。我们那个年龄的人不光是"红旗下的蛋"，也是"冷战下的蛋"。冷战下的中国很惨，国门紧锁，不是自己用"铁幕"把外面的世界锁起来，而是被一批最先进的国家用军事围剿和经济制裁反锁在里面。

监狱里没有自由，所以作者说，"我渴望自由"。

但监狱外的自由意味着什么？"爬出来吧，给你自由"。

我最喜欢头四句，还有一个原因，我们那个年龄的人还经历过后冷战时代。我到过"自由世界"的天堂——美国，那里有很多投奔"自由世界"的人，从"前苏联的同志"到"后中国的同志"。

什么是"自由"？起初，很多投奔者都以为"自由"的意思是言论自由,到了美国,想骂谁骂谁。但到了美国才知道,没有总统铺着红地毯欢迎你,没有谁捧着你,供着你,养着你。反共在反共国家一点儿不新鲜,你在山谷里狂呼口号,听到的只是回音。

其实,"自由世界"的"自由"原本是这样:

第一是做买卖的自由。这是少数人的自由,不是谁想有就有的自由。资本主义靠资本说话(资本的意思是本钱),投奔自由最好是携款投奔。比如号称"景山三老"的三位,我认识的三个朋友,英语非常好,聪明得不得了,全是做学问的料。他们中的薛必群跟我同一年考研究生,他宁肯放弃跟马雍先生读研究生,直奔美国做买卖。他在美国发了大财。他为什么能发财?据说就是有本钱。

第二是打工的自由。自食其力,天经地义,美国可不嫌打工寒碜。这里没人强迫你,生活会自动规范你,敲成个棍棍是个棍棍,砸成个片片是个片片。这是多数人的选择。好工作要有好资历,好资历要有好训练,该培训培训,该上学上学,甭管你什么背景什么腕儿。比如另外二老之一,我的研究生同学黄其煦,宁肯放弃在德国的学术研究,也直接去了美国。他说薛必群对美国看得最透,但黄没有资本,当不了资本家。1990年,我跟他在芝加哥见过一面,多年未见,他好像在电脑公司工作。我的另一个研究生同学熊存瑞,人家老老实实从头读学位。现在还当学者的,只有他了。

第三,如果失去前两种自由,便只有最后一个自由,那就是做一个待救济者或露宿街头的无家可归者。咱们中国人,大多不乐意。

反正美国不养爷。

自由的意思是洗白，一切从头来。

历史回顾：我们的世界

一、19世纪

19世纪是资本主义大扩张的时代，也是马克思主义诞生的时代。

资本主义有五百年的历史。这五百年，大体相当于明中期以来。16世纪，葡萄牙人登陆澳门。17世纪，利玛窦到中国传教。18世纪，欧洲搞绝对主义，做大帝梦，羡慕中国，羡慕康乾盛世。19世纪，他们翅膀硬了，把中国看扁了，中国挨打。

马克思生活于中国挨打的时代。他有一句名言，劫掠必先有可以劫掠的东西。中国历史上的挨打一般都是先进挨打，原因就是我们有可以劫掠的东西。近代，西方打中国，靠船坚炮利，他们的阔是靠打别人才阔起来。日本也是靠打中国起家。有些学者说，先进落后，本来是倒着的，五百年前，中国是老大，伊斯兰世界是老二，欧洲是老三。至少一开头，他们先进，我们落后，差距远没后来那么大，问题要历史地看，动态地看。朱维铮先生说，近代中国挨打，不是落后挨打，而是先进挨打，这话值得玩味。

马克思主义诞生于欧洲。它有三大来源（德国古典哲学、英国古典政治经济学和英法两国的空想社会主义），两个组成部分

（唯物史观和剩余价值学说）和一个体系（科学社会主义），严格讲，并没有辩证唯物论。过去，商务印书馆译介西方学术，以19世纪为断限，把20世纪的东西列入"内部读物"，每本书，前面都有批判，认为19世纪的西方读物还有点精华，20世纪多是糟粕，越来越反动，主要是怕冷战时代的洗脑。其实没有资本主义，也就没有马克思主义。

早期马克思：《1844年经济学哲学手稿》（1844年。1927年公布，1932年第一次全文发表）、《德意志意识形态》（1845年。1924年和1926年公布，1932年第一次全文发表）。

晚期马克思：《共产党宣言》（1848年）、《资本论》（1867年）。《共产党宣言》讲共产主义，大刀阔斧，简洁明快。《资本论》研究资本家怎么剥削工人，鞭辟入里，细致入微。

马克思的著作有早晚之争。有人说，他的书，早期好，晚期不好。只有1844年的青年马克思，关注人性，关注异化，最好，年纪越大，越投入工人运动，越研究资本主义，越不好。这就把马克思架空了。

1930年代，周扬在延安就迷《1844年经济学哲学手稿》，郭沫若翻译过《德意志意识形态》（上海：言行出版社，1938年）。

卢卡奇说马克思主义是人道主义，阿尔都塞说马克思主义不是人道主义。周扬、王若水说马克思主张人性异化论，胡乔木说马克思主义是人道主义，但放弃异化说。其实，马克思从来不提前一手稿，他自己讲得很清楚，从德国古典哲学到唯物史观，转变是在《德意志意识形态》的《费尔巴哈》章。1845年，他已放弃抽象的人性论，但终其一生，从未放弃异化说。这场争论，背后有世界性的风向转变。

案：人性异化论来自西马。当年，杨一之曾跟我说，周扬在《哲学社会科学工作者的战斗任务》(1963年)中大谈人性异化，被毛泽东删改。"文革"后，周扬和王若水重拾旧说。杨一之是《逻辑学》(《大逻辑》)的译者、《战争论》的校者。他曾在巴黎、汉堡、柏林学哲学，加入过法共和德共，被纳粹关过监狱。

很多人都以为，共产主义是马克思许的愿，是个不能兑现的预言。其实，马克思主义不是福音书，而是对资本主义的批判。

马克思主义有三大要点：

第一，反剥削。谁养活谁呀，大家来看一看，这是剩余价值学说的根本，《资本论》的核心。"咚咚咚，田仔骂田公。田仔做到死，田公吃白米。"(彭湃)"天下洋楼什么人造，什么人坐在洋楼上哈哈笑。"(欧阳立安)如今，道理被反过来讲，打工仔、待救济者都是被资本家养活。

案：关于劳动和资本，怎样从生产到消费到分配到流通，经过一系列变形，反客为主，老板(包括金融资本家和"知本家")，甚至警察、神父，如何从"分我一杯羹者"变成"财富创造者"，可参看马克思的《经济学手稿(1857—1858年)》。

第二，反压迫。国家是统治阶级镇压被统治阶级的暴力工具。西方所谓国家，其实是一套推己及人的概念，他们的"现代民族国家"是打出来的，无论在欧洲，还是在他们的殖民地，都是战争的产物，所谓"国际秩序"亦然。不懂西方国家（nation和state）的传统，就不能理解殖民主义和帝国主义。

案：世界上有四种现代国家：欧洲的民族国家、早期欧洲移民在殖民地建立的民族国家、二战后殖民地独立后新建的民族国家和从传统国家嬗变的民族国家。第一种是用小族小国往起攒，如德国和意大利。第二种是用移民人造的大国，如美国、加拿大和澳大利亚。第三种主要在亚非拉。第四种是中国、俄罗斯。中国和俄罗斯，通过革命，把皇帝废了，直接走向共和，领土范围很大，被视为国家生造的"想象共同体""最后的红色帝国"，应该解体，必须解体。美国曾经是民族解放运动的先驱，中国的志士仁人曾奉华盛顿为榜样。但欧美骂民族主义，主要是骂后两类国家。不光是骂，急了还打。

第三，倡革命。国家是暴力机器，推翻国家，离不开暴力革命。欧洲革命，英、法是模范，都把国王杀了。俄国革命，布尔什维克上台，也把沙皇杀了。只有咱们优待皇室，留着皇上。但没有革命，清政府不会自动倒台，蒋介石也不会逃到台湾岛。扫帚不到，灰尘不会自己跑掉。列宁写过《国家与革命》，就是讲这个道理。

> 案：伊拉克战争是什么？印尼大屠杀是什么？暴力。现在流行非暴力论，主要是用来骂革命。他们从来不骂帝国主义战争，不骂他们镇压革命。

马克思对未来社会的设想分三阶段：无产阶级专政（镇压被推翻的敌对势力）—社会主义（按劳分配）—共产主义（按需分配）。后人多把前两个阶段合为一个阶段，说无产阶级专政就是社会主义，把最后一个阶段悬置起来，当作遥不可及的空想。

国际共运，早期讲国际。马克思是第一国际（1864—1876年）创始人。恩格斯是第二国际（1889—1916年）创始人。一战爆发，社会民主党各自为祖国而战，不再讲国际，俄国社会民主党也分裂，布尔什维克改名共产党。列宁建第三国际（1919—1945年），高悬标的叫共产国际。老社会民主党主议会道路（保守派），共产党主暴力革命（激进派），这是恩格斯的左右两翼。

今之所谓社会主义，其说不一。欧洲所谓社会主义，指议会民主加福利社会，各国建各国的福利社会；苏联所谓社会主义指斯大林的"一国建成论"，即在帝国主义的四面包围下，自力更生，富国强兵，苦撑待变。中国的社会主义属于后者。邓小平理论把1956—2056年这一百年叫社会主义初级阶段，近期目标叫"小康社会"。现在的解释是，2000年人均GDP 800美元叫总体小康，2020年人均GDP 3000美元叫全面小康。……

毛泽东的《新民主主义论》(1940年)、《论联合政府》(1945年)和1946年的"和平民主新阶段"是二战尚未结束、美苏冷战尚未开始、国际力量对比尚未明确时的选择。后来猛进，后来猛退，都是形势所迫，现在不可能退回到新民主主义阶段。

二、20世纪

20世纪是战争与革命的时代。资本主义有五百年的历史，前四百年高歌猛进，势不可当，近一百年才受到挑战。挑战来自三个方面：一是法西斯主义，二是社会主义，三是民族主义。

> 案：西方宣传，一向把这三方面混为一谈，说它们的共同点是集体凌驾个人，压制个人，属于专制主义和极权主义。其实，它们的共同点只是挑战了西方主导的国际秩序。

(一) 被围

《共产党宣言》说，共产主义的幽灵在欧洲的上空徘徊。其实，它和资本主义如影随形。苏联，世界上的第一个社会主义国家，是一战的产物，从一出生，就面临围剿。我讲光和影的关系，意思是什么？主要是说，西方一直在同自己的影子作战。

一战（1914—1918年）—十月革命（1917年）—布列斯特和约（1918年）—协约国武装干涉（1918—1920年）—第三国际（1919—1943年）—新经济政策（1921—1929年）—大萧条

(1929—1933年)—法西斯主义（1919—1945年）。

列宁的思想遗产：革命已经发生，难道到资产阶级那里领取出生证？坚守阵地、等待援军。斯大林的一国建成论（保守派，自求多福）和托洛茨基的世界革命论（激进派，没有世界革命也要制造世界革命）是其左右两翼。托派在拉美组建第四国际（1938— ）。

战争瓦解国际。欧美的工人阶级最早"告别革命"。列宁后来意识到，亚非拉被压迫人民的反抗才是真正的援军。

案：帝国主义的国际秩序要从底层撬动，中国话叫釜底抽薪。《易·系辞下》："穷则变，变则通，通则久。""文革"中有种说法，"穷则革命富则修"，等于说"穷则变，变则富，富则修"。陈胜当年为人打工，恨自己太穷，曾豪言壮语道，"苟富贵，毋相忘"。这话谈何容易！农民进城都有"告别农村"的问题，更何况最早脱贫致富的欧美工人阶级乎？这是问题的一方面。另一方面，我们这个世界，脱贫致富总是赶不上贫富分化，塔尖越高，塔底越大，穷人穷国总是大多数，民族解放运动要比国际共运有更广泛的基础。

（二）突围

二战（1939—1945年）：美、英、苏同盟，轴心国战败—大英帝国衰落—社会主义运动和民族解放运动高涨。欧洲的很多大学者、大艺术家纷纷加入共产党（苏共"二十大"和匈牙利事件后又纷纷退党）。

冷战（1947—1991年）：美苏对抗，各国站队。凡是发财的国家都发的是冷战财（包括中国），凡是被围剿制裁的国家都揭不开锅。

1．冷战格局一

两大阵营对垒：美国主导的马歇尔计划（1947年）、北约（1949年）、经合组织（1961年）是主动进攻的一方；苏联主导的莫洛托夫计划（1947年）、经互会（1949年）、华约（1955年）是被动防御的一方。

两大阵营间还有一些组织。如：

阿拉伯联盟（1945—　）：由埃及、约旦、黎巴嫩、叙利亚、伊拉克、沙特阿拉伯、也门发起（以中东南部国家为主），巴以冲突是阿盟的关注点。

巴格达条约组织（1955—1958年）：一种小北约。由美国、土耳其、伊拉克、伊朗、巴基斯坦、英国发起（以中东北部国家为主）。后伊拉克退出，改名中央条约组织（1958—1979年）。

东南亚条约组织（1955—1977年）：一种小北约。泰国、菲律宾、澳大利亚、法国、新西兰、巴基斯坦、英国和美国发起。

日美安保条约（1951—　）：一种小北约。日本、美国。

不结盟运动（1961—　）：由埃及、南斯拉夫、印度、印度尼西亚、阿富汗五国发起。

案：各种小北约早就存在。冷战时期，西方对社会主义的包围，特点是海洋包围大陆。苏联、东欧和中国合纵，在内；美、英、西欧和日本连横，在外。南边还有英联邦的加拿大、澳大利亚和新西兰。苏联解体、东欧易帜后，这个C形包围圈仍然存在。

2．冷战格局二

苏联、东欧和中亚：东柏林事件（1953年6月17日）—苏共"二十大"秘密报告（1956年2月24日）—波兹南事件（1956年6月28—30日）—匈牙利事件（1956年10月23日—11月4日）—柏林墙事件（1961年8月13—15日）—布拉格之春（1968年1月5日—8月20日）—波兰团结工会（1979—1989年）—苏联入侵阿富汗（1979—1989年）—东欧易帜和柏林墙倒塌（1989年）—苏联解体、北约东扩（1991年）。

案：东欧是冷战的主要突破口。赫鲁晓夫的秘密报告是苏联解体的第一推动力。1950年代，东西方很紧张，双方都在抓特务。美国有麦卡锡主义，连卓别林都驱逐出境。社会主义国家这边也枪毙了一批政要，整了一批人。东欧，靠近西德的波兰、东德、匈牙利、捷克离心最早。南斯拉夫、中国也强调独立自主。匈牙利事件，当年我看过一个故事片，其中有民众冲击兵营的镜头。1970年代，有个罗马尼亚电影周，好些片子重复同一类故事：好人投身革命，革命成功后，坏人整好人，苏共"二十大"后，好人纷纷平反。波兰团结工会是最后一波。他们的反政府活动与波兰出生的罗马教宗有关。波兰招安，其结果是"宋江打方腊"：伊拉克战争，波兰军队为美国打头阵，最先进入伊拉克。

中东：五次中东战争（1948—1982年）—巴列维政变（1953年）—伊朗白色革命（1962年）—伊朗黑色革命（1979年）。

案：中东是波斯帝国、阿拉伯帝国和奥斯曼帝国的遗产。以色列是西方管控中东特意打进的楔子。埃及、伊朗、沙特和土耳其各做各的梦。美国充分利用他们的矛盾。巴列维政变，推翻摩萨台，是由美国中情局一手策划，现在已经解密。

东亚：朝鲜战争（1950—1953年）。

案：朝鲜战争，中美打成平手，南北对峙被保留下来。

东南亚：越南战争（1955—1975年）—印尼九三〇政变（1965年）—东南亚革命被抛弃（1978年）。

案：越南战争，震撼世界。美军撤出，南北统一。越南战争后，社会主义反而在其最高峰上由盛转衰。印尼九三〇政变也是由中情局策动。1965年的印尼大屠杀极其血腥，有人说杀了300万（印尼共产党有300万），有人说100万，最保守的"国际数字"也有50万（美国的数字）。美国电影《杀戮演绎》(*The Act of Killing*)和《沉默之像》(*The Look of Silence*)就是表现印尼大屠杀。"红色高棉大屠杀",多少人死于美国轰炸,多少人死于越南入侵,多少人死于红色高棉的紧急疏散和极左试验,真相值得研究(对比"张献忠屠四川")。马来西亚共产党被抛弃后,多移居泰国。马共总书记陈平著有《我方的历史》(*My Side of History*)。

美洲:古巴革命(1953—1959年)—猪湾事件(1961年4月17—19日)—古巴导弹危机(1962年10月15—28日)。

案:革命的古巴在美国家门口居然屹立了五十七年。古巴的教育、医疗特别好。1959年在北京展览馆,有古巴革命摄影展。新中国,最先发展俄语,古巴革命后发展西班牙语,改革开放后发展英语。我大姐就是赶上学西班牙语的一拨。

(三)入围

俄罗斯进入"改革时代"的三代领导:戈尔巴乔夫(1985—1991年)—叶利钦(1991—1999年)—普京(1999—)。

案:"入围"并不等于"解围"。俄罗斯和中国相继"告别革命",很多人都天真地以为自己已"加入主流"。俄罗斯解体卷旗不缴枪,只要不缴枪就不被接纳,不但不接纳,还遭新一轮围剿,必欲置之死地而后快。今天,俄罗斯仍然是美国和北约的头号大敌。叶利钦时代,俄罗斯以身相许,美国的回馈是"休克疗法",目的就是把俄罗斯搞垮,俄罗斯上一大当。当时俄国的代总理盖达尔(叶戈尔·盖达尔)罪责难逃。其祖父即苏联著名儿童文学作家阿尔卡蒂·彼得洛维奇·盖达尔。我是读他的小说长大。这个小盖达尔,真是不肖子孙呀!

中国进入"改革时代"。……

案:中国之"入围",只是占了"中间道路"的便宜,让美国腾出手,把俄罗斯搞垮。俄罗斯卷旗不缴枪,美国都饶不了,中国既不卷旗也不缴枪,那还等什么?美国收拾完俄罗斯,下一个就是中国。一厢情愿的"蜜月期"早就结束了。

世纪末的两场战争:海湾战争(1990—1991年)和科索沃战争(1999年),预示着新世纪的不祥。

颜色革命(1989—2011年):把革命党变成发财党,穷人党变成富人党。

案:当新一代的革命党人正忙于发财时,美国和北约却热衷于"革命"。双方都是换位思考。

三、21世纪

21世纪是战争与反革命的时代。这个新世纪是由"9·11"事件拉开序幕。美国主导的新一轮围剿,造成中东大乱,美俄重启对抗。后冷战是冷战的继续。

案：战总是双方战，一边撤，一边不撤，等于不撤。后冷战不是冷战的结束，而是冷战的继续。

以"反恐"为名的三大战争：阿富汗战争（2001年）、伊拉克战争（2003—2011年）和利比亚战争（2011年）。

茉莉花革命（2010年底—2011年初）和阿拉伯之春：埃及革命、利比亚内战、也门起义、巴林示威（2011年1—2月）。

叙利亚危机（2011年—　）—乌克兰危机（2013年11月—　）—伊斯兰国崛起（2014年—　）—欧洲难民潮（2015年夏—　）。

案：即使在中东，美国也是跟自己的影子作战。"反恐"是美国的支配性话语，但恐怖主义的根子却在美国。基地组织是1988年建于阿富汗（源自沙特的瓦哈比派），塔利班是1994年建于阿富汗，二者原本是美国和巴基斯坦三军情报局武装训练的伊斯兰抵抗组织（抵抗苏军入侵），后来却反美。伊斯兰国也是由美国中情局、沙特和土耳其一手打造，同样是搬起石头砸自己的脚。克林顿、布莱尔、小布什、奥巴马、希拉里都应以战争罪和反人类罪遭到起诉。

…………

世界会好起来吗?

这是梁漱溟父亲梁济的老问题。

答:落后国家,通常靠强人维持秩序。这些强人往往是西方代理人,只要不听话,随时都可能成为西方进行"人道干涉"的借口。

中东乱局告诉我们,再坏的中东也比美国以"民主"为名彻底搞乱的中东好,多少人都死在了他们制造的"人道灾难"下,每天,爆炸不断。

现在,我们的日子好多了,但还不够好。还有很多人过得非常非常惨,我们千万不要忘记他们,误以为自己已经加入主流社会,跟这些地区无关,跟这些灾难无关。

我相信,只要为世界松绑,世界肯定会好起来。没有军事围剿、没有经济制裁,任何国家都会好起来。

我盼着有那么一天,"地下的烈火"会突然冒出来,噼噼啪啪,把这口"活棺材"烧掉。

参考书

1. 奥威尔《动物农场》(1945年)、《1984》(1950年)

   案:作者是左翼作家,但对苏联充满恐惧,唯恐断送了他心中的英式民主，作品被CIA（中央情报局）利用。前书写苏联的被围、突围、入围，后书写冷战。参看他的《缅甸岁月》(1934年）和《向加泰罗尼亚致敬》(1938年）。前书写殖民地常见的三种角色；后书写西班牙内战，自己人杀自己人。

2．贝尔纳《没有战争的世界》(1958年。内部读物：科学出版社,1960年）

案：作者是左翼学者。他从科学史的观点，为20世纪倡弭兵说。海明威有《永别了，武器》(1929年），写一战。赫鲁晓夫有《没有武器的世界》(世界知识出版社,1960年），希望停止武器竞赛。两种选择：告别战争还是告别革命？

3．赫鲁晓夫（1894—1971年）《苏共二十大报告》(1956年）

案：1957年林希翎从胡耀邦的秘书处看到并加以传播。我是1958年后才看到，手头的一本，1970年在内蒙古临河被人借走，不知去向。斯大林究竟是个什么样的历史人物？恐怕要从俄国革命的国际环境去解释，而不是诉诸俄罗斯的特殊传统。伊凡雷帝式的暴君或彼得大帝式的英豪，恐怕皆非正解。

4．密洛凡·德热拉斯（一译吉拉斯,1911—1995年）《新阶级》(1956年。内部读物：世界知识出版社,1963年）

案：真正的"新阶级"不是形成于"文革"前或"文革"中。当年，林希翎曾批评新中国成立后共产党用铁丝网和高墙隔离群众、脱离群众，但我认识的一位老干部却说，毛泽东的最大错误是没有搞一套制度出来，把干部的特权悄悄固定下来，让群众不知道，想闹都没法闹。

5．墨雷·蒂波尔《震撼克里姆林宫的十三天——纳吉·伊姆雷与匈牙利革命》（大概写于1956年。内部读物：世界知识出版社，1964年）

比较约翰·里德（1887—1920年，死葬红场）《震撼世界的十天》（1918年，列宁序）。现在，所有历史都被倒写。历史学家还没张嘴，你就知道他要讲什么，猜都猜得出来。

6．帕斯捷尔纳克（1890—1960年）《日瓦格医生》（1957年。人民文学出版社，2006年）

参看尚思伽文。此书使帕氏获1958年诺贝尔文学奖。比较另一部诺贝尔奖获奖作品《静静的顿河》（1965年获诺贝尔文学奖），以及中国的《白鹿原》（写乡绅梦）。

7．索尔仁尼琴（或译索尔仁尼津，1918—2008年）《伊凡·杰尼索维奇的一天》（1962年。内部读物：斯人译，作家出版社，1963年。群众出版社，2000年）

索氏专写劳改营，反复写劳改营。他写劳改营，虽以《古拉格群岛》（1973年，中文本1982年）最有名，但《古拉格群岛》成书较晚，翻译过来更晚，雏形反而是《伊凡·杰尼索维奇的一天》，"文革"前就有译本。1970年，他得诺贝尔文学奖是以《第一圈》，也不是以《古拉格群岛》。"古拉格"，现在已成"共产暴政"的代名词，大受西方欢迎。但他是个东正教信徒和文化保守主义者，投奔西方又抨击西方，让梁文道抱憾不已。

8．肖斯塔科维奇（1906—1975年）《肖斯塔科维奇回忆录》（伏尔科夫记录并整理，1979年。内部读物：叶琼芳译，卢佩文校，外文局《编译参考》编辑部，1981年；《见证》，花城出版社，1998年）

参看高峰枫文。这是伏尔科夫投奔西方的见面礼，内容十分可疑。伏尔科夫笔下的肖氏，给人的印象是人格分裂到极点：他为所有革命活动和革命电影作曲（包括《列宁格勒交响曲》），一直到死都享受政府荣誉，但内心却始终反苏反共。真相是什么？

2016年6月29日写于北京蓝旗营寓所
2016年7月6日在热风青年成长营演讲

[附记]

　　我还记得，伊拉克战争爆发，茅于轼等中国公知在天则研究所开会，公然支持伊拉克战争，讨论前提是美国代表先进。当时除了我和钱理群，几乎所有人都表示支持，十三年过去，美英如何策划这一入侵，真相已大白于天下。7月6日，英国的《伊拉克战争调查报告》终于公布，事实证明，布莱尔是个撒下弥天大谎的人。这两天看电视转播：伊拉克人和英国人正在控诉英国，要求起诉布莱尔的战争罪行，布莱尔还在狡辩，说他并不后悔搞掉萨达姆，英国的将士不会白死；美国呢，居然说报告太长，读不完，还在那儿装傻。这场战争，英国总共死了179人；伊拉克人死了多少？几十万呀，光是7月3日的巴格达恐袭就死了292人。欧美遭恐袭，所有大国，悼念慰问，谴责声讨，谁都得赶快表态；其他地方遭恐袭，死就死了，无人过问。这就是我们的世界。

2016 年 7 月 8 日

人文的宿命
——访中文系李零老师

采访记者：郭九苓、黄鲲

采访时间：2012年6月21日，上午10:30—12:00

在本次访谈中，李零老师描述了其严肃认真而又不拘一格的治学风格。一方面，李老师觉得学术是一种"好玩儿"的事，从不为自己设置学科壁垒；另一方面，李老师坚持从原始材料出发，掌握研究分寸，力求以简明的语言还原历史真实。他对高校的现状很不满，但又无可奈何。

一、厚积薄发：永远的探索者

记者：李老师，非常感谢您对我们工作的支持。您在教学、治学上非常有独到之处，今天想请您谈一下这方面的心得体会。

李老师：现在，什么都是表演。我不善言辞，讲课讲不好。讲话不如写东西，可以从从容容，反复修改，改好了再发表。我不喜欢讲话，除了私下聊天，我不喜欢讲话，特别是在大庭广众的场合下讲话。讲课是一门艺术，很难很难，我驾驭不了。准备太多，写成文章，太累，写出来再讲也索然无味。没有准备，思绪万千，线头太乱，人家又不知道你在讲什么。讲话，条理和节奏很重要，领导讲话，半天蹦一个字，倒是有条理，但多是千篇一律的废话。随机的想法，有条有理说出来，不容易。录音稿，自己看了都脸红。我讲课，主要是吹风，要把问题说清楚，还是靠写。我的好几本书都来自课堂，但绝不是原始录音。我是把讲课当写书的草稿，一遍一遍讲，一遍一遍改。讲课，容量太小，还是看书更有用。我自己就不爱听课。

记者：您的研究涉及很多领域，这个特点是怎么形成的？

李老师：我到北大，一直在中文系的古典文献专业，最近又调到古代文学专业。但老实交代，我一天也没学过古典文献，一天也没学过古代文学。孔子说，名不正则言不顺，我就是名不正也言不顺。我是学考古的，但既不在考古系，也不在历史系，我是四处出击，咱们的文科系，我几乎都能插上一只脚，我甚至插足历史地理，插足医学史，插足艺术史。我在香港中文大学艺术系当过客座教授。我发现，学科和学科之间有很多三不管的盲区，你以外行的身份涉足其间，既是挑战，又充满乐趣。很多不同学科的人都把我当内行，但我心里很清楚，你哪儿是什么内行，玩一把就算了，赶紧撤回来。不当内行的好处是，我不必天天想着，当个内行要怎么端着。

记者：您写的很多书虽然背景是晦涩的古文，但读起来感觉很轻松，很容易让人接受，能谈一谈您是怎么做到这一点的吗？

李老师：做学问，我一直追求简洁明快，从不认为学术就是把别人绕糊涂了。我认为，如果你说，你研究越深就越讲不清楚，这是你自己没本事，功夫全折在半道上。你要想让别人明白，先得自己明白。想明白了，自然也就讲明白了。

我理解，讲课不是嘴皮子的功夫，你要把话讲深讲透，必须先有研究。而要做研究，就要从资料做起，从细节入手。比如考古、古文字、古文献，哪样不是"慢功细活"。做学问，好比爬楼，从简单到复杂是上楼，上楼只是一半。下楼，从复杂到简单，这是另一半。这一半更难。很多学者，只会上楼，不会下楼，顶多"独上高楼"，顶多"衣带渐宽"，就是差最后一步。最后一步是"蓦然回首"。"蓦然回首"就是通俗。

有人以为通俗是小儿科，我不这么认为。我认为，通俗不是第一步，而是最后一步。没有深入的浅出，那叫肤浅。没有研究的通俗，那叫庸俗。

记者：《论语》和孔子是您很晚才研究的，您的著作《丧家狗——我读〈论语〉》得到了读者很高的评价，当然因为标题的缘故也引起了不少争议。您能够以此为例，阐述一下您做人文研究的特点吗？

李老师：我不上网，也不看报，说好说坏都没怎么注意。我只是认认真真把《论语》看了一遍，觉得《圣迹图》上的这个故事，司马迁等人讲的故事，最能概括其一生。"丧家狗"的意思是什么，原书讲得清清楚楚，不读书就骂人，我才没工夫搭理。我读《论语》，其实是用司马迁的路子，即把《论语》当孔子的生命来看待。我是用他坎坷的一生来笺注《论语》，我是把他当人而不是神来看待。我对他的最大尊重，就是尊重历史。

记者：对人文研究，您还有什么感触比较深的地方？

李老师：咳，全是老话了，说也没用。现在戕害学术，荼毒士子，莫甚于好大喜功有如修长城的"课题制"。现在什么都是工程，什么都是课题。很多管理者以为，管理就是撒钱，有钱能使鬼推磨。我想，早晚有一天，个人学术将被集体学术彻底消灭，所有成就归老板，就像凤凰台的节目，出品人是刘长乐，每个节目都是他老人家的节目，个人顶多混个灯光、道具什么的。现在的课题制，都是靠圈钱，摊子越大，才越来钱，大钱出大活，谁来扛？领衔的学术带头人，他自己才干不动呢，他只能靠分钱，把活一层层包下去，千军万马，雇人来干。越是胡子一大把，越不消停。尊老的人也不让他消停。你不消停也就算了，还拖着拽着年轻人。人拢共能活多少年？你不能说只有鸿篇巨制才是学术，那样，全部学术史都得改写，除了《四库全书》，别的都不是书。长城倒是修起来了，可怜白骨无人收。

我很顽固，我的书没有一部是这种书。

记者：您的治学风格可说是既严谨又灵动。我想问一下，您是怎么带研究生的？

李老师：我们系有个老师，他已去世，他跟我说，你在北大立身，必须占住三条，一是北大出身，二是师门过硬，三是个人努力。我不是"三不沾"，只是"两不沾"。北大出身，我不沾。师门，我也不沾。我的老师张政烺，说起来也算名师，但他早就不在北大。今年，社科院历史所和中华书局给他过百年，很多人还在那儿讨论，咱们北大，是谁把他赶走了。两大前提，我都没有，只有最后一条，我还沾一点边儿。我理解，学生是学生，老师是老师，学生不是老师的工具，老师也不是学生的工具。我最讨厌培养子弟兵，安插子弟兵。我理解，老师跟学生的关系，是"成人一愿，胜造十级浮屠"。我既然讨厌摧眉折腰，当然也讨厌呼奴使婢。

现在的学生，"著书都为稻粱谋"，他们写论文的时间太少，很多时间都花在应付考核和找工作上了。很多论文都是半成品，要求太高，谁也甭毕业，放一把吧，又全都过。我跟他们说，将来你们干什么，我不管，但你总得善始善终，毕业后，你把论文好好改一下，争取早点儿发表，那时你再跟学术说再见，这总行吧。现在的学生，聪明的太聪明，他们经常觉得自己比老师还高明，我是乐得让他高明，不用太费心。但不聪明的学生又太不聪明，说是不聪明也许不对，其实是太不热爱，读书只是混出身，我也没辙。我带学生，首先是拿自己当学生。我觉得自己都没把自己教好，何以教人？我对自己很不满意。我的梦想是当个好老师，但我不是个好老师。老师太难当了。

二、信言不美：人文学者有"厄"

> 记者：现在大学在管理上的确是更符合理工、社科，特别是一些"热门专业"的特点。这也反映出人文学科与人文学者的地位在下降，您怎么看待这个问题？

李老师：现在的大学都是理科领导社科，社科领导文科。比如校长，肯定是理工科的，最好是院士。文科也最好由商科来管。大学产业化，就是把大学当买卖做，一帮研究风花雪月的人怎么懂这些。文盲领导科盲，是大势所趋，我没意见，只不过不要斩尽杀绝，最好还有个"印第安人保留地"。我记得，北大推倒南墙那阵儿，大家都哭穷。我们中文系的朱德熙副校长参加人大会，与领导吵起来。领导以为，改革开放的核心是"放"，大学也跟农村一样，只要放开，像包产到户那样，经济就搞活了。朱先生气急而问，那北大化学系就该做肥皂去？领导丢下一句话，叫"大势所趋"。当时咱们学校很可怜，有个系的老师在校园里摆摊儿卖贺年片。他们拿自己的书到出版社，出版社的人说："这还有必要印吗？复印几份就得了。"

现在怎么样？教育部大把大把撒钱，课题满天飞，钱是有了，命也丢了。要钱不要命，顾头不顾腚，这就是大势所趋。大家发愁发的是，钱多得不知怎么花。《儒林外史》头一回，王冕说，"一代文人有厄"。现在就是"一代文人有厄"。钱比八股还厉害。

记者：现在并不是经费不足，关键是"分配不公"。如果大学有合适的管理机制，您觉得人文学者能渡过这个"厄"吗？

李老师：没有这个"如果"。大势所趋，哪有这个"如果"。讲点现实问题吧。

现在什么都是买卖，学校也是个买卖。买卖当然要由买卖人来管理。比如咱们学校的出土文献中心吧。人家清华也有这么个中心，他们请领导看竹简，领导大笔一挥，他们就有了一亿人民币，可以盖大楼。我们怎么样，"房毛"都没有。老朱（朱凤瀚）跟学校申请，学校管文科的校长说，这很容易，咱们校园里，你们瞅哪儿合适，自个儿盖个楼，不就得了。这不是扯吗？我们要是有钱，还跟学校张什么嘴？这不等于我们替学校盖楼，还给学校交钱吗？这也太经济学了吧。

今年，我已六十四岁，应该走人。我之所以还在延聘，主要是想留个办公室。你们都看见了吧，北大有个临湖轩，我也有个临厕轩。如果没有这个临厕轩，我就得把书扔掉。家里已经没地儿了。

人文学者最便宜，也最贵。为什么说便宜？因为他不需要雇人，不需要买设备，只要有口饭吃，有个地方住，还能放书就得了。但为什么你又说他贵呢？因为他要有人养着，这属于非营利开支，不符合经济学呀。

我们是属于"难养"之辈。如果不是为了装点门面，人家就不养你。

不养你也没辙。

记者：假如国家把人文学者养起来，我们怎么能保证人文学者充分发挥主观积极性呢？我们又该如何评价人文学者的学术成绩呢？

李老师：你的问题应该去问国家。我又不是管理者，不在其位，不谋其政。现在教育搞不好，关键在最高管理者。学校为教育部打工，我们为学校打工，我们的关系是雇佣关系。我是被管理者，每天想的只是如何委曲求全，尽量减少管理者的破坏捣乱。我不需要激励机制，我干学术，是因为我爱学术。我们的管理者，他们最不相信的就是人。他们以为人跟驴差不多，懒驴上磨屎尿多，你得前面拿吃喝诱着，后面拿小鞭子抽着，这样才能"出成果"。我的话，他们听不懂。他们的话，我也听不懂。

（原刊《北京大学教学促进通讯》第25期，题目作《一代文人有厄》）

从燕京学堂想起的

"改革"曾经是个好词。好词是不能反对的,也没人反对。

当"改革"还是个嫩芽时,我们曾天真地以为,贪腐的存在是因为"改革"不彻底,但当如此之多的蛀虫不断以"改革"的名义侵蚀国家,甚至把"改革"当贪腐的别名时,这个词已不再神圣。

现在,盖房修路,领导最上心,口号是"大拆促大建,大建促大变"。

有一回,中文系通知我,要我参加学校的规划会。我说,好,那我就去听听吧。

我听到什么了?有人说,某些楼年头太久,早就应该拆;有人说,某些楼楼龄太短,想拆不能拆;有人说,没关系,我可以从国外买一种涂料,把这些难看的楼重新捯饬一下。至于盖什么,这馆那院,各家有各家的建议,就算把未名湖填了,也未必摆得开、搁得下。还有,北大是全国重点文物保护单位,成为很多计划的障碍。有人说,凭什么动不动就搬文物法,哪有那么多文物……

他们七嘴八舌，难以归纳。但有件事我明白了，北大太小，一斤瓶子装不下二斤醋。

最近，北大人文学苑落成，文史哲三系从静园二院、五院、六院搬出，每个老师终于有了自己的办公室。但房子盖好，怎么分配，拖了很长时间，这是为什么？

我听几位系领导说，有个海外请来的国际大师发话了，他的研究院，一个楼不够用，一定要占这个人文学苑的中心，如果学校非让咱们把房子让出来，那咱们就争取把静园的老院子保下来。

他们说的国际大师，负责文明对话，志在重张儒学，建立世界宗教。我记得，他刚到北大，有人负责召集，让我们跟他讨论一个重要问题。什么重要问题呀？他说，他要把哈佛燕京学社的资金投到北大，你们最好讨论一下，咱们是叫哈佛北大燕京学社好呀，还是叫北大哈佛燕京学社好。就这么个问题，他要讨论一整天，大家受不了，中午就散了。后来学校给我发信，要我配合他的研究。我当然不配合啦。

当时谁也不知道校领导拿静园派何用场，现在才明白，草坪和草坪旁边的六个院子是用来建燕京学堂，北大校中校，中国学校里的洋学堂，打造"国际一流"的实验田。

这组建筑，不当不正，恰好选在北大的心脏地带，好像在天安门广场盖白宫，引来骂声一片。

我是1985年调进北大,明年9月满三十年。这么多年,我目睹了北大的千变万化:从没钱到有钱,从创收自救到钱多得不知道该怎么花,可把领导和群众都忙坏了。

这些年,我们都已充分领教,资本的力量有多大,江河横溢,人或为鱼鳖。我真希望有人能把这三十年好好写一下,让历史说话,见证一下中国的改革在中国的高校到底是怎么一回事,中国教改方案的设计者,他们的改革理念到底是什么,知识分子都扮演什么角色。

大家可能都还记得《儒林外史》的开头吧。王冕对洪武年间礼部议定的八股取士之法怎么说?他说,"这个法却定的不好!将来读书人既有此一条荣身之路,把那文行出处都看得轻了"。小说描写,时当初夏,天色渐晚,皓月当空,水银泻地,王冕望着满天星斗,拿手一指,"你看,贯索犯文昌,一代文人有厄"。话犹未了,狂风大作,风声略定,但见一百几十颗星星往东南坠。王冕说,"天可怜见,降下这一伙星君去维持文运,我们是不及见了"。

这是我此刻的心情。

我忘不了,当年我们已故的一位副校长曾问一位领导,你让我们自谋生路,难道化学系的出路就是做肥皂吗?领导丢下一句冰冷的话:大势所趋,势在必行。

我忘不了,当年开会学习,大家怎么哭穷,连大包小包倒衣服的馊主意都端出来。因为穷，我们的兄妹开荒、生产自救是敞开校园、面向市场，推倒南墙办商店。

1995年，有几个研究西哲的哲学家开了一家叫"风入松"的书店。书店刚开门，我买了本《汉语大字典》，表示祝贺。后来怎么样？2001年，南墙又恢复了；2005年，书店的创办者王炜去世了；2011年，风入松关张了。一切好像都没发生。

有位中文系的老主任回忆说，就咱们中文系骨头硬，愣是扛住了这股谁都扛不住的商品经济大潮。真是这样吗？

久旱逢甘霖，现在不同啦。好消息，好消息，中国有钱啦。大钱霈然而降，从校到系到人，层层承包、层层考核、层层验收，填不完的表。校办公司、孵化器（incubator），那是杀出重围的一路大军，直奔商道。另一路大军则坚守校园，文化办班。领袖班、总裁班，各种各样的班，面向政府，面向企业，面向和尚道士，面向文物收藏者和古董商，大横幅挂满校园，轰轰烈烈。每个系有每个系的活法，每个人有每个人的奔头。

中国是个教育大市场，商机无限。就连咱们的榜样，世界一流大学，他们都眼红了，你瞅我，我瞅你，赶紧到中国抢占市场。各种国际化的班、国际化的校、国际化的研究中心纷纷进驻中国大学。咱们的班也不甘落后，轮到上层次、上规模了。

白日依山尽，黄河入海流，中国的教育改革又上一层楼。

如今的大学，"国际化"的大潮席卷一切，我在一篇讲北大校史的文章中说，"弄潮儿向涛头立，手把红旗旗不湿"。谁是

"弄潮儿"?

你说巧不巧,海外人士查建英写了本《弄潮儿》。此书原载《纽约客》,用英文写,中文本有香港牛津版。上篇"知识人",讲她哥,讲王蒙,讲北大。下篇"企业家",讲"中国好大亨"。两组文章,相映成趣,可以反映她心目中的改革潮流。她讲北大,是讲2003年的北大改革。她把上面两句话当全书的题词。

查建英说,这场改革,真正的"弄潮儿"是前光华管理学院院长张维迎。前北大党委书记闵维方是他的幕后支持者。还有一位是在《读书》编辑部跟我们讨论的李强,他也是改革方案的起草者。

查建英介绍,这三位都有海归出身、经济头脑和国际视野,他们都是"出身海归"的蔡元培校长的正宗嫡脉,都是"不被理解的改革派"。她很遗憾,这场改革遭到"保守派"强烈反对,最后"被上头牺牲掉"了。

她是北大中文系毕业。她说,中文系几乎一边倒,全都反对这场坚持"逻辑"和"效率"的改革。

谁是"保守派"?张鸣是,我当然更是。其实,就连查建英十分欣赏的主张稳健改革的"温和自由派"陈平原,还有拿蔡元培当上帝、拿北大当情人,因北大"只剩躯壳"而去了清华的刘东,也是"闵张改革"的批评者。

查建英转述,李强认为,"有些方案批评者是言辞高蹈却用意卑鄙"。"他们说学校不是养鸡场","但我说大学也不是养老院",李强愤愤然。

她说的潮，"国际化"也好，"海龟代土鳖"的大换血和裁人下岗也好，课题制下的核心期刊统计和量化管理也好，没错，的确是大潮，跟整个社会上的改革一模一样。但反对的声音很大，同样不容忽视。这场改革是不得人心的，无论在学校里，还是在社会上。

"闵张改革"真的流产了吗？我不这么认为。我的印象是：这场改革一直在进行。譬如眼下的燕京学堂和人事制度改革方案（国际评审、"非升即走"的进人新制）就是它的继续。该书结尾，查建英预言，"经过一段调整、积淀、思考之后，人们将会再次听到那个只属于他的声音"。她说的是张维迎的声音。

她说对了。

"985工程"是1998年5月4日北大百年校庆提出。"2011计划"是2011年4月24日清华百年校庆提出。每次庆祝，都把国家领导人请来。

2014年5月4日是北大106周年校庆，同样有国家领导人祝贺。燕京学堂开张特意选在第二天。请大家记住这个日子吧。历史将记载一切。

中国的大学改革，其实只是一滴水。校园跟社会并无不同。很多人的改革思维可以两句话概括：要钱不要命，顾头不顾腚。钱是科研经费，命是学术生命，不是钱为人服务，而是人为钱服务，有钱能使鬼推磨，何况人乎！头是国际，头是领导，办学不是为了咱们中国的孩子办,而是为各种面子工程办,好大喜功,好洋喜功,好古喜功。总之一句话,浮夸风。

第一,咱们中国,政府强势,集中力量办大事,只要想办,没有办不成的事……但是不是所有事儿,煎饼越摊越大就一定好,未必。现在,社会有企业兼并,强强联合,开店设厂,全国连锁。大学合并是同一思路。学校越办越大对某些领导者来说是个"升官图","升官图"的背后是什么?是资本集中的优势在作怪。有人以为,投资砸钱,关键是让领导看得见,巧立名目、大干快上就是最好的政绩,此即所谓"好大喜功"。

第二,查建英说,"打造世界一流大学"是北大的发明,现在是国家政策,"一个预定在大约二十五年内达到的官方目标"。她说的口号是北大百年校庆提出的,据说再过四年,英特纳雄奈尔就一定要实现。但"世界一流",标准是什么?是不是中国高薪聘请,找点退休过气的洋教授做点缀,或把国外找不到合适工作拿中国垫底的留学生recycle一下,就叫"国际化"?是不是把中国的老师送到海外大学评职称,或用英语授课或培养洋学生就叫"国际化"?出国这事,早就不是前两年,不值得大惊小怪。我纳闷,很多过来人,怎么反而不自信,就连为中国办学还是为外国办学都分不清,此即所谓"好洋喜功"。

第三,中国传统文化,现在如火如荼,跟大国形象有关,跟两岸统一有关,跟打造中国软实力有关,领导最爱听。有人说,传统文化都在台湾,同样不自信。……中国大学,数哲学系热闹,新儒家的宣传如日中天,这是如今的帝王术和生意经。过去,我讲过一句心里话，要讲传统，考古最重要，研究传统，资源在大陆，很多人就是听不进去。他们以为，扎扎实实的材料，扎扎实实的研究，没劲，远不如虚头巴脑的宣传，更能来钱，更能来势，此即所谓"好古喜功"。

现在，很多人理解的"国际化"是资本的全球化，是资本横扫一切。很多有经济头脑的"聪明人"以为，什么不是买卖？——大学也是买卖。多年来，我校的文科是归经济学家领导，但从前的北大，真正享誉世界的北大，就我所知，绝不是这样。我不认为，光华模式就是北大改革的方向。

我心中的北大是学术自由、兼容并包、造就天下英才的北大，无论有用之学，还是无用之学，都以人为本，以民为本。它是以人文精神而见称于世。我知道的北大人，无论负笈海外、取经回国，还是坚守本土、埋头苦干，他们都是在为中国的进步而效力，既有出生入死的革命家，也有博大精深的学问家，一切靠真才实学和献身精神。

钱在账上，不能不花，如箭在弦上，不得不发。当今之世，一切为钱造事，一切为钱造势，还有人拿教育当教育来办吗？老老实实办教育，踏踏实实做学问，真的就那么难吗？

我们都在思考这样的问题。

2014年7月7日写于北京蓝旗营寓所
（原刊《读书》2014年9期，略有删节）

我劝天公重抖擞

10月12号，我从美国回来，刚刚知道，咱们这门课叫《中国共产党与国家治理体系和治理能力现代化》。我跟韩老师说，我不是党员，这个题目，我讲不了。他说，咱们这门课主要是带同学读经典，你就讲讲《我们的中国》得了。我说，我的书不是经典，书已经印出来，再讲就没劲了。我还是讲讲我身边的事儿，特别是跟教育和启蒙有关的事儿吧，随便聊聊，供大家参考。不对的地方，请大家批判。

我是群众

首先，请允许我做点自我介绍。我是中国人，汉族，男，六十八岁。填表，我的政治面貌是群众。我喜欢这个身份，非常喜欢。不过，我要解释一下，群众是复数，我是单数，我只是群众一分子，我属于群众，但跟群众有距离，联系并不密切。

我自由散漫惯了，不习惯过有组织的生活。党没入过，军没参过，工人也没当过。我只当过农民和老师，这两种工作，比较自由散漫，更适合我。

有一件事，过去不明白。我没参加任何党派，但不能叫无党派人士；我真心拥护人民当家做主，但不能叫民主人士。后来我才明白，"人士"二字可不是随便叫的。我国，凡叫什么什么人士的，都是有特殊身份的人。我不是这种人。

现在，我的职业是教书，教中国学问。教书好，书不会跑。我可以一个人在家安安静静地读，安安静静地写，慢工细活，反复修改，一切弄好了，我才和盘托出，与学生分享，与读者分享。

我的老朋友郭路生打小就爱写诗。他说，除了写诗，什么都干不了。我说，我也是，除了做学问，一无所长。我在北大教书，从1985年到现在，三十多年，好像一眨眼。2011年从中文系退休，田余庆教授说，秋后的蚂蚱蹦跶不了几天。《诗经》有个说法，叫"蟋蟀在堂"。

我没当过官，没发过财。我在北大没有任何头衔。韩老师介绍，现在有了一个，是我批评最多的那个国家有个学术机关给的。土包子戴洋帽子，有点不习惯。

我知道的"马克思主义"

我们这门课，有点像政治课。政治学系，过去在人大叫马列主义基础系，主要研究国际共运史，后来改称国际关系系。早先的国际政治，第一是国际共运，第二是亚非拉民族解放运动，那时的国际关系主要是这两种，后来告别革命，才以欧美为主。北大也如此。

我听说，现在的政治课跟从前不一样，什么都讲，不光讲马列，很好。尽管有人，生瓜强扭，硬推，但马列已经边缘化，这是事实。

马列，我是读过的，没人强迫我读。我读过，一点都不后悔。

马克思是哲学博士，老婆是贵族女儿。他俩是旧世界的叛逆者。恩格斯是资本家，红色资本家。他用他挣的钱，养马克思做学问。中国有这样的红色资本家吗？好像没有。

马克思主义是西学的一支。这门学问有三大来源，德、英、法各一，都是欧洲国家。不研究西方，不研究资本主义，等于无的放矢。

马克思主义的特点是什么？是反资本主义。资本主义是个无所不在的世界体系，这个体系支配着所有人的大脑，谁都唯唯，谁都诺诺，只有马克思说不。天下之学，逃杨入墨，凡是拿资本主义当天经地义的，肯定反对马克思主义；凡是反对和批判资本主义的，也往往要回归马克思主义。20世纪60年代，中国印了很多灰皮书、黄皮书，有些跟西方几乎同步。我认为，马克思主义的书最好跟非马、反共的书一块儿读，特别是跟CIA推出的洗脑书一块儿读。

马克思的书，从前是禁书。正是因为禁，才有人读。我就是拿它当禁书读。

过去，上政治课，老师讲什么，我根本不听，宁肯自己读书，原因是他们讲得不好，完全是"党八股"，我是读过原典的，印象大不一样。

马克思的书很多，影响最大是《共产党宣言》和《资本论》。《共产党宣言》最薄，《资本论》最厚，如果加上《资本论》的三大手稿（或说四大手稿），更厚，一般读不下去，大家读过的主要是《共产党宣言》。

《资本论》难读，但有些道理很简单。比如"谁养活谁呀，大家来看一看"。现在大家都说，打工仔、失业者是老板养活的人，老板过不舒坦，你们就没饭吃。马克思说，错，完全相反。"资本"（capital）这个词，意思是本钱，即第一桶金。很多第一桶金的神话都是谎话。马克思说，资本来到世间，每个毛孔都滴着血污，一针见血。他讲商品拜物教，那一章写得真好。亚当·斯密说"看不见的手"支配一切，世界变成拿大顶。

现在，发财是硬道理。市场万能，金钱至上，赌神就是上帝。我们每天看到的，不正是这样一个世界吗？

西马解构马克思主义，主要是拿"早期马克思"和"晚期马克思"作对，认为《共产党宣言》《资本论》不好，越走越远，违背了初衷。早期著作才是他的正根儿。

马克思的早期著作，两部手稿最重要，一部是《1844年经济学哲学手稿》，一部是《德意志意识形态》的手稿。这两部手稿，前后有好几个译本，我都读过。马克思、恩格斯从来不提前一手稿，相反，恩格斯一再说，马克思的唯物史观，他的两大发现之一（另一发现是剩余价值学说），是完成于后一手稿的《费尔巴哈》章。

卢卡奇说，马克思主义是人道主义；阿尔都塞相反，说马克思从来不是人道主义者。他俩，谁更符合原典？其实是阿尔都塞。这类争论，我国也有反映，周扬、王若水说马克思讲人性异化，不对。胡乔木说马克思存人性弃异化，也不对。马克思从来都讲异化，但从1845年起，就再也不讲人性异化。《资本论》讲异化，不是人性异化，而是劳动异化。

有人说，马克思主义是宗教，共产主义是乌托邦。恩格斯说，罗马基督教是早期的社会主义运动。毛泽东跟五台山的和尚说，咱们的共同点是解救苦难众生。中国历史上的宗教往往与造反有关，统治者平息造反，必须利用宗教。马克思主义诉诸群众运动，但马克思主义不是宗教，用不着许愿还愿这一套。无神论、替穷人说话，一直是马克思主义的头号罪状。

我知道的"共产党"

我不是共产党员，但也不是反共分子。

美国是全世界最反共的国家，申请签证，必有一问，你是不是共产党，但美国人对共产党非常无知。

美国电影，共产党就跟咱们电影里的日本鬼子一样，标准打扮是一身中山装，扣子扣到嗓子眼，脑袋上戴个制服帽，说话恶狠狠，一脸凶神恶煞。意大利拍的《末代皇帝》，英若诚就是这副扮相。

我看过美国拍的两部反共宣传片。其中一部，一上来，马克思、恩格斯、列宁、斯大林跟达尔文搁一块儿,统统属于不信上帝该下地狱的一类。另一部说,从傅立叶在美国搞"和谐社会"一直到列宁、斯大林的苏联,所有社会主义都很失败,最好的范例是以色列的基布兹(Kibbutz),照样行不通。

有一次,我在芝加哥,住一美国朋友家,她丈夫是个经济学家。他问我,你是共产党员吧?我说不是。他说不相信。我问为什么。他说,我听说,在中国,只有共产党员才能拿到好工作,你既然在北大当教授,怎么可能不是共产党员呢。于是我告诉他,共产党员在咱们中国,满地都是,几乎每家每户都有。他们,很多只是普通的工人、农民和战士,不一定都是大富大贵。……共产党真那么可怕吗?你太太的好朋友某某某,你知道吗,他就是共产党员。……

我不是共产党员,但见过共产党员,大革命时期的、抗日战争时期的、解放战争时期的、解放后各个时期的,当官的也好,老百姓也好,我都见过。你们见过的,大概只是改革开放以后的共产党吧?

大革命时期的共产党,干革命,你就等着杀头吧……

抗日战争时期,共产党站稳脚跟,喘过气来,入党的人才多起来。过去,我在人大附中读书,团干部让我读《论共产党员的修养》,我想,我是落后分子,反正也入不了团,坚决不读。"文革"后拿出来看,头一段话让我大吃一惊。刘少奇说,共产党可以随便出,但不能随便进,因为什么人都闹着要入,有找不着工作的,有逃婚的,不能让他们随便进。

……刚才我说了，我不是反共分子，我对当下的世界有批评，包括共产党的错误，但绝不会跟着右翼潮流起哄架秧子。

学历史，我们都知道，……国民党也曾经是个革命党。它怎么从革命党变成发财党，怎么从庆祝胜利、受降接收，到吹拍贪腐、丢尽人心，以致兵败如山倒，很多教训值得深思。

古人都懂得，民可载舟，亦可覆舟。防民之口甚于防川，周厉王的办法是不行的。国民党败走台湾，曾经采取鸵鸟政策，1946—1949年的历史，不许讲也不许教，蠢得很。

最近，赵俪生的女儿写了一本回忆录，特意寄给我。她父亲是我老师的好朋友，既是老左派，也打成过右派（很多右派，原来都是左派）。赵先生吃了很多苦，但九死其未悔，不改初衷，仍然很乐观，很幽默。我喜欢读赵先生的书，读其书而想见其为人。然而，某出版社接到的指示是，凡是涉及1966—1976年的历史，不管说好说坏，一律不准出，真是莫名其妙。

我听很多老人说，国民党走麦城那阵儿，共产党员在学校里都是最优秀的分子，不仅学问好，连体育都好，共产党厉害就厉害在会宣传，会跟老百姓摆事实，讲道理，得人心。现在怎么如此脆弱，前怕狼，后怕虎，左也怕，右也怕，连话都不会说了呢？自己不说，也不许别人说，这怎么行？

我知道的"西方价值观"

哈耶克写过一本书，叫《通往奴役之路》。奴役的反面是自由。他说的"奴役之路"是所谓集体主义社会，既包括希特勒的国家主义，也包括斯大林的社会主义。法西斯主义最恨共产主义，德军大举进攻苏联，最后被苏联打败，为什么二者反而归为一类？原因就在，西方概念中，任何集体凌驾个人都是法西斯主义。比如我们说的"大公无私"，按这种概念，就是法西斯主义。

阿伦特写过一本书，叫《极权主义的起源》。极权主义的意思也是如此。

这个问题跟西方历史、西方文化有关，跟他们对国家形态的理解有关。

国家演进，一般都是从小到大，从分到合，从孤立分散到多元一体，大一统代表复杂社会、高层次管理，以及世界主义。

古典作家，希罗多德讲希波战争，很像火烧赤壁，曹魏是强者，但被吴蜀联军打败。希罗多德是希腊裔的波斯公民，感情在希腊一边。他创造过一种经典对立：小必自由，大必专制。在他看来，希腊虽然是一堆小国，好像"池塘边的蛤蟆"，但居然能把庞然大物波斯打败，这是自由战胜奴役。这个想法一直支配着西方人的脑瓜。

希腊长期窝里斗，最后被马其顿取而代之。马其顿打败波斯，接收波斯，模仿波斯，建马其顿帝国，这是希腊的顶峰，然后才有希腊化时代。罗马也是由共和走向帝国。这段历史，他们也自豪，但中世纪以来，欧洲一直是"五胡十六国"。他们跟我们不一样，一盘散沙，四分五裂，谁都管不了，只能靠上帝领导。上帝是虚拟领导。

西方传统，政府不太灵光，君主不太灵光。他们革命，先借君权反教权，后借民主反君权，主要是为市民社会（商业社会）开道。结果，君权也没反彻底，教权也没反彻底。

西方没有中国这样权威至上的皇帝，也没有中国这样幅员广阔的大地域国家。他们最服两样管，一是上帝，二是金钱。现在，上帝就是金钱，金钱就是上帝。除了这两样，谁都管不着，这就叫自由。中国的关老爷，我们山西的圣人，既是武圣，又是财神，倒很像美国的自由神。美国国徽，白头老雕，一爪抓箭，一爪抓橄榄枝。做买卖得这么做。

我们跟希腊不一样，更像波斯。欧洲历史，近东文明是背景。前伊斯兰世界的近东，埃及、亚述、波斯是他们的三代。我们的"夏商周三分归一统"是一统于周，他们的大一统是波斯帝国，虽然阿契美尼德王朝的波斯帝国比较晚，相当于我国的战国时期。这个大一统是靠政教合一。琐罗亚斯德教是最早的普世宗教之一。

孔子说过一句话，"夷狄之有君，不如诸夏之亡也"（《论语·八佾》）。这话，历来有争论，但有一点很清楚。中国，华夏眼中的夷狄，特点是分种为酋豪，没有君长，有也是小君长。他们居住分散，见不着人，说不上话，经常在马背上哼哼，他们的史诗就是这么唱出来的。这就是草原上的自由。部落和部落间，遇事得商量着办，领导得轮流坐庄，这就是草原上的民主。航海的，住在小岛上的，情况差不多。

华夏不一样，特点是有君长，小官上面有大官，大官上面有皇上，一层层有人管着。这些都是世俗领导。世俗领导都是人。人都活不长，顶多几十年。死了就让孩子当，就跟手艺人的传承一样。中国革命，无教权可反，要反就直指君权，干脆把皇帝打倒。中国是亚洲第一共和国，革命非常彻底，打倒皇帝还不杀皇帝，跟西方不一样。

西方，国家不发达，所谓现代国家（nation），出现得很晚，很多都是打出来的，人为凑起来的。本尼迪克特·安德森把这种国家叫"想象的共同体"。他说的"印刷帝国"，就是我们说的"书同文"。"书同文"在中国是前现代的东西。

欧洲，自治传统很强。个人也好，地方也好，喜欢讲自治，除俄罗斯横跨欧亚，接受元帝国的遗产，在陆上殖民，地盘很大，其他一般都不太大。大一点的国家都是殖民地，如加拿大、美国、澳大利亚。美国曾是民族独立和国家统一的榜样，但战后却是头号霸权。

欧洲的自治传统也影响到马克思。马克思早期主要是同无政府主义作战，施蒂纳讲"唯一者"，有点像存在主义，也被他批判。但就连他也有欧洲文化的烙印，比如，他说共产主义是自由人的联合体。

我理解的西方价值观：

自由，主要是做买卖和打工的自由。

民主，主要是选战民主，背后是利益集团。几千年来，村里人都懂，要选只能选有钱有势的大能人。

平等，主要是法律面前人人平等。

博爱，更多是宗教意义上的。法国恐袭，有人哀悼，中东每天死很多人，没人哀悼，哭都哭不过来。

我知道的"中国传统文化价值观"

时下，中国有一股"传统文化热"，上有领导宠，下有商界、学界、媒体捧，热得一塌糊涂，最近更被某些学者提升为"价值观"。很多大学在四大文科（文、史、哲和考古）之外另起炉灶，设国学院、儒学院，甚至想用传统书院和私塾代替或改造现在的大中小学，裘锡圭教授不以为然，我也不以为然。我非常赞同裘老师的声明。

什么叫"中国传统文化"？有人说，就是儒、释、道。他们说的儒，不是先秦之儒，不是汉唐之儒，而是从程朱陆王到曾胡左李，从康有为到蒋介石，特别是港台新儒家的儒。我认为，这是把中国文化哲学化、宗教化、政治化、商业化、简单化、庸俗化的说法，专门迎合台湾口味、国民党口味、蒋介石口味，以及某些糊涂领导的口味。中国的大学，哲学系最热衷于此。

现在，有人热衷于在中国立教。他们说，三教，儒教是领导，不但应该领导释、道，还应领导外国的教，新中国的最大失误，就是没有制礼作乐、尊孔立教……

…………

关于传统文化，我想讲一句话，中国文化并不等于道德文化，更不等于宗教文化。有人说，外国技术好，中国道德高，这话经不起推敲。道德是一堆好词。好词，全世界的讲法都差不多。希罗多德说，波斯贵族，从小只学三件事：骑马、射箭、说真话。你讲忠信，人家就不讲吗？中国特色到底在哪里？

于是有人说了，咱们讲孝。《二十四孝图》，他们有吗？我们把它推广为师生关系、君臣关系（现在是领导和被领导，老板和打工仔的关系），他们有吗？

我觉得，拿《二十四孝图》当中国文化的核心价值，这不是中国文化的光荣，而是中国文化的耻辱。现在的公益广告，很多都是酸菜坛子，如"妈妈有福了"，表面看是儿孙孝敬父母，其实是父母孝敬儿孙。现在，什么不要钱？生孩子花钱，养孩子花钱，孩子大了，上学、结婚、买房、买车，花钱的事多了去了，没完没了。等你把这些都孝敬完了，你就有福了。

我认为，中国传统，最大特点是国家大一统，宗教多元化，世俗性强。中国文化的最大优点是不立教，不传教，人文精神强。

很多人拿《论语》当道德课本。《论语》有很多道德格言。比如"吾日三省吾身：为人谋而不忠乎？与朋友交而不信乎？传不习乎？"（《论语·学而》），这样的话，我喜欢。

孔子思想的核心是仁。仁是什么？就是拿人当人，为人谋事要讲一个忠字，与朋友交往要讲一个信字，老师费劲巴拉教你半天，你得学而时习之，别不当回事。简单说吧，就是"说话算话，拿人当人"。我看，太多的要求也不必，咱们能把这八个字做到，也就不错了。

现在，道德沦丧，大家喜欢赖"文革"，什么事都赖"文革"，这是放着眼前说天边。"文革"，我们都是过来人，那时人傻，那时人浑，但不像现在这么滑、这么黑，满嘴谎话，见谁坑谁。这都是什么闹的，大家应该很清楚。比如电信诈骗，一帮台湾孩子领着一帮大陆孩子玩，跟"文革"有什么关系？

俗话说，老婆是人家的好，孩子是自己的好（狮子就是这样）。礼，据说就是咱们中国自己的孩子。比如喝酒，孔子明明说，"唯酒无量，不及乱"（《论语·乡党》），但山东人喝酒，说我们来自礼仪之邦，最好客，不喝到撒疯不叫喝好。他在那儿罚人喝酒，你在这儿罚酒驾，礼跟法打架。我看这样的礼就不好。

我认为，西方的东西不一定都好，不但不好，有些还很坏，比如国与国的关系，他们太霸道，借口人道干涉，制造人道灾难，就很坏。但我有一个谬论，礼是外国的好。外国的礼有蛮风，有古风，人与人打交道，很礼貌，社会公德，人家比我们好。当年，孔子说，"天子失官，学在四夷"（《左传》昭公十七年），在这方面，我们应该学学人家。

我知道的"国学"

中国人研究中国文化，有所谓"国学"。什么叫国学，我有一个说法，就是"国将不国之学"。我的意思是，如果没有利玛窦用天算地理之学到中国传教，如果没有鸦片战争和甲午海战，中国被人家打得失魂落魄，中国人哪儿知道天下还有西学这套玩意儿？不知道西学，当然也就没什么可以与西学唱对台戏的国学了。

中国的国学热，早先是辛亥革命和五四运动的反弹，现在是1989年后的文化现象。表面看，它跟怨天尤人骂祖宗的《河殇》唱反调，其实骂和捧，很可能是同一拨人。当年，葛兆光拉我参加过一个叫国学所的民间组织，就有这个背景。

研究中国，中国人研究叫国学，外国人研究叫汉学，这是同一门学问吗？我跟汉学家讨论，他们经常说，咱们的研究对象都是中国，何分彼此。但一谈具体问题，分歧就来了，且跟你掰扯呢。他们觉得我们很糊涂，连中国是什么意思都搞不清。我们的讨论很像庄惠鱼我之辩。他者都是相对而言，任何强势文化都不拿自己当外人。

研究落后民族，欧洲有民族学（ethnology）。这门学问有很深的殖民烙印。欧洲人把考察记录落后民族的资料叫民族志（ethnography）。这种志跟植物志、动物志差不多，很多都是一块儿搜集的。博览会上，非欧种族，可以拿活人展出，跟动植物标本一个样。现在，美国叫人类学（anthropology），好听一点。但植物不等于植物学，动物不等于动物学，人类也不等于人类学。你别以为你是鱼，就跟观鱼者或鱼类专家是同一概念。

西方还有一种学问叫东方学（oriental studies），专门研究东方古文明，像埃及学、亚述学、赫梯学、印度学等等。汉学是其中之一。其实，我国史书中的蛮夷列传诸番志，就是我国古代的"东方学"，虽然，我们叫"四裔之学"，各个方向都有。当时的

"西学",主要是从印度传入的佛学。

现在讲国学,大家喜欢讲王国维。鲁迅说,"要谈国学,他才可以算一个研究国学的人物"(《热风·不懂的音译》)。王国维怎么研究国学?我看,主要是三条,一是用新材料,特别是出土材料,如他说的五大发现;二是重西北史地和四裔之学,不光看汉族史料,还治少数民族史,如蒙元史;三是有国际眼光,如关注法国汉学和日本中国学的动向。

当年,陈寅恪、傅斯年负笈海外,主要是咽不下汉学这口气。傅斯年建史语所,目标很明确,他要证明,东方学的正统在中国。但怎么证明呢,主要靠两条,一条是用archaeology(考古学)改造中国史学,一条是用philology(历史比较语言学)改造中国小学。

王国维主张"学无古今中外"(《国学丛刊》序)。他研究的国学,其实是不中不西、不古不今之学。

中国历史,夏商周三代,孔子知道的主要是两周,我们的知识主要是两周以来的。两周以前的历史完全靠考古。考古是研究大时段、大地域的历史。学科划分,我国一般把考古划归历史学。但历史是条长龙,历史系研究的只是龙尾巴。

所以我总是讲,研究传统文化,考古才是擎天柱。可惜的是,考古系凭实物讲话,考古学家不说话,只是埋头挖,把挖出的东西拿给你看,外行往往干瞪眼儿。

桃李无言,下自成蹊。我就尽在树下转悠。

学校是培养人才的地方，不是培养奴才的地方

最近，S.A.阿列克谢耶维奇到北大做报告。我看了她的《二手时间》。帕斯捷尔纳克写十月革命前后的悲欢离合，索尔仁尼琴写斯大林时代的劳改营，都得了诺贝尔文学奖。索尔仁尼琴写劳改营，头一本是《伊凡·杰尼索维奇的一天》（"文革"中有翻译），获奖的是《第一圈》，而非《古拉格群岛》。《古拉格群岛》是在西方出版。去年，《二手时间》获诺贝尔文学奖，被西方称为《日瓦戈医生》《古拉格群岛》之后的第三个里程碑。苏联解体，这是墓碑，苏联时期有人骂，苏联之后也有人骂，社会毫无共识，西方乐见这一结果。

此书是苏联解体的牢骚集，没有改革盼改革，改革以后骂改革……

贾樟柯拍《山河故人》，看完就一印象，农村到矿山，矿山到城市，小城到大城，大城到国外，告别告别再告别，整个是一条不归路。乡愁不是美学享受。

什么叫"二手时间"？就是方生方死、无可奈何呀。"无可奈何花落去，似曾相识燕归来"（晏殊《浣溪沙》）。秋天花落，迎来寒冬，当然无可奈何。春天，八九燕归，你以为天气暖和了吧，但在北京，乍暖还寒，最难将息，没准还有倒春寒。我以前说过一句话，在《何枝可依》序中。我说，一个时代已经结束，另一个时代还没开始。

北大是个教书育人的地方,我没理解错吧。但现在的学校令人失望。

我是闵(维方)张(维迎)改革、燕京学堂的反对者。我一贯反对这种媚外媚俗的所谓国际化改革,但无可奈何,我们走上了一条不归路。

当年,我写《学校不是养鸡场》,我说过这样一句话,"不是坏人不出头,不是好人不发愁",很多年过去了,大家的感受还是如此。

越剧《红楼梦》有一段唱词,最能表达我的心情:

看不尽满园春色富贵花,听不完献媚殷勤奉承话。
谁知园中另有人,偷洒珠泪葬落花。

拍马屁,在我国是个大问题,历史上一直有这个问题。国民党不就栽在这上面吗?我一直说,反腐不反拍,等于瞎胡掰。

反贪反腐我拥护,但怎么反却是难题。改革三十多年了,问题太多,积重难返。我们要知道,贪腐并不一定都是悄悄进行的,很多都是借着拍马屁,堂而皇之,大干快上,公开进行的。特别是,我们不要忘记,改革开放初期,很多领一时风骚、现在可能关起来的人都曾理直气壮。他们以为,贪腐就是改革,改革就是贪腐。

我们的国歌,头一句就是"起来,不愿做奴隶的人们"。我想，谁都不想当奴隶吧？可在现实生活中怎么样？龚自珍写过这样的诗句：

> 金粉东南十五州，万重恩怨属名流。
> 牢盆狎客操全算，团扇才人踞上游。
> 避席畏闻文字狱，著书都为稻粱谋。
> 田横五百人安在，难道归来尽列侯？
>
> （龚自珍《咏史》）

什么是人才？现在有一种理解，叫"成功人士"。很多人都以为，升官发财就叫"成功人士"。榜样的力量是无穷的。不成功怎么办？不是奔银行金店抢，就是借网络电话骗，没人相信，劳动可以致富。

过去有一阵儿，社会上有办班热，学校里也有办班热，不是领袖班，就是总裁班，跟搞传销似的，大家都在那儿发展"人脉"。

"成功人士"长什么样？我一想起这个词，脑子里就会蹦出一个画面，最近电视广告频频出现的画面：8848，白金手机，"向成功的人生致敬"，有个秃头又从豪华轿车里钻出来了。咱们办教育的，不能光培养这种秃头吧，甭管中国秃头，还是外国秃头。

官有官道，商有商道，有人总结这些道，采撷天地灵气，浓缩人生精华，十二个字，非常精辟，叫"欲得领导重视，必先重视领导"。可惜的是，我在学界近四十年，一直都没按这两句话办事。朋友说，难怪你一直不得烟儿抽。我说，我从来都不抽烟，我要烟儿抽干什么。

我在中文系跟新生讲过我理解的北大校史。依我理解，北大是培养天下英才（革命家、学者）的地方，不是培养奴才的地方。只知伺候领导和老板，那不叫人才，那叫奴才。

还是龚自珍说得好：

九州生气恃风雷，万马齐喑究可哀。
我劝天公重抖擞，不拘一格降人才。

（龚自珍《己亥杂诗》）

这是我送给所有学校领导和老师的话，也是送给所有同学的话。

我爱北大！

2016年10月19日在北京大学讲课
（原载"名家领读经典"课题组著《人民公开课——
中国共产党与国家治理体系和治理能力现代化》，
杭州：浙江人民出版社，2017年，略有删节）

[附记]

文中提到赵俪生女儿赵䌷女士的回忆录《孤灯下的记忆》，现已由山西人民出版社于2017年4月出版。

爱我中华，振兴中华

早先的中华书局在灯市口，跟商务印书馆一个楼。这座看似普通的老建筑，在我心中是个古迹，不，也许该叫圣地。

小时候，坐103路无轨电车，每次去王府井，打它门口过，我都觉得神秘莫测，想不到啊想不到，多少年后，我竟成了它的常客。

这叫"一眼定终身"。

命中注定，我这一辈子都得跟书打交道。

中国的出版社，谁最牛？中华、三联、商务……各有千秋。它们都了不起。但我跟谁结缘最早，缘分最深，当然是中华书局。

我是中华的老读者，也是它的老作者。

中华出古书，从未间断，即使"文革"时期，也未间断。出版物的数量，蔚为壮观。中华文脉，赖此而传，谁说中国文化断裂了？

古书之用可谓大矣，一可安神健脑，二可消愁解闷，三可去怨怼，防止自杀或杀人。鲁迅说它有麻醉性，没错。我最苦闷的时候，深有体会。

我在中华出过不少东西。书，前后有十二种：自己写的七种（两种重复），参与写或整理的五种。文章，发在《文史》《古文字研究》等刊物，算下来，也十来篇。1979年，我最早的学术论文，就是发在《文史》上。我的处女作，《长沙子弹库战国楚帛书研究》，也是1985年由中华出版。

中华是个百年老店，现在可以这么说了，因为正好凑够了一百年。这可是个品牌呀，出版界的金字招牌。我希望大家都能像我，心疼这个品牌，爱护这个品牌。

过去，中华给我的印象是，它门槛太高。老一代的作者和编辑，那都什么人物？当年有人说，《文史》上发篇文章，就该提副教授。那时的副教授，凤毛麟角，多金贵呀，哪像现在。要是出本书，更别提了，眼巴巴一等多少年，十年都不算长。我在中华吃过苦，怅恨久之，但时过境迁，今已释然。

毕竟是中华造就了我。

想起老字号，我就想起老饭馆。北京的老饭馆，百年老店算什么？什么八大楼、八大居呀，哪个不是老寿星。全聚德，一百三十七年,长不长?不长。柳泉居,四百来年。便宜坊,六百多岁。

人家卖的是什么?是自己的特色,自己的看家菜。

当时,饭馆少,胃口好,老字号,地位高,人家是这么经营。

现如今,老字号有点衰落,原因是饭馆太多。人家年轻人,吃香喝辣,全都换口啦。新饭馆,路子正好拧着,什么特色,一边去吧。菜单在这儿,您就点吧,川湘粤咱们都有,只要您来了,什么都有。他们做的是"通菜",你有我有全都有。

形势逼人,形势喜人。老饭馆怎么办?一是改门面,豪华装修。二是提高价码,莜面当海鲜卖。老字号,倚老卖老,主要是这么卖。

商品大潮,红尘滚滚,所有被爱情遗忘的角落都被开发,我们这些待在学校里的人,跟大家一样,都爱说一句话:先要求生存,才能谈发展。

结果怎么样?你在生存中求发展,生存永远压倒一切。

活着就得了。

没钱的时候,被穷压着;有钱的时候,被钱压着。大家如飞蛾扑火,除了奔钱,谁也不知朝哪儿发展。

出版界的局面,其实跟饭馆差不多。

中华书局，过去的分工是什么？是古籍整理。特色是什么？是出整理本。古书，不是拿过来，影印一下，完事，而是慢工细活，拿得稳，站得住，再过多少年，我自岿然不动。只要爱这行的，干这行的，大家都得读，绝对绕不过去。

中华的老书，不是我夸，确实如此。

它和商务不同。商务的特色，过去是西洋古典（19世纪以前的书，以后多入"内部读物"），现在的卖点是字典辞书。他们的书也是做一本是一本，响当当、硬邦邦。中华做中国古典，古是咱们的古。

它和三联也不同。三联，过去是左翼书店，接近大众，接近生活，追求新知识，别提多时尚（现在相反，右才是时尚）。中华做古典，古典是陈年老酿，日久生香。三联出的《今日美国》，小时候，我读过，没两天，就成了《昨日美国》。中华不必走这条路。

我说的"各有千秋"，是生态多样性。别听广告上吆喝，养蝎子可以发财，大家就全养蝎子。干吗非得这么一窝蜂！

但话说回来，大势所趋，咱们哪行哪业又不是这样？领导不上心还好点儿，越是加大投入，加大力度，越是如此。

这些年，为了求生存，大家做过很多尝试。我不是致富能手。这方面的事，我就别插嘴了。为了振兴中华，这里说一点希望：

（一）继续出版好的整理本。我理想的整理本是什么样？一要理清版本的谱系，选出典型版本，汰除次生版本；二要简化校勘，只以典型版本做底本和参校本，保持底本原貌，不必把所有异文列出来，平行参校，越校越乱，哪个本子都不是；三要利用出土古本（简帛本和敦煌本）和古书引文；四要附佚文，比如我的《〈孙子〉十三篇综合研究》就是尝试。

（二）要重视出土文献的研究。今天，研究传世古书，已经离不开出土文献的研究，两者互相发明，彼此受益无穷。比如我在三联出的《我们的经典》，四本书，每本都得益于出土文本。目前，研究出土文献，做文字的往往死抠文字，做思想的往往流于空疏，如何打通二者，是个值得研究的问题。

（三）当年，洪业他们编《燕京引得》，做《太平御览》《太平广记》的剪辑本，真是千辛万苦。中华书局出过《古佚书辑本目录》，很有用。现在的古书，有各种电子本，方便多了。我希望有人能把辑佚的工作组织一下，推动一下，真的做一部辑佚大全，取代过去所有的辑本。当然，这事不容易。

（四）古书不仅属于学者，也属于大众。现在出版社都重普及。一般看法，普及就是面向市场，大学者纡尊降贵，白开水里放点糖，娱乐大众，好像逗小孩。我不这么看。群众是谁？我自己就是群众。在我看来，普及是最高境界，不是第一步，而是最后一步。深入才能浅出，没有深入的浅出，那叫忽悠群众。我理解的普及可不是这样。

我在中华出过本《兵以诈立》，据说是普及读物，教育部还发了普及奖。

这书是我在北大的讲课记录，印过不少回。有人说，印数大就是普及读物。但什么叫学术性，什么叫普及性，我在北大讲课，根本没想过。

没有普及性的学术，我可以理解。没有学术性的普及，我不明白。我不知道这是什么玩意儿。

老子说，道可道，非常道，意思是，终极的道理，不好讲。有人以为，学术性就是看不懂，懂就俗了，道都是说不清道不明的道，我不同意。

我想，说不清、道不明，那是自己没本事。我笨，一时半会儿理不清，说不透，咱们分几步走，一步步朝明白靠拢。书越写越薄，越写越白，那才叫本事。虽不能至，心向往之。

中华过生日，大喜的日子，值得庆贺。

我写过贺词：为学日益，为道日损，古书常读常新。

我理解，"为学"也好，"为道"也好，都是为了把道理讲明白。第一是让自己明白，第二是帮读者明白。先要繁，后要简。

老子讲损益，八个字，多简单。人家这话，那才叫深刻。

2011 年 11 月 13 日写于北京蓝旗营寓所
（原刊《中华读书报》2011 年 12 月 14 日，
收入《书品》2012 年第 2 辑）

附：我在中华出的书

（一）自著

1.《长沙子弹库战国楚帛书研究》，1985年7月。

2.《吴孙子发微》，1997年6月，共245页（后收入《〈孙子〉十三篇综合研究》）。

3.《〈孙子〉十三篇综合研究》，2006年4月。

4.《中国方术正考》，2006年5月。

5.《中国方术续考》，2006年5月。

6.《兵以诈立》，2006年8月。

7.《孙子译注》，2007年9月（节自《〈孙子〉十三篇综合研究》）。

（二）合作整理

1. 中国社会科学院考古研究所编《新出金文分域简目》，1983年5月，李零与刘新光、曹淑琴合编。

2. 郭忠恕、夏竦《汗简、古文四声韵》，1983年12月（2010年7月又出了第二版），李零与刘新光合作整理。

3. 周进《新编全本〈季木藏陶〉》，1998年10月，李零分类考释。

4. 张政烺《马王堆帛书〈周易〉经传校读》，收入《马王堆帛书〈周易〉经传校读》，2008年4月，李零等整理。

5. 张政烺《张政烺论易丛稿》，2010年12月，李零等整理。

和三联一起过生日

三联书店和我同岁,今年是六十大寿,同喜同喜。

现在图书市场不景气,我祝各位老总和员工大吉大利,发发发。

这是很俗气的话,也是很实际的话。

今年是鼠年,我的本命年。两个戊子转一圈儿,正好六十年。我的同学都说,鼠辈要格外小心。家里人替他们操心,特意买了红衣服和红皮带。

本来"八"很时髦。过去,安电话,上车牌,大家全跟广东人学,谁都想靠一串"八"字讨吉利,说是"八"者发也(全然不顾"王八"和"王八蛋"也都有这个"八"字)。谁让人家是改革开放先驱发财发得早呢。他们说,不可不信。

然而今年,迷信鬼又说,"八"可不好,凡是和"八"字有关的事都不吉利,他们到处讲。

我才不信这个邪。

2008年,对三联,对我,都很重要。

我和三联打交道，已经有点年头了。

对三联，我印象最深有三点。

第一，这个书店很有名，我早就想成为它的作者。

小时候，我最心仪神往，有三个出版社：中华、商务、三联。中华出古书，了不起；商务出洋书，也了不起。在我心目中，它们是百年老店象牙塔。三联的特点是什么？是贴近生活，渴望读书，追求新知。一个字，新。它更接近广大知识分子而不是专家的兴趣。我没想到，终于有一天，我能成为它的作者。过去，因为专业的缘故，我跟中华关系最密切，在那儿出书，前后已有七八本。商务，关系浅一点，只是最近才出了一本。三联，早先给《读书》投稿，《生活》也写过几篇，写的都是杂文随笔。书，只是近几年才出，现在四本，以后要接着写。人，衰年变法，一定要走出象牙塔。我正在实行战略转移，把重心转到三联书店。

第二，我想说的是，三联特有人文气息。

现在讲人文，意思有点乱，好像凡是可以往脸上贴金的地方都可以用这个词，或以为是指特有学问特有品位的某种事，根本不对。我以为，人文（humanity）也者，要义精义是拿人当人，孔子叫作"仁"。为富不仁，拿人不当人，还谈什么人文。读书人，吭哧吭哧，一辈子都写不了几本书，他希望的是尊重和负责，尊重作者，替读者着想。杜甫咏胡马，"真堪托死生"。作者跟出版社，那是托付终生。我曾幻想，有个理想的出版社，一见倾心，"妾拟将身嫁与，一生休。纵被无情弃，不能羞"。找呀找，总算找到了。三联书店的编辑，学历高，知识背景深，很有朝气，也很有干劲，我跟他们打交道，那是如鱼得水。他们能将心比心，同你交流，这点最重要。比如我的责编孙晓林同志吧，她就是其中一个。她对我这样的"老改犯"，对我这样吹毛求疵又百般挑剔的人，不急不烦不恼，我很感谢她。

第三，三联出版物，不光在精神上很有追求，在形式上也很讲究，脸蛋身段好，衣服也好。

我对三联的历史不太了解，但完全可以感受到，它有很好的传统。论出身，它曾经是个左翼书店，追求革命进步，反对陈腐倒退，思想上很敏锐，作风上很平易，和作者、读者保持交流沟通，官僚气和衙门气比较少。它不像工厂，只是按部就班，批量生产某一类精神产品，爱看不看。它的书刊，视野宽广，对思想深度和文化品位，都有很好的把握，对引导读者成为精神健全、蓬勃向上的人有积极的推动作用。三联的书，不仅思想内容吸引人，用纸用料、封面设计、版式设计也非常考究，让人看了，赏心悦目。这也是三联吸引人也吸引我的地方。我对封面特上心。宁成春老师，封面大家，这次给我作封面，他是抱病在身正要动手术，我和晓林登门打扰，他耐心倾听我们的想法，数易其稿，反复推敲，令我感动。这些年，三联书店，从领导到编辑，都给了我很多支持与鼓励。我很想写一点深入浅出，适合读者，也适合我能力的作品，报答读者，也报答出版者。

今年，我没打算过生日。中国人的说法，过九不过十。

罗泰教授的生日比我早几天，他和他的一大堆学生在考古所开会。叶娃骗他说，晚上约好了，跟李零见面，在她家，目的是给他一个惊喜。他到了才发现，屋子里面坐满了人。

大家喝啤酒，吃饺子，点蜡烛，分吃蛋糕。他问我的生日，我说，算了，不过了。

6月12日，他从国外寄来一首他写的中文诗，我把它抄在下面：

给不过生日的人祝寿

有人说"还甲"就是第二次出生，要穿红色的童装来庆祝

但童心并不在于所穿

而在于所想所言所写

如果看人看得够仔细，在眼睛里也许能看到它

没什么也许，一定看得到，我就看到了

现代的很多孩子反而缺少童心，已经变成小老头

也许人到六十岁才有资格当小孩

乱讲，什么时候都有资格

但多数人宁愿穿可笑的红色童装也不愿当小孩

这样也许还不如不过生日

让我今天鼓励你随时像小孩

希望在你的眼睛里将来也能看到童心

他说，这算不上诗，但我很喜欢。

说来惭愧。他不知道，12号白天，我的学生还是在何贤记请我吃饭，大吃二喝，有蛋糕。第二天晚上，吕敏、马克、来国龙约我在万圣见面，到元绿吃饭。吕敏买了高级的法国蛋糕。马克送我一本反映高卢宗教、社会的精美图录（在法国，他陪我看过高卢遗址）。来国龙送我CD：老柴第四、五、六，还有台湾的龙凤大饼和西湖龙井。

礼物太丰富了。

我能送给三联什么呢？只有我的书——今年是《我们的经典》，还有我的祝福。

《老子》说："抟气致柔，能婴儿乎？"婴儿是最高的赞美。

我希望三联，永远像个新生的婴儿——每一本书都是这样的婴儿，呱呱坠地，给大家带来欢喜。

2008年2月26日写于北京蓝旗营寓所
（原载《我与三联》，北京：生活·读书·新知三联书店，2008年）

附：我在三联出的书

1.《简帛古书与学术源流》，2004年4月；修订版，2008年1月。

2.《铄古铸今——考古发现与复古艺术》，2007年8月。

3.《何枝可依：待兔轩读书记》，2009年3月。

4.《兰台万卷——读〈汉书·艺文志〉》，2011年1月；修订版，2013年4月。

5.《小字白劳》，2013年7月。

6.《我们的经典》，2013年12月。

7.《我们的中国》，2016年6月。

8.《万变》，2016年10月。

9.《波斯笔记》，2019年10月。

10.《十二生肖中国年》，2020年6月。

贺三联韬奋书店重新开业

今天是个好日子,祝贺三联韬奋书店开张大吉。

上一个鼠年,我跟三联一起过生日,大家题词留念,我写了八个字,"革命书店,左翼先锋",印在咱们的纪念册上。

三联是个有光荣革命传统的书店。在这个纷言告别革命、避席畏闻左翼的时代,我想提个醒,什么叫"不忘初心"。

现在,大家又搬回来了,搬回三联的风水宝地。中华、商务、三联,三家老店,过去都集中在我说的"金三角",不是贩毒的"金三角",而是卖书的"金三角"。后来,中华搬了,商务和三联还在。在我心目中,这是个中国出版业的圣地。

三联,名字非常好。

"生活",贴近生活很重要。人首先得活着。人有各种活法,我是靠读书生活。读书写作跟吃喝拉撒睡没多大区别,区别只是睁眼闭眼、一作一息。

"读书",人活着就有痛苦,"何以解忧,唯有读书"。

"新知",读书是为了求知。中华过生日,我写过几个字,"为学日益,为道日损,古书常读常新"。其实,好的作品,无论古今,都是"常读常新"。经典的意思就是"常读常新"。

我是三联的读者,也是三联的作者。作者的本色是读者。读书容易(比杀猪容易)也不容易。我觉得,做学问,有房子放书,有时间读书,最重要。房子太贵,没时间,这是青年人的普遍烦恼。

只要有房子住,有时间坐下来,读书是很容易也很愉快的事情。

我的读书生活并不顺利。我为社科院考古所效力七年,"大号为零,小字白劳";调到北大三十四年,"书生老去,机会方来"。但我很幸运,脱离领导,脱离群众,不入主流,不得烟抽,反而有益读书思考。我是中华的老作者,跟三联打交道,比中华晚。但我的最后选择是投奔三联,就像林冲夜奔,上山落草。

我跟三联说,我想调到三联。在我最心灰意冷的时候,三联收留了我。他们没让我当编辑,反而给我个闲差,让我当顾问和签约作者。我说,我把我的余生托付给三联。

三联对我这么好,何以为报?我给三联写过九本书,《波斯笔记》是最近一本。2020年是我的本命年,我想把我的第十本书献给三联。

谢谢！

2019 年 12 月 29 日写于北京蓝旗营寓所

我与文研院

我给"北大文研院"写过个牌子,只有这五个字,全称是"北京大学人文社会科学研究院"。很多人都说,这是北大的高等研究院。我不知道啥叫"高等",啥叫"不高等",我只是把它当作一个来自五湖四海各个学术村落、"日出而作,日入而息"、从事各种知识生产的人自由往来自由交流的平台,就像当年我在农村大田里顶着烈日割麦子,笔直的麦垄一眼望不到边,特想直一下腰喘口气,躲在树下凉快凉快。在我心里,它就是这么一棵树。或许我理解错了?反正我是这么想。

"五四"以来,中国罢黜旧学(旧学多属人文),独尊新学,新学是西方的科学。我们往往把自然科学叫"科学",其他归了包堆儿叫"社会科学"。除了"科学",没有其他。其他都归"迷信"。比如我效力七年的那个考古所,1977年从中国科学院分出来,跟其他非自然科学的研究所凑一块儿,成立"中国社会科学院"。所谓"社会科学",其实是把文史哲跟政商法绑一块儿。现在,咱们在"社会科学"前面加了"人文"二字,早先不这么叫,听着挺新鲜,我喜欢。而且,咱们搞了那么多活动,多半都不太"科学",连"社会科学"都未必够格,但我喜欢。

美国有个艺术—科学院,过去我没听说过。后来去了,他们发我一本会议手册,我才知道,他们的"艺术—科学"到底是什么意思,哪些算"艺术",哪些算"科学"(比如俞孔坚老师归"艺术",我反而归"科学")。原来,他们之所谓"艺术",其实是"人文","人文"不叫"人文科学","科学"分自然科学和社会科学,不包括这玩意儿。台湾地区把这个学术机构叫"文理学院"不一定合适,比如社会科学就不好叫"理科"。还有,北大文科四系有个考古系(现在叫"考古文博学院"),我们算"文科";人家不一样,考古学归人类学,属于科学,不但包括体质人类学,还包括英国叫社会人类学的文化人类学,而且他们特别重视科技考古,大趋势是向自然科学靠拢,越来越"科学",直到"科学"有点玩过梭了,才有"后过程考古学"出来讲"人文转向"。考古学在中国划归人文,道理很简单,过去,考古是历史系的一个专业,北大考古系是1983年才从历史系分出,历史当然算文科。其实,考古是综合性的学科,就像军事学,什么学都有用武之地,好就好在综合性,妙就妙在综合性。"人文"当然是"混沌",《庄子·应帝王》说"日凿一窍,七日而混沌死",但正面理解是"跨学科"。"人文精神"的最大优点就在"跨学科"。"跨学科"是治疗"过度专业化"的良药。

常洋铭约我写稿,为庆祝文研院五周年写稿。五年,一眨眼就没了,怎么这么快?

最近,拱玉书老师送我一本书,是他对《吉尔伽美什史诗》

的译注。这部史诗太古老，比著名的《荷马史诗》更古老。他在该书《导论》中讲洪水故事，原来《圣经旧约》里的故事是打两河流域来（那地方经常闹洪水），这才是正根儿。而更有意思的是，他还提到一部巴比伦时期的长篇叙事诗，叫《阿特拉哈西斯》，它讲"人是怎么被造出来的"。这个古老话题，其实很现代。学校不就是个专门"造人"的地方吗？拱老师是小常的老师。这个话题，太有意思。

拱老师说：

《阿特拉哈西斯》的第一块泥版描述了巴比伦人的宇宙起源观。在巴比伦人看来，组成宇宙的几个基本要素——天、地、海——原本存在，神也原本存在。原初的自然界，虽有物质，各物质间也有相对固定的位置，但没有一种力量来控制这些物质，于是，大神们通过抽签这一原始民主方式，把这些原本存在的东西分配给不同神掌管。这样，神便有了不同神格和功能，地位有高有低，有尊有卑，小神为大神服务，长期不分昼夜（*mūši u urri*）地劳作，为大神服务的小神们终于不胜其苦，决定起义。为了把这些小神从苦役中解脱出来，大神们决定造"人"（*lullû*），让人来代神劳作，承担苦役。可见，在巴比伦人的宗教观念中，人来到这个世上的目的是代神而劳，人为神而生，亦为神所用。母神宁图（Nintu）在智慧神恩基（Enki）的帮助下造了人，并为人类制定了一些规则，如"十月怀胎"等。没过多长时间，人类就由于过度繁衍而使大神感到不胜其扰，于是，神用疾病减少人类，瘟疫横行，人类痛苦不堪。危急关头，阿特拉哈西斯出场，求智慧神恩基帮助解除灾难，在恩基的帮助下，疫情结束，人类度过了人类历史上的第一次劫难。

原来，大神造人，竟然是为了解放小神！但谁又来解放人呢？眼下，电商还得靠快递小哥满街跑。有人说，以后用无人机送外卖。有人说，将来"人工智能"把脏活累活苦活全都包了，人就废了。但只剩"超级人类"和机器人的社会，听上去十分恐怖。

大神造人，造完又不满意自己的创造物，嫌他们太多太吵太闹，扰乱了上天的清静，竟然想用瘟疫减少人类，特别是"低等人类"。难道这就是大神理解的"解放"？

如今，大家都很累，老师累，学生也累，就是钱不累。"闲"是个很便宜也很奢侈的东西。我一直顽固地相信，"人文"不是拿钱就能买到，不是靠课题制就能逼出来的。

"养闲"才能"养贤"。

文研院的同人，还有邓老师、渠老师、韩老师、杨老师，她们/他们为创造一个我们理想的"人文乐土"付出太多，我是享受远超付出。

文研院的活动很多，我参加过一些，主要是听会。这些会，很小，很有效。我只给文研院出过一个主意，"大会不如小会，小会不如走会"，灵感来自北京大学与牛津大学的两次考察，一次河西走廊，一次西伯利亚。

中国，万水千山，太多的故事写在书上，太多的历史深埋地下，"阳春召我以烟景，大块假我以文章"（李白《春夜宴桃李园序》）。我们有太多的时间在路上交流，交流我们亲眼看到亲耳听到的东西，一切都很新鲜，一切都很自然，无须领导致辞，无须照稿念经，也不用考虑发言时间，一切仪式感的东西统统玩蛋去。

我们的两次西北考察很成功，希望类似的活动能坚持下去，当然这需要学校领导的大力支持。

2021年5月13日写于北京蓝旗营寓所
（原刊常洋铭编《我在北大文研院》，2021年夏）

第二辑

我的读书生活

为什么说曹刿和曹沫是同一人
——为读者释疑，兼谈兵法与刺客的关系

我在《读〈剑桥战争史〉》和《大营子娃娃小营子狗》两篇小文（收入《花间一壶酒》）中都提到一位古人，即《左传》庄公十年讲齐鲁长勺之战时提到的鲁庄公的谋臣曹刿，而且是把他和司马迁笔下的第一刺客，即《刺客列传》中讲鲁庄公十三年柯之盟，用匕首劫齐桓公求返鲁地的曹沫视为一人。这是杂文中的插叙，本不必细说。想不到，此言一出，竟令某些读者大惑不解。曹刿者，因毛泽东的军事著作和他的"卑贱者最聪明"说大出其名，但大家对他与汉代刺客"曹沫"的关系却不甚了然。他们说，"曹刿"和"曹沫"，分明写法不同，两人的表现也不一样，一个是足智多谋的军事家，一个是恐怖分子亡命徒，两人怎么会是一人。他们怀疑，我是一时糊涂，记忆有误，犯了实在不该犯的常识性错误，即学界称为"硬伤"，很多人都乐此不疲的错误。我承认，自己的记忆力已大不如前，犯糊涂的事也时有发生，但说到此事，却并不如此。为什么呢？因为这是前人成说，早有定论，我没有任何发明。比如，随手翻一下吧：

（1）唐司马贞《史记索隐》谓《史记·刺客列传》的"曹

沫"就是《左传》《谷梁传》的"曹刿"、《公羊传》的"曹子"。它说:"沫音亡葛反。《左传》《谷梁》并作曹刿,然则沫宜音刿,沫、刿声相近而字异耳。此作曹沫,事约《公羊》为说,然彼无其名。直云曹子而已。且《左传》鲁庄十年,战于长勺,用曹刿谋败齐,而无劫桓公之事。十三年盟于柯,《公羊》始论曹子。《谷梁》此年惟云'曹刿之盟,信齐侯也',又记不具行事之时。"

(2)清梁玉绳《人表考》卷三考《汉书·古今人表》"鲁曹刿",也列举诸书异名,指出:"曹刿始见《左》庄十、《谷梁》庄十三、《鲁语上》、《管子·大匡》。刿又作翙(注:《吕览·贵信》),又作沫(注:《战国齐、燕策》《史齐、鲁世家》《刺客传》),又作昧(注:《史鲁仲连传》索隐),亦曰曹子(《公羊》庄十三、《齐策》)。"

(3)今人杨伯峻《春秋左传注》也说《左传》庄公十年的"曹刿"就是《史记·刺客列传》的"曹沫",即:"刿音桂。《史记·刺客列传》:'曹沫者,鲁人也。'沫、刿音近。关于曹沫事,古代传说不一,详十三年'盟于柯'《传》《注》。"(北京:中华书局,1990年,第一册,182页)

(4)日本学者泷川资言《史记会注考证》也说《史记·刺客列传》的"曹沫"即《左传》庄公十年的"曹刿"、《吕氏春秋·贵信》的"曹",他考证说:"张照曰:'按沫、刿声近而字异,犹申包胥之为芬冒勃苏耳。'必音沫为翙,反涉牵混,三传不一其说,传疑可也。苏子《古史》据《左传》问战事,谓沫盖知义者,安肯身为刺客,则直以沫为刿未免武断。《吕氏春秋·贵信篇》曰：'柯之会，庄公与曹翙皆怀剑至于坛上，庄公左搏桓公，右抽剑以自承，管仲、鲍叔进，曹翙按剑当两陛之间，曰二君将改图，毋或进者。桓公许之，封于汶南，乃盟而归。'按此则以沫为翙之证，而字又小异。《胡非子》：'曹刿匹夫之士，一怒而劫桓公万乘之主，反鲁侵地。'亦以为曹刿。梁玉绳曰：'曹子之名，《左》、《谷》及《人表》、《管子·大匡》皆作刿，《吕览·贵信》作翙，《齐策》、《燕策》与《史》俱作沫，盖声近而字异耳。《索隐》于《鲁仲连传》作昧，疑讹。'"（上海：上海古籍出版社，1986年影印本，上册，1550页）〔零案：梁说见该氏所著《史记志疑》。〕

（5）今人陈奇猷《吕氏春秋校释》注《吕氏春秋·贵信》"曹翙"，也认为他就是《左传》庄公十年的"曹刿"、《史记·刺客列传》的"曹沫"，并指出说："翙、刿、沫三字同音通假。"（上海：学林出版社，1984年，第三册，1308页）

这个问题本来不必讨论，但因为最近发现了上博楚简《曹沫之陈》，我是竹简整理者，现在回想过去的讨论，我觉得，曹刿为什么就是曹沫，这件事倒还值得补说几句。

案古书所见人名，同人异名，情况很多，如上引梁玉绳书就列有他的四种异名，本不足怪。一种可能是，它们是一名一字，名字互训或反训，但写法不同。一种可能是，它们是传写不同，或者同音假借，或者形近讹误。甚至还有其他一些情况。过去，学者为什么认定曹刿就是曹沫，理由主要有两点：第一，叫这两个名字的人都是鲁庄公的重要谋臣，它们的写法虽不太一样，但都是曹氏，名字的读音也十分相近，不太可能是两个人；第二，《左传》讲柯之盟，虽未提到曹沫，但战国古籍，如《管子·大匡》《吕氏春秋·贵信》，分明已说登坛劫持者，其中就有"曹刿"或"曹翙"。"刿"和"翙"显然是通假字，并且二者参加的是同一事件，此人无疑就是《史记》提到的"曹沫"。只不过，二书不像《刺客列传》，只是突出曹刿一人，它们还提到另一位劫持者，即鲁庄公本人，《荀子·王制》也说"桓公劫于鲁庄"。

这是古今中外许多学者，经过反复查证，已经搞清的事情。

现在，我想说的是，上博楚简《曹沫之陈》中的"曹沫"，他的名字，写法和传世文献又不一样，是作"散蔑"，我们不能认为是又出了个什么人。我们看简文，这个人也是鲁庄公的谋臣，不但劝谏庄公勤俭，还和他讨论军事，他能是谁呢？我看没商量，他只能是曹刿或曹沫。因为简文"散"有异体，但都是从告得声，此字应该就是曹国之曹（封地在今山东定陶县西南，与鲁相近）的通假字，或原本相当于郜国之郜（在今山东成武县东南），后以音近，传写为"曹"；"蔑"也有异体，但都从蔑得声，此字也很明显是相当于曹刿的"刿"字或曹沫的"沫"字。不过，值得注意的是，《刺客列传》索隐对曹沫之"沫"的读音，所注反切是"亡葛切"，从道理讲，它是上古音的明母月部字，即相当于"沫"字，而不是"沫"字。这两个字，字形、读音都有区别，"沫"是明母月部字，两横是作上长下短；"沫"是明母物部字，两横是作上短下长。虽然在古书中，"末""未"两字经常混用（参看高亨：《古字通假会典》，济南：齐鲁书社，1989年，610—611页），但还是有一定区别。曹沫的名到底是"沫"还是"沬",前人有不同看法,如清梁玉绳《史记志疑》卷三一认为,《索隐》作"亡葛切"不对。但我认为,其标准写法还是以作"沫"更好(中华书局标点本《史记》作"沫")。在上古音中,"曹"是从母幽部字(从曹得声的"遭"是精母幽部字),"告"是见母觉部字(从告得声的"造"是从母幽部字),读音相近,可以通假;"刿"是见母月部字,"沫"是明母月部字,"蔑"是明母月部字,读音相近,也可以通假。读者要想知道有关的通假实例,可以查看上引高亨《古字通假会典》的618—619页、656页、726—728页、760页。特别是其中的618页,正是把"刿"与"沫"列为通假字(原书"沫"当作"沬")。简文"蔑"与"岁"读音相近,字形也相近("岁",繁体作"歲")。所以,从各方面看,《左传》的"曹刿"、《史记》的"曹沫"、上博简的"散蔑",他们肯定是同一人。

当然,这里应当说明的是,前人对《左传》"曹刿"和《史记》"曹沫"是否为一人这件事,也不是没有争论。但一般来说,大家的疑点,主要是此人是否真的当过刺客,而不是说"曹刿"和"曹沫"是不是两个人。比如,大家可以读一下杨伯峻《春秋左传注》第一册194页的讨论。前人讨论这一问题,谁都承认,曹刿(或曹沫)曾为刺客是战国秦汉流行的说法(不但见于梁玉绳引用的上述各书,汉画像石也有曹刿劫桓公的图像,说明这种观点在当时很流行),唯各书所记,某些细节,似仍有疑问。如长勺之战,《左传》既言齐败鲁胜,为什么《史记·齐世家》反言柯之盟,齐尽返"曹沫三败所亡之地";《春秋》经传既述齐灭遂于柯之盟前,为什么《齐世家》反言"桓公五年,伐鲁,鲁将师败。鲁庄公请献遂邑以平,桓公许,与鲁会柯而盟"。学者复疑《管子·大匡》《吕氏春秋·贵信》所言"鲁请比关内侯",《公羊传》所言"请汶阳之田",皆为不可能之事,甚至说春秋不应有刺客,当时不用匕首。所以,前人有指这类描述都是战国人编撰的故事。这类问题,涉及古书研究的方法,涉及辨伪学的重新思考,当然可以讨论,而且也应当讨论。战国时期的传说,肯定有添油加醋的文学夸大(这类问题在诸子、事语类的古书中极为常见),但哪些是真有所本,哪些是毫无根据,应当细致甄别,信以传信,疑以传疑,切忌使用默证(这是司马迁作《史记》的一贯态度,我也这么看)。比如,上面讲的基本史实,长勺之战在公元前684年,齐灭遂和柯之盟在公元前681年,灭遂在夏天,盟柯在冬天。《齐世家》记齐败鲁,上距长勺之战已三年,鲁胜长勺,并不能证明柯之盟前,鲁未三败,当时齐强鲁弱,鲁一胜三败,不足为奇;鲁献遂,可能也是对齐灭遂的承认,属于合法性问题。至于春秋时不应有刺客,或当时还没有匕首(见上引《史记会注考证》,1551页),这些也是揣测和估计,不足为凭。研究宋代辨伪学,我有一个看法,就是这里面有儒家道统的干扰,比如宋人疑《孙子》晚出,至诋其书为下流,即多源于他们对世道人心的估计。前人不敢相信《刺客列传》,主要也是这类考虑。这就是,凭他们估计,春秋时代,世道人心虽不好,但尚未堕落到战国水平,鲁庄公和曹刿是体面人物,不该在国际场合,行此野蛮无礼之事。况且,即便真干,也只能雇杀手,何必亲自为之。其实不然。我不但相信，春秋时代可能有刺客，而且从考古发现看，当时肯定有匕首。中国的兵器，短剑实早于长剑，西周、春秋皆有之，其实很多短剑，就是匕首式的东西。司马迁讲五大刺客，其中有曹沫和专诸。如果大家对曹沫有怀疑，专诸刺王僚，怎么否认（《左传》昭公二十年和二十七年，写法略异，作"鱄设诸"）？《汉书·古今人表》也有这两个刺客，它把曹刿列入第三等，把专诸列为第七等。这两个人，绝非太史公的杜撰。更何况，还有一条过硬的证据，《孙子·九地》说"吾士无余财，非恶货也；无余命，非恶寿也。令发之日，士卒坐者涕沾巾，偃卧者涕交颐。投之无所往，诸、刿之勇也"，注家都说，"诸"是专诸，"刿"是曹刿，分明是以这两大刺客并说，用他们为榜样，鼓励士兵拼命。现在，治军事史者，或以为只有"堂堂之师""正正之旗"，才叫军事，殊不知我国兵法，自古就有另外一路。如《吴子·励士》说："今使一死贼伏于旷野，千夫追之，莫不枭视狼顾。何者？恐其暴起而害己也。是以一人投命，足惧千夫。今臣以五万之众，而为一死贼，率以讨之，固难敌矣。"这和《孙子兵法》的说法就完全相似。吴起临死，犹"示子吾用兵"，令围攻他的楚国大臣，皆坐夷三族之罪，他是实践了自己的理解。自古所称师旅，皆道孙、吴之书，这不是兵法是什么？我们明白这一点，就不会说，军事家怎么可以当刺客了。其实，什么样的暴力都是暴力，美国这个国际警察说流氓国家不许有大规模杀伤性武器，那只是合法性的解释权在谁手里的问题。其实，在使用暴力这一点上，历史上的流氓、黑帮和警察，他们的角色经常是互换的，比如黄金荣，他就既当过小流氓，也干过巡捕房，而且还是总统的老师，上海和全国的闻人和贤达。看看美国的黑帮片吧，如演著名的纽约黑帮和芝加哥黑帮的片子，这对理解当代的政治和军事很有帮助。美国的现任国防部部长就很欣赏这些美国老前辈。现在，没有哪个词比"恐怖主义"更为流行，也没有哪个词比"恐怖主义"更为混乱，光是定义就有一百多种，剑拔弩张，各说各的道理，立场不同，根本无法对话，这里不必多谈。但军事家也可以当刺客，还是不必大惊小怪，更没有必要拿道德说事。

刺客不等于坏蛋，军事家也不等于好蛋。

最后，简单总结一下，我们可以说，曹刿就是曹沫，这是没有问题的。至于此人是否当过刺客，我只能说，这是古人的成说，而且从《孙子兵法》看，还很有根据。它不仅见于战国秦汉的古书，也被《史记》采用。司马迁讲曹沫，特意记载的就是他劫齐桓公的壮举，不但《刺客列传》讲，还载之《齐世家》、《鲁世家》和《年表》，反于论战之事不置一词，可见这种说法在汉代影响非常大。学者怀疑，可以，但如果不是别有所见，我们还是应该尊重古人，至少是留有余地。

我希望和古人沟通，也希望和读者沟通。不对的地方，请大家批评。

2003 年 4 月 21 日写于北京蓝旗营寓所
（原刊《读书》2004 年 9 期）

南白和北白
——读《历史的坏脾气》[1]

张鸣的文笔很好。

他的名字,我是从《读书》发现。2000年,评"长江《读书》奖",我是"推委"。我只推过文章,没推过书(评书与我无关,我人在国外,什么都不知道)。两篇文章之一,就是张鸣的。可惜,我没听说他中过奖。

我总感慨,这年头,怎么闹得,谁都不爱明明白白讲话,竟使"直截了当的独白",我认为的白话,反而成了凤毛麟角。张鸣还坚持这种风格,讲史,简洁明快,幽默生动,我喜欢。

当时,我不认识张鸣。我很纳闷,他这个名字,怎么会和我在北大中文系的同事张鸣一样,同名同姓。我们那边的张鸣有意见,因为老有人打电话,说他最近又写了什么什么。有一天,有人打电话,自我介绍,也叫张鸣,说他就住我家(蓟门里的家)附近,我才见到了真正的张鸣,北大以外的另一个张鸣。

---

[1] 张鸣:《历史的坏脾气》,北京:中国档案出版社,2005年。

我们喝了酒。

我可以证明,这两个张鸣不是同一人,很好区别。此张鸣(人大张鸣)和彼张鸣(北大张鸣)完全不一样,不光看上去不一样,一北一南,一矮一高,一胖一瘦,两人的气质也不一样。北张鸣,脾气大点,就像他读的那段历史,取字应叫不平。

张鸣是读近现代史的,和我不一样。我读古代,事儿离得远,不但光辉灿烂比较多,还有麻痹神经、消愁解闷的奇异功效。近现代,距离太近,就和昨天一样,联想太直接,常令人有切肤之痛。读他的书,我学到很多东西,包括"历史的坏脾气"。

记得90年代,我在美国,听留学生痛说近代史,痛说现代史,云山雾罩,不知症结何在("白毛女"的回忆录,到处都是)。后来明白了,倒也简单,无非是吃后悔药,什么都倒着读,就全都顺了。革命不如改良,改良不如保皇;皇上走了,孙中山太专制,军阀才是民主先驱;中国最好四分五裂,到处独立,重建联邦制——像人家美国一样。张鸣上来就讲军阀,我得看看,果然写得好玩。中国怎么搞民主(炮火中的民主——让我想到伊拉克),原来就是这帮东西。还有,1958年的高校大跃进,那不就是咱们身边的事吗?我跟张鸣说,人大院里旧食堂,"人民大学的明天",那幅画不久前还在(当然,那也是十多年前了)。中关村,北四环的北边,也有科学院的"古迹"(诗画满墙的"古迹")。还有,他讲私塾,我也浮想联翩,想起我在老家当老师。我们老家的小学,教室在前,老师的办公室兼卧室在后。老师可以睡在炕上，垂帘听诵（和从背后监视）。学生就和三味书屋一样，摇头晃脑，像唱歌那样背诵，一唱一上午。放学前，他们还写仿，每人取老师的臭字一幅，照着写。我的学生，知书不多，但很达礼，干活也特别卖力。老师是村中的体面人，红白喜事，要帮着写对联，写礼账，然后可以白吃一顿，还揣点糕、馍往回走……

和他的人相比，此书已经算得上心平气和了。

史家应该心平气和。

不过，我对张鸣的注意，最初还是文笔。

他的文章，本色是东北话，我爱读。研究方言的专家说，北京话和东北话，两者有不解之缘。其实何止这些，幽默也往往相通。

张鸣的书，很多是给报章写的短文，简练精悍。和他的文章相比，我的文章偏长，句子偏短。我老根据语感截句子，句子短到不能再短（快成《诗经》了），有时碎了点。节奏也因此快了点，好像满嘴跑舌头。长，也是我想避免的。

向张鸣同志学习。

近现代，风从海上来，南方人得风气之先，革命党人、文学家，尽是南方人。从前，我在中学里，非常崇拜"五四"文学，特别是诗，但怎么模仿都学不像。原因很简单，那都是南方人写的。狂飙社，很多是山西人，但写诗写小说，全是南方人的腔调。比如，高沐鸿写我父亲的小说《少年先锋》，就是这种味道。最近，网上吵，南方人说，北方有霸权，自从中国的首都搬回北京，北京和北方就牛起来；北京相声、东北小品，简直受不了；凭什么非拿北京话当普通话，还让他们趁机"走私"，直接把北京土话往里塞。南方人，自己的土话，上不了台面，加学普通话，已经吃亏，如果再玩北京土话，岂不更吃亏？他们宁愿向古代的普通话或世界的普通话靠拢，也绝不向北方的普通话妥协。求洋求古，扬长避短，是打败北方佬的好办法。有人说，鲁迅的文章好，日本的语言好，好就好在文绉绉，古风犹存，简直就是文言文。比如，"寝具"多雅，"床上用品"多俗。也有人说，如果真是这样，那"鸡蛋"也别叫，干脆叫"玉子"算了；"书信"，则改称"手纸"。

　　李敖在电视上说，鲁迅文笔不好，比他差远了。他的话，要打点折扣，我觉得，不如是之甚也。但有些例子，确实很明显。鲁迅的文章，疙疙瘩瘩，特别是译文，他说是受了欧洲和日本语言的影响，有道理。我翻译过一点东西，英翻中，翻出的东西，小词要删，长句要切，语序要调，反过来一想，道理很明白，鲁迅当宝贝的东西，恰好是语言的赘疣，译文中非删不可的东西。不过，这只是原因之一。还有个原因别忘了，他可是个绍兴人呀。五四运动，提倡白话，我手写我口，但口和口不一样，同是白话，南白和北白不一样。鲁迅就是住在北京，他也成不了李敖。李敖人在台湾，但东北出生，北京长大，南方人的白话，他读不惯。

　　从前，不懂敖学，我还以为，李敖是台湾的鲁迅。后来才知道，他就是鲁迅特别不喜欢的胡适之特别喜欢的年轻人，现在当然是老头了。

很久了，我对普通话是心安理得，时不时还掺点北京土话，或从其他地方贩来的北方土话。北京的学生腔，本来就是大杂烩，插队回来，更乱。插队前，我不喜欢带方言土语的文学，特别是老舍、赵树理的作品，城里人的感觉是，太土太土。后来回老家，一插五年，梆子听顺耳了，山西话听顺耳了，赵树理的东西，哎呀，写得真好。老舍，也越读越爱读。现在，我觉得，太普通的东西，特别没味——就像很多饭馆卖的菜，我叫"通菜"者，最没意思。狭义的普通话也是如此。若不折中于土话，生活必有的活语言，就是死水一潭。但掺方言，我还是喜欢北方话。这就像我喜欢北方菜胜过南方菜，特别是麻辣的川菜，道理一点没有。这是习惯，用不着争。

普通话，我们占了便宜，已经对不起南方同胞。再替北方话叫好，岂不是把便宜全都占了。真不好意思。他们的委屈我理解。

我不掩盖，我就是喜欢北方口味的文章，而且害怕南方的编辑给我改文章。

张鸣，从长相到语言，都是道地的东北人。但我想不到的是，他说他是浙江人，就和我是山西人一样。

2005年10月24日写于北京南线阁39号院
（原刊《新京报》2005年11月4日，
题目被改为《直截了当的张鸣》）

南城读书记

装修，是痛苦回忆，每次都觉得像扒了层皮。下次，是再也不干了，我发过毒誓。可是谁能料到，就是为了让L同志看一眼，仪式一下，他们把盖在还没干透的混凝土上的膜给揭掉了。四年之后，劣迹败露，我拍了照，屋顶和四壁，裂痕密布，我们的房子裂了。张老师家，电灯泡在水里，一拉就憋，更惨。

S公司的老C，负责为我们加固房子，用胶水灌缝，贴碳素布。他回忆说，不行啊，日子定死了，领导要来检查呀，我们赶紧把大坑填了，临时铺草坪，十万元，第二天就铲了……

这个小区，虎头蛇尾，清华是虎头，北大是蛇尾。4、5、6号楼是蛇的尾巴尖，我就住在尾巴尖上，倒霉让我摊上了。

新世纪，一点都不好，地震海啸，到处爆炸。

我那个门牌就晦气，入住的那年，门号就是年号。

拍和被拍是什么关系？鸡、蛋关系吗？

古人说，上之所好，下必甚焉。

怪上还是怪下，怨天还是怨地？

志豪送来很多环保袋。家具,运了三趟,借王岭的仓库。书,实在搬不动,只好原地封存,用塑料布。我跟工人说,房子烧了没事,你们千万别动我的书。人,只好流落南城,整个北京城,我最不熟悉的地方。凑巧,李敖游法源寺,前呼后拥。有人问我躲在哪儿,我说就在法源寺附近。话经梅村转述,成了李零住在法源寺。房子是太行的,除了冰箱,什么都有,赶紧搬个冰箱过来。阳台朝东,我把我的猪鼻龟、地图龟也搬来了,太阳一出,它们在水里翱游,金光闪闪。还有电脑,也不能没有。卧室有个端口,但不能用,外界的联系全部中断。每天早上,一起来,我就敲一阵儿电脑,整理我的《孙子》讲义。书带了几本。我的读书生活,单调,主要是看《武经总要前集》,中华借的,研究八阵图和宋代的武器。还有几本闲书,晚上催眠看。好在一般的古书,电脑里面有。走的时候,天还热,过冬的衣服没带来,只好少洗少换。头发长,身上有土,装修工地的土。民工说,李老师,你干吗挎个布包,不拎皮包。他们觉得,我比民工更民工。

本来想到外地访古,我把课挤到上半年。现在哪儿也甭去,两个月,熬吧。

这里,倒也不错。天宁寺,大门紧闭,塔关在墙里,旁边是花鸟市。滨河公园,有侯仁之题铭的望柱,说这里是北京的发源地。报国寺,有古董市场,很热闹,刘涛、晓林就住旁边。他们请我吃过两回。附近饭馆很多,全是我喜欢的那种老气横秋的店。致美斋、晋阳饭庄分店,还有美味斋(小凤仙和青楼姐妹聚会的地方），隔一条街。我最恨冤大头餐厅和通菜。再往东走，是牛街，有的饭馆，干脆把羊拴街上。我给好吃的唐兄打电话，说这里有很多好极了的饭馆，特别是牛街，遍地是牛羊，菜百的衣服真便宜。他说，他在双安、当代打听，有没有百元以下的衣服，人家说，你买双袜子吧。

美中不足，这里的下水道，经常冒臭气，井盖捂不住。假如奥运，影响了外宾的健康怎么办？领导要注意喽。

隔三岔五，我就得往回跑，看看他们修得怎么样了。礼拜五，还得和学生讨论马王堆《周易》。打车钱花老了。

我在蓝旗营的家，水泥粉尘，到处飞扬，黑乎乎，好像魔窟。什么都拆了，很多东西要添置。现在叫蓝景丽家的地方，珠光宝气，比从前漂亮，然而出入多回，真能把人气死。看东西，她们端茶倒水，满脸堆笑，钱一交，就什么都不认。

我花了五万多块。

眼看就要回家，我终于崩溃，电话里，敲桌子，气急败坏。

TOTO，买个马桶，只送不安，说我们是日本的店，就这个规矩。找人安上一看，没有马桶盖。打电话，对方说，谁让你签字，厂家死活不承认，好，算我倒霉，只能从店里找一个，不过，你得自己来拿，我们派不出人。

诺捷，买个书柜，板子安错，每次约好，就是等不着人。他们让可怜的工人连轴转，不到黑灯瞎火，不来人。我说，你们能不能白天来，晚上6点以后，不让打眼，小心邻居举报，保安上来，没收工具，你哭都来不及。电话都打爆了，屁股后面追，店里让找厂家，厂家让找工人，打给工人，不是不接，就是一接就挂，车水马龙，穿城而过，来回七十块打车，溜溜跑过三回，每次等上半天（电话里总是说，快到了），都是挨涮。不投诉，解决不了。

大屁股电视送人，买个平板，钻墙打眼，挂床对面，打开一看，回到60年代，雪花飘飘，还有横波。找店家，才知道，他们放的是DVD，他们说，电视没问题，不信，你在这儿看。我说，我要在家看电视，我看的是电视，不是DVD，闹着非要退货。此时的我已患神经过敏综合征，觉得到处是鬼。后来我才知道，是墙里的线有问题（民工搞乱了），北大的信号不好（我们是模拟信号，不是数码信号），北大不归歌华管，改造要三百万，只好甩根明线挂门上，凑合着瞧吧。大中，冤枉你们了，对不起。

S公司很诚恳，工人的工作也认真。

装修是另一拨，砖崩茬，缝不齐，面不平；吊顶朝下塌；厕所漏水，把墙凿了；臭气又回来了……

往事并不如烟。

人最难进化。

很多年前，军博那边买书柜，提货时才发现，和样品不一样，她就是不给退，叫我等会儿再来。转一圈回来，她说，嘘……我给您退，不能全退……您拿钱赶紧走，刚才这会儿，我把它卖了，就那边那位，哈哈，比您的价儿更高。

我在蓟门里的衣柜，也是农民做的。没多久，柜门就掉下来了，每天都要上门板。

我还上过修热水器的当。来者出示证件，满脸堆笑，钱要了不少，总算修好。他打火给我看，一切恢复正常。但人走了，我才发现，零件都拆了，彻底完蛋，简直像变戏法。于是我又打给另一个电话，对方说，没工夫，不肯来，最后来了，恶声恶气，教训我一顿，但这回是真的修好了。我才知道，哪一家是真的。

当时，我总结说，善者不来，来者不善。

刘宁打电话，要我到师大演讲。

我说，孔子一辈子都不承认自己是圣人，但学生不答应，后人不答应，孟子管他叫"圣之时者也"，鲁迅翻译为"摩登圣人"。我们还是应该尊重他自己的想法。他老人家只承认过一个头衔。郑人说，他"累累若丧家之狗"，孔子说，"然哉然哉"。好多年前，我在台北见过，现在的说法是流浪狗。

流浪是一种境界，美化的说法，是一空依傍。

思想而不自由，毋宁死也。

2005 年 12 月 5 日写于蓝旗营寓所
（原刊《中华读书报》2005 年 12 月 14 日）

说名士，兼谈人文幻想

最近，《三联生活周刊》约我写名士，写古书中的名士。

小时候，老师命题作文，照例会有《记我的老师》一类可以长期保留的题目。我特想把文章写好，让所有人羡慕。但失望的是，我的拙劣之作，常蒙错爱；得意之作，反而分数不高。老师甚至当堂宣读，说我的文章充满资产阶级腐朽人生观。初中毕业前，作文题目是《我的理想》。大家都写"一颗红心，两种准备"，当不了科学家，也要当工农兵，但我写的是当隐士。老师阅后大怒，大家听说也哗然。因为那是一个"激情燃烧的年代"，你怎么可以说这种话。不过，那真是我的理想。

现在命我作文的是舒可文老师，她要我讲讲古书中的"名士"。电话里，我说，我的脑子有点乱，现在我在读《论语》，满脑子都是孔子。调得过来吗？试试吧。

古书所谓"名士"，本来是指有名的人。如《礼记·月令》规定，季春之月，要"聘名士，礼贤者"，"名士"的意思就是如此。但后来不知怎么搞的，大家非把那些隐姓埋名、东躲西藏，不跟外界来往、根本就不可能出名的人叫"名士"。这样的名士，其实是隐士。

中国的名士，也叫高士。高士是高洁之士，让人景仰的干净人。魏晋之际，皇甫谧作《高士传》，现在还在，可以找来看。西晋，嵇康也编过上古高士的传赞。东晋，袁宏作《正始名士传》（简称《名士传》），《世说新语》两次提到。《晋书》以来，正史有《隐逸传》。隐逸是逃跑，能逃就逃，能躲就躲，人往低处走。这是中国文人的理想，或者也可以说，是一种幻想——中国文人常有的幻想。它不同于西方所谓的科学幻想，我叫它人文幻想。

中国的名士，主要有八种。

（一）上古揖让型（纯属幻想）

战国时期，大家都说，上古之人道德高，帝王皆行禅让。在位的人，年纪大了，必访贤人，非把天下让给他。而被访的人，都是见权位就躲，遇名誉就让，经常推来搡去，"三让天下而不受，不得已乃受之"。还有更高的，是让而不受，不但不受，拔腿就跑，连听都不要听。"行若由夷"的"由"，也就是许由，尧把天下让给他，他不但拒绝，还要洗耳朵，唯恐脏了自己的耳朵。《高士传》的开头，就是讲这类人。当然，这是想象，乱世之人对唐虞盛世的想象。缺什么想什么，这是规律。

（二）以死明志或逃隐山林型（最难做到）

夏、商、周三代都是家天下，汤、武革命都是暴力革命。行唐虞之道，做上古雷锋，是不可能了。但逃而不受的精神还可以学。比如伯夷、叔齐，武王革命，叩马而谏，说他以暴易暴，不合法，拒绝参加新政府，因此没饭吃（当时的工资是粮食），只好挖野菜。但天是人家的天，地是人家的地，何处容身？有人说，野菜不也长在新政府的土地上吗，他们就连野菜也不吃，最后饿死在首阳山下。"行若由夷"的"夷"，就是伯夷。孔子说，二子"求仁而得仁，又何怨"，最为高洁，但自己不肯学。他周游列国，一路碰到的冷嘲热讽者，如楚狂接舆、长沮、桀溺、荷蓧丈人，才是这类人。他们挖苦孔子，孔子不在乎，还很敬佩。他说，我怎么能忘掉人，而与鸟兽为伍呢，毕竟不能忘情于政治。接舆等人，逃官不做，窜身山林，十分高洁，但饭还是要吃的，与夷、齐不同。后世隐者学他们，一律躬耕于垄亩。高士，孔子不够格，但前人说，箪食壶饮的颜回可以算一个；老、庄、列子之流，喜欢往山里跑的方士、道士与和尚，也都是人选。这是本来意义上的名士。

（三）佯狂避世型（也难）

孔子失意，浩然长叹，想浮海居夷，上落后国家去，而始终不肯动窝。陶渊明不肯为五斗米折腰，也幻想过桃花源，但哪有桃源可避秦。如果没地方躲，又养尊处优惯了，不肯到乡下种地，还得摧眉折腰，待在权贵的眼皮儿底下，就只好佯狂，装疯卖傻。古人佯狂,首推箕子。《庄子》中的某些人物,也是这股劲儿。佯狂,魏晋风度最有名,扪虱夜谈、醉酒行散,传为佳话。他们玩的,第一是药,一种含铅、叫五石散的毒药,服散以正始名士最出名,何晏带的头;第二是酒,竹林七贤(阮籍、嵇康、刘伶等人)最有名。五石散,不像现在的毒品,没有成瘾性,但一样有精神效果,据说"神明开朗",爽得很,唐以前,非常时髦,吃死无数人。喝酒,也是前仆后继,后面还有两位,一位是陶渊明,一位是李太白。他们有点嬉皮士。

(四)隐市隐朝型(打折扣的名士)

本来意义上的隐,一定不能当官,官都住在城里,城里也不能住。但已经当了官,乡下又住不惯,怎么办?不妨降低标准。陆游说,"卖鱼生怕近城门,况肯到红尘深处"。他们却说,避世,关键是避,在哪儿不重要,城里可以避,官府也可避,只要内心高洁。所以名士都搬回城里来了。前两年,去香港城市大学讲学,学校在闹市,挨着个大商厦,叫又一城,"柳暗花明又一村",一村改一城。校长府邸豪华,墙上挂着陶渊明的诗,"结庐在人境,而无车马喧。问君何能尔,心远地自偏",有意思。香港多山,"采菊东篱下,悠然见南山",也不难。这是隐市。隐朝,古有东方朔。朔,人呼"狂人",只要"狂"就够了(他敢在殿上撒尿),地点不重要。他说,古人避世深山,我则避世朝廷,"陆沈于俗,避世金马门。宫殿中可以避世全身,何必深山之中,蒿庐之下"。

（五）酒色财气型（晚近名士之一种）

汉以来，读书人，只有当官是正经出身。不当官，干什么，请看《儒林外史》。马纯上说，"人生世上"，除"文章举业"，"就没有第二件可以出头。不要说算命、拆字是下等，就是教馆、作幕，都不是个了局"。晚近名士，可以是有闲情逸致的官员，也可以是家有余荫、不求仕进的公子哥儿，换成今天的话，就是玩主。雅，是一种玩法，要有钱。不然，饿着肚子逛西湖，何来雅兴？哪怕"湖亭一厄小集"，也要钱。如"名士大宴莺脰湖"，就是娄中堂的两位公子办的。酒色财气，酒字当先，但以酒得名，都是古人，不如财字当先。气的重要性也不如色。中国文人有两个梦，一曰"千古文人侠客梦"，一曰"千古文人妓女梦"，一个是暴力幻想，一个是色情幻想。前者借小说、影视，风靡港台、唐人街，中国功夫打败外国大力士（特别是日本武士）的传说也香火不断，如今已成中国标志，但我必须说，这都是虚构。现实的"侠"，只有流氓黑社会，如黄金荣者流。《儒林外史》有张铁臂，"侠客虚设人头会"，"人头"是猪头。文人无拳无勇，顶多做梦杀杀杀，杀几个同事同胞解气，大家千万别上当。第二个梦不一样。文人的《创世纪》说，要有这种女人，就有了这种女人，梦想可以成真。名士有才，无人能会，除名士自己，只有名妓。程千帆先生寄我《栖流略》（复印本），就是著录妓女的作品。名士和名妓，才子佳人，天生一对。俗话说，"又想当婊子，又想立牌坊"，怎么可能？完全可能。柳河东、李香君，就是标本，她们比男人有气节。难怪就是暴力幻想，也要寄托在她们身上，是谓"奇女子"（如十三妹）。

（六）琴棋书画型（晚近名士之另一种）

名士，除了诗酒雅集，一掷千金，精通美食和美女，还有很多高雅的玩法，无法一一说到，不妨用琴棋书画这四个字去概括。《儒林外史》写到最后，真应着王冕的话，"一代文人有厄"：

> 话说万历二十三年，那南京的名士都已渐渐销磨尽了！此时虞博士那一辈人，也有老了的，也有死了的，也有四散去了的，也有闭门不问世事的。花坛酒社，都没有那些才俊之人；礼乐文章，也不见那些贤人讲究。论出处，不过得手的就是才能，失意的就是愚拙。论豪侠，不过有余的就会奢华，不足的就见萧索。凭你有李、杜的文章，颜、曾的品行，却是也没有一个人来问你。所以那些大户人家，冠、昏、丧、祭，乡绅堂里，坐着几个席头，无非讲的是些升、迁、调、降的官场。就是那贫贱儒生，又不过做的是些揣合逢迎的考校。哪知市井中间，又出了几个奇人。

什么奇人？就是隐于市井的四个平民：季遐年、王太、盖宽、荆元，四人各有所长，合起来，正好是琴、棋、书、画。荆元"弹一曲高山流水"，令于老者凄然下泪，好像打拳回到原地，回到王冕的理想，回到古代的理想，可惜只是幻想。雅有经济基础。文人要雅，家里没法雅。琴棋书画跟谁玩？还是妓女。妓女最费钱。

（七）附庸风雅型（假名士之一种）

现在，什么都可以假，名士和风雅也一样。有钱，可以买到一切，园林、豪宅、明式家具、出土文物、名人字画、善本书，炒一手好菜的厨师，国色天香的女人，但最不容易买到的，还是才情二字。附庸风雅古代有，现在也不新鲜。

（八）太公钓鱼型（假名士之另一种）

古代隐者，常以渔父为象征。这种渔父谁最早？姜太公。俗话说"姜太公钓鱼，愿者上钩"，他钓的不是鱼，而是周文王。周文王访太公，是模仿上古揖让。刘备三顾茅庐，就是从它翻出。袁世凯回家钓鱼，也是学姜太公。中国假名士，不止上一种，还有待价而沽的这一种。他们藏龙卧虎于深山，还有终南捷径通外边，"身在江湖之上，心存魏阙之下"，专等明主发现他。清、浊二道走钢丝，深得其妙。

回到文章开头。原来，隐士的出名，奥妙在这里，或者还有月旦评（参看《世说新语》的《品藻》篇），没有宣传不行。总之，名士的背后要有钱，要有宣传，还有政府的大力支持。

附：名士举例

古代的名士往往成双成对。

（1）伯夷、叔齐

商代，北方有个小国叫孤竹国，据说在今河北卢龙县附近。孤竹君有三个儿子，老大叫伯夷，老二不知叫什么，老三叫叔齐。孤竹君死后，老大让老三，你推我让，谁都不肯即君位，撒腿就跑，最后只好让老二当。他们听说西伯昌（也就是后来的周文王）善养老，就去投奔他，可是到了今陕西境内，文王却死了。武王革命，秘不发丧，带着文王的牌位，攻打殷纣王，他们以为不妥，叩马而谏，说父死不葬是不孝，以臣弑君是不仁，下定决心，不食周粟。他们逃到首阳山下，挖野菜充饥，别人说，野菜也姓周，他们只好等死，临死之前还唱首歌，"登彼西山兮，采其薇矣。以暴易暴兮，不知其非矣。神农、虞、夏忽焉没兮，我安适归矣？于嗟徂兮，命之衰兮"，翻译成现在的话，就是我登西山挖野菜，怎么世界这么坏，以暴易暴不知错，叫我如何不悲哀。神农、虞、夏的好日子再也没有了，我该上哪儿去呀，哎呀哎呀，我们是活不成了。后人叫《采薇歌》。

（2）何晏、王弼

号称正始名士。何晏，就是《三国演义》中被宦官杀掉的那个何大将军何进的孙子，曹操的养子，他是在宫中长大，服饰拟于太子，娇宠异常。晏娶金乡公主，艳福不浅。其人好色且自恋，爱穿女人的衣服，"动静粉白不去手，行步顾影"。正始年间，何晏名士无双，祖述老、庄，口谈虚玄，不遵礼法，尸禄耽宠，无所事事，是个老玩主。后人知他，是因为他援老入儒，编过《论语集解》一书。其实他是服散第一人。他服散，自觉"神明开朗"，但别人看他，却是魂不守舍、面无血色、形容枯槁，好像今日的吸毒者。正始名士是以服散而出名。除了何晏，还有王弼和夏侯玄。上面所说作《高士传》的皇甫谧，也服散。王弼注《易经》《老子》，很有名，他是少年得志，被何晏赏识，说是"后生可畏"，但和其他名士，关系搞得很坏。何晏、夏侯玄都是被司马懿杀掉，王弼也早卒，只活了二十四岁，绝无后。也许他就是叫五石散吃死的，也说不定。鲁迅说，何晏带头服散，后人群起仿效，只会吃药，或假装吃药，不会写文章，比他们差远了。

（3）阮籍、嵇康

他俩属于竹林七贤。竹林七贤和建安七子一样，也是七个人，即阮籍、嵇康、山涛、向秀、阮咸、王戎、刘伶。这些人都是能文能酒，喝酒很有名。阮籍喝酒，原因很简单，"魏晋之际，天下多故，名士少有全者"，他是借酒装糊涂，"口不臧否人物"。他不拘礼教，好发奇言，如有杀母者，他说，杀父还行，杀母怎么行，理由是"禽兽知母不知父"，杀父是禽兽，杀母是禽兽不如，他是大孝子。还有，他以虱子躲在裤裆的缝隙里，比君子处世，也是名言。阮籍善为青白眼，俗人翻白眼，雅人翻青眼，嵇康提着酒壶和琴去拜访，他是翻青眼。嵇康也是怪人，一表人才，却放浪形骸，酷爱打铁。山涛请他做官，他就写《与山巨源绝交书》，跟山涛掰了。信中说，我这一辈子，"浊酒一杯，弹琴一曲"，也就够了。但他躲来躲去，还是难逃一死。他和向秀在家打铁，钟会去了，他爱搭不理，钟会打个小报告，罪名正在那封信里。他不光爱喝酒和打铁，还酷爱音乐，得高人秘传，会弹《广陵散》，将刑东市，最后弹一曲，从此绝响。他的《声无哀乐论》

也是不朽的美学著作。

后世的名士，比他们会玩，但精神境界，则弗如远甚，我就不再往下讲了。

2006年5月21日写于北京蓝旗营寓所
（原刊《三联生活周刊》2006年第20期，
刊发时"名士举例"的第三条被删）

万岁考

我有睡功,早年练出来的。无论在哪儿,舟车中,飞机上,躺着可睡,坐着可睡,站着有点抓靠,也可以睡。不怕吵闹不怕光。缺觉,随时补。茶,从早喝到晚,一点都不影响睡眠。

卧室墙上挂个电视,平板电视,世界杯,每晚两场球,时睡时醒,半睡半醒,唯于关键时刻,惊天鼓噪之中,闻一声大喊,进啦!方强睁睡眼,急看回放。大喊者不是别人,黄健翔是也。

看球,我经常是弱者立场,明知强队胜率高,偏盼奇迹发生,最恨的就是势利眼,特别是裁判不公。这次杯赛,除了巴法之战,特没劲,我没想到,这么没劲的比赛,健翔会如此激动,骂他的人更激动,竟然酿成风波(喊就喊了,骂什么骂)。

因为黄健翔狂呼"意大利万岁",舒可文女史命我作文,考察一下"万岁"的来历。我把我的考察结果说一下。

(一)"万岁"是什么意思,好像有两种用法,一种是字面含义,就是祝您老人家活得长。人都想活着,而且最好活得长一点(当然也有例外,厌世轻生但求速死的人,古今中外都有),古人和今人,中国和外国,想法并没两样。老寿星,我们叫活神仙，神仙不是天上飞的神，而是地上的超人——看谁活得长。比如汉代给小孩起名，喜欢叫彭祖，彭祖就是活了八百岁的老神仙。"万岁"是一往无前的长寿想象，人心同理的世界语言。这是"万岁"的第一个含义。

另一个含义也很共通，则是满怀激情，千军万马，山呼海啸，齐声呐喊，发泄其狂喜或对伟大人物的崇拜。如楚汉鏖兵，侯公说项王，把刘邦的爸爸放了，汉军皆呼万岁；陆贾奏书，每奏一章，高祖不觉称善，皇上叫一声好，群臣就喊一声万岁。这种"万岁"，略同俄国的"乌拉"，其实是个语气词。它和秦汉以来的皇帝有关。群臣上寿，必山呼万岁。皇上就是万岁爷。

（二）"万岁"是什么时候喊起来的。我的印象，中国早期文献，没有"万岁"，只有"万年"。如：

（1）"寿考万年"（《诗·小雅·信南山》）

（2）"君子万年"（《诗·小雅·瞻彼洛矣》）

（3）"天子万年"（《诗·大雅·江汉》）

（4）"惟曰：欲至于万年，惟王子子孙孙永保民"（《书·梓材》）

（5）"万年厌于乃德……万年其永观朕子怀德"（《书·洛诰》）

十三经没有"万岁"。我们读西周金文，似乎也没有。其常见说法一般是，"某（人名）其万年"。"万年眉寿"，"万年无疆"、"万年无期"、"万年永宝"（或"万年永宝用"）、"万年永享"（或"万年永宝用享"），和文献中的用法大体相同。汉代有长乐宫和未央宫,汉人喜欢说,"千秋万岁,长乐未央","未央"的意思是没够。《肉蒲团》中的未央生,床笫之欢,玩得没够。统治者,有钱人,都想活得没够。

(三)"万寿无疆"也是很早就有。西周金文常说"万年无疆""眉寿无疆",这两种说法捏一块儿,就成了"万寿无疆"。《诗经》有六处提到"万寿无疆"(《国风·豳风》的《七月》和《小雅》的《天保》《南山有台》《楚茨》《信南山》《甫田》)。

(四)最早提到"万岁",似乎是一件叫□□为甫人盨的铜器(图一)。它的铭文是:

□□为甫(夫)人行盨,用征用行,迈(万)岁用尚。

这件铜器,有拓片在,可能是春秋早期的器物。"万岁"的流行是在"万年"之后。

(四)战国以来,"万岁"(图二上)和"千秋万岁"(图三)、"千秋万世"是常用词,印章上有,瓦当上有,铜镜上也

(图一)　　(图二)　　　　(图三)

155

有。简化字的"万"字很有来历（借丏字为之），战国时期就用（图二下）。

当年，我游青海湖，想看海神庙，正在修。据说，庙里有块碑，上面写的是"皇帝万岁万万岁"，但皇帝何尝万岁，经常是年纪轻轻就死掉了，还不如老百姓。民国肇造，行五族共和，仍袭大清礼，换块新碑，改题"民国万岁万万岁"，这是跟大清皇上学。但李敖写书披露，蒋介石说过，1949年后，民国已经亡了。群臣在皇上面前喊万岁，至少有两千多年的历史，语气词的用法也同样古老，但所有"万岁"都并不长久。

"文革"期间，"万岁"不绝于耳。特别是毛主席，还要加上"万寿无疆"。当年，老红卫兵的代表人物，《三论造反精神万岁》的作者骆小海，他回忆说，1966年，上天安门，见毛主席，印象是，毛主席的脑袋特别大，脸上还有稀疏的胡须，他很惊讶，怎么和照片上的感觉有点不一样。激动，太激动……他振臂高呼"毛主席万寿无疆"。但毛主席马上说，"万寿也得有疆呀"，他心里明白。

如今，"万岁"已经不时髦。"80后"的娃儿，痴迷的是歌坛、体坛、影视界的明星，激动起来，必欢呼雀跃，尖声怪叫。他们喊的是"Wahoo""Yeah"，这才是新潮流。

2006年7月2日写于北京蓝旗营寓所
（原刊《三联生活周刊》2006年第25期）

谈谈《论语》

感谢人大国学院的邀请，感谢各位前来听讲。

我不善言辞，不习惯大庭广众对着这么多人讲话。今天，我的话题是《论语》，我想就原书讲讲我的印象。

一、《论语》是本什么样的书?

《论语》是本聊天的书，东拉西扯，没固定话题。谁和谁聊？孔子跟他的学生聊。怎么聊？用当时的白话聊。

我的经验，谈话，人一定要少。两人最好，沏壶茶，面对面，促膝谈心。三人也行，顶多加一人，两人说话，一人歇着，三人轮着说。再多，就乱了。

孔子和学生谈话，就是这样谈，不像现在这样，一坐一大屋子，光我一人说，完全是一言堂。他的学生很多，但参加谈话，人数有限。孔子常说"二三子"，登堂入室，有资格跟他在屋里谈话的人本来就不多，真谈，人更少，一般也就仨俩人在座，顶多四个，像四子言志章，加一个弹琴的，跟崔永元《实话实说》

那样，一边说话，一边弹琴，弦歌一堂。他们谈话，很随便，有时坐屋里聊，有时在屋外散步，边走边聊。读《论语》，大家知道，孔子散步，常去一地儿，叫舞雩台，是个西周的古迹。舞雩台在什么地方？在曲阜鲁城外，孔子从家里出来，往南走，走不多远就到了。

怎么读《论语》？

第一，最好的读法，就是尊重原书。《论语》是什么书，就当什么书读。孔子，有俩孔子，死孔子是圣人，活孔子不是圣，只是人。我是拿他当人。孔子是个姓孔的"子"，当时的"诸子"是知识分子，我是拿他当知识分子。他的真实身份是思想家和社会批评家，不是传教士和心理医生。

第二，要放松，不必一本正经，或激动得直哆嗦。不读就有的崇拜，最好搁一边儿。现在，革命革伤了，革命革怕了。革命已经被传统代替，孔子是传统的代表。大家鼓革命热情读《论语》，是把孔子当符号——反孔子就是反传统，反传统就是反革命。我希望，大家不要用这样的心情读《论语》。

《论语》是语录体、袖珍本，篇幅比较长，相当于《周易》《老子》《孙子》三本书加一块儿，有一万五千多字。今天，报纸杂志约稿，五千字只是短文，下笔万言是常有的事，但搁古代，五千字就够一本书。

《论语》是怎么编起来的？大家可以读一读郭店楚简的《语丛一》、《语丛二》和《语丛三》。这些书，不但形式与《论语》相似，内容也相似，有的地方，连话都一样。它们都是写在古尺七寸的短简上。

还有八角廊汉简的《论语》。这是西汉晚期的《论语》，也是写在七寸简上。东汉，五经是用二尺四寸的大简抄，《论语》是用八寸的短简抄。抄《论语》用短简，这是传统。战国的《论语》还没发现，估计也是七寸简。

我的手比较小，七寸简的书有多大？基本上是我巴掌这么大的书。你们读过《毛主席语录》吗？《语录》多半是袖珍本，它的开本，差不多也这么大。

《论语》是孔门谈话的语录，话说出来，怎么记？这个问题，值得研究。

一种办法是当场记。典型例子是"子张书绅"。孔子说，"言忠信，行笃敬"，你们走哪儿都别忘了。子张没带笔记本（竹简或木牍），急中生智，从腿下一撩，记在绅上。钱存训说，这是中国最早的帛书，不妥，但确实是写在帛上。什么是绅？绅就是绅士的绅。邹鲁缙绅之士，是孔孟之徒的别称，简称是绅士。中国的绅士，有根裤腰带，腰上转一圈，下面拖一截儿，叫绅。西方不一样。西方的绅士，是穿西服，系领带，脖子上面绕一圈儿，下面拖一截儿。现在，我们都是胡服，庄重场合，西服革履打领带。我看电视，易中天说，孔子的苦恼是没处讲话，如果活到现在，他最想说的一句话，就是上百家讲坛。如果孔子上百家讲坛，你没带笔记本，也可以记在领带上。这是当场记。

还有一种是事后追记。颜渊好学，白天不说话，晚上一人躲屋里，悄悄复习，没准记点什么。别人比较懒，记，可能是很久以后。记反了，记拧了，也说不定。

这些记下来的东西，不管是当场记录，还是隔了好久才回忆起来，或者再从什么写好的东西里面摘出点什么，都是《论语》的原始资料。后来，大家对对笔记本，把这些材料挑一挑、拣一拣、整理整理，就成了《论语》。

《论语》的话，杂乱无章，分篇像卖韭菜似的，多少钱一把那么分，篇题也是拈篇首语题加，纯粹是标签。书既然是乱的，最好拆开来读：纵读之，当孔子的传记读；横读之，按主题摘录读。南怀瑾说，《论语》的分篇分章，处处都有埋伏，绝对不能打乱了读，是崇圣的心理作怪。蔡尚思说，《论语》要打乱了读，这才是对的。

《论语》中的话，不皆精粹，很多都平淡无奇，不必刻意求深，以为字字珠玑，后面必有深意。特别是有些话，就算很有深意，当时人明白，后人也读不懂。《论语》中的话，很多都是掐头去尾，前言后语不知道，谈话背景不清楚，硬抠是抠不出来的。我建议，读到这种地方，不妨猜一猜，猜不出来就算了，别钻牛角尖。

读《论语》，最傻最傻，就是拿它当意识形态。好好一孔子，不当孔子理解，非哆哆嗦嗦当圣人拜，凡有损圣人形象处，非拐弯抹角，美化之，神化之，曲解之。

比如孔子说，"夷狄之有君，不如诸夏之亡也"，大家说，孔子怎么会轻视少数民族？比如孔子说，"唯女子与小人为难养也，近之则不孙（逊），远之则怨"（《阳货》17.25），大家说，孔子怎么会轻视妇女?

前一段话,古人说什么的都有,简直像游戏,没时间,这里不必说。后一段话,原文没什么难解之处,但大家就是想不通,孔子是圣人,他怎么会轻视妇女,把伟大之女性和缺德的小人绑一块儿?难道他没妈?

他们替孔子着急,非把"女子"读为"汝子"(还有解为"竖子"的),"小人"解为小孩,就是典型的例子。其实,孔子也是人。人类轻视妇女,那是几千年一贯制。孔子周围的人,全拿妇女不当人,怎么就他例外?

还有,我们读《论语》,谁都不难发现,孔子很孤独,也很苦恼,至少是有轻度的抑郁症。孔子晚年,不说话。子贡安慰他,"子如不言,则小子何述焉"?他说,"天何言哉",老天就不说话。不说话,多憋得慌。很多人非拉他当心理大夫,岂不可笑?

研究《论语》,曲解丛生,主要是崇圣的心理在作怪,关键是文化立场问题。历史上的汉宋之争,义理考据之争,是次要问题。义理派和考据派都有心理问题,前者比后者,偏见更多。现在的尊孔读经派,光煽情,不读书,研究水平,绝对比不上杨荣国、赵纪彬、蔡尚思。他们喜欢骂"五四",骂鲁迅。但我对"五四"和鲁迅却充满敬意。鲁迅说,"救救孩子"(《狂人日记》)。我说,"救救孔子"。大家别以为,"五四"就是骂孔子,其实它是救孔子。

历史上捧孔子,有三种捧法,一是围绕政治,讲治统,这是汉儒；二是围绕道德，讲道统，这是宋儒；三是拿儒学当宗教，这是近代受洋教刺激的救世说。三种都是意识形态，说是爱孔子，其实是害孔子。我是反其道而行之：去政治化、去道德化、去宗教化。

知识分子讲话，要去"三化"。研究历史，这是大忌。这三条不去，用孔子的话说，是其愚不可及也。

老百姓想听什么你就讲什么，还要知识分子干吗？我把一句话撂这儿：

愚民者必为民愚。

二、孔子是个什么样的人？

司马迁说，"读其书，想见其为人"。神难画，圣人也难画。人和神什么关系？也是"近之则不逊，远之则怨"。画得太像人，没有神圣感；画得太不像人，又成了妖怪。

孔子什么样？古人说，他脑瓜像尧，眼睛像舜，脖子像禹，嘴巴像皋陶。尧的脑瓜是大脑门，舜的眼睛是两瞳仁，禹的脖子不知什么样，皋陶的嘴像马，朝前努。旧说孔子"圩顶反首"，"圩顶"据说是中间凹一块儿，四边高，中间低，像个盆儿似的。"反首"，我怀疑是大脑门，好像后脑勺长前边，跟年画上的老寿星一样。古人说他脸盘大。荀子说，他的脸是螃蟹脸。还有人说，他是驼背。这些说法很离奇，但一点，古人是众口一词，这就是孔子的个头儿。他们都说，孔子膀大腰圆，腰围三尺四，身高两米二，和穆铁柱、姚明的个头儿差不多。

古代相面，一般是以形求神，更高是遗形取神。

孔子过郑，独立郭东门，有个郑人给他相面，说他上半身像圣人（尧、舜等人），下半身像"丧家狗"。那年，孔子正好六十岁，特有涵养。别人讲什么，好听不好听，不重要，重要的是，话是不是真话——他要听真话，听人家的真实感受，这叫"耳顺"。郑人的话，不好听，但是真话，他听了，一点儿不生气，说"形狀末也"，外貌不重要，但说我像"丧家狗"，很对很对。这就是遗形取神。

孔子的"神"是什么样？主要是无家可归。他这一辈子，颠沛流离，精神无所托。郑人的比喻很传神。

孔子晚年，有所谓"七十自述"，等于他的自传：

> 子曰："吾十有五而志于学，三十而立，四十而不惑，五十而知天命，六十而耳顺，七十而从心所欲，不逾矩。"

这段话，谁都往自己头上安，其实和谁都无关，只跟孔子有关。我们要注意，它的头一字是"吾"。既然是"吾"，可见是讲自己，不是讲别人。他没说别人能活多长，活到多少岁会怎么样、该怎么样。他这一辈子，活了七十三岁，比一般人长。这是事后追述，带有回忆性质，不是什么人生规划。人无法按计划生活。

孔子回顾自己的一生，他是掐整数，基本上是十年一截十年一截往下讲。这个十进制的习惯，现在也有。比如三十岁叫三张，四十岁叫四张。一张，是一张十块钱的钞票。这是打比方。

（一）我们先讲头两句，"吾十有五而志于学，三十而立"

孔子这一辈子，三十岁以前是一段。孔子生于鲁，爸爸是宋移民（第三代移民），妈妈是鲁国人。他三岁丧父，是妈妈拉扯大，受妈妈影响更大。十五岁很重要，是古人上大学的年龄。古代只有小学和大学，没有中学。小学学什么？主要是认字识数。大学学什么？主要是礼乐。他"十有五而志于学"，是十五岁有志学礼乐。孔子从小好礼，玩游戏都是演礼，但正式学是这一年。什么叫"三十而立"？我们要看孔鲤趋庭的故事。孔子说，"不学礼，无以立"。"三十而立"是说精通礼乐才叫"立"。孔子出名是三十岁，出名就是以"知礼"名。当时，齐景公和晏婴到鲁国访问，连这两个大国的领导人都向他请教礼，可见他的学问不得了。

这一阶段，可以一个字概括，就是"学"。"学而时习之，不以说乎"，他最快乐是这一段。

（二）"四十而不惑"是讲什么？

前面，我们说，孔子三十岁就在鲁国得大名。他在鲁国学成，开始招学生。子路等人就是他最早的学生。还有一个，也很重要,但不在七十子之中,是孟懿子,他是鲁国的三大权臣(三桓)之一。我猜,孔子出山,就是靠他推荐。

孔子三四十岁,主要是教书。这一段,也可用一个字来概括,就是"教"。读书是自娱自乐,教书是助人为乐。教书也很快乐。

读书、教书,共同点是什么?是让脑筋开窍,既使别人,也使自己,变得聪明起来,不再犯糊涂。这就是"不惑"的意义。

孔子三十四岁,想上大地方。这一年,他去了洛阳,当时最大最大的地方,据说是向老子问礼。第二年,还去齐国,想在齐国找工作。工作没找到,但在乐上有收获。"闻韶",是听古典音乐,他说,"三月不知肉味",听音乐比吃肉都香,别提多享受。

孔子在礼乐两方面,真是开了眼。

(三)"五十而知天命",这段话有点神秘,我来解释一下

孔子读书,孔子教书,目标很明确,是要出来当官,自己当官,派学生当官。他们家是个干部训练班。

孔子是哪一年当官,很清楚,是五十一岁。他在家里摩拳擦掌二十年,就盼这一天。这一段,我也给了一个字,就是"仕","学而优则仕"的"仕"。

孔子说的"天命"是什么?说穿了,很简单,就是出来当官。孔子读书和教书,当时的书,主要是三大古典,一是《诗

经》,二是《尚书》,三是《周易》。他说"加我数年,五十以学易,可以无大过矣"。他是学易学到五十岁,自己给自己算命,我该出来当官了。

孔子当官,先是当中都宰,给鲁昭公修墓。鲁昭公客死他乡,就是归葬于此。这个地方离孟氏的封邑很近。

第二年,他当少司空,是孟懿子的助手。孟懿子是大司空,他是少司空。这个工作,当是出于孟懿子的推荐。

孔子当大司寇,是他人生的顶峰,也是其苦恼的开始。司寇管司法,司空管工程,古代的司寇,常让犯人造兵器,修城墙,干土木工程,这两个官职有关联。他在这个位子上干了三年,主要政绩是堕三都,不是修城墙,而是拆城墙,拆三桓的城墙。结果得罪齐国,得罪鲁君,得罪三桓,不得不退出政坛。

（四）"六十而耳顺"

孔子离开鲁国,是五十五岁。五十五岁至六十岁,在卫国活动,在卫国当官。六十岁这一年,卫灵公死,卫国有继承危机。孔子避乱,离开卫国,开始周游列国。他历经曹、宋、郑、陈、蔡五国,到达楚国边境上的叶县,目标是投奔楚国,南方最强大的国家。叶公嫌他老,没辙,他又原路返回,回卫国。

这一段的特点是"游"。如果用一个字概括,就是"游"。

孔子周游列国,是其人生最惨的一段。他在鲁、卫当官很苦恼,这一段更苦恼。一是当官的全都无道,大坏蛋下面是中坏蛋，中坏蛋下面是小坏蛋，坏蛋里面挑好蛋，已经挑不出来，用坏蛋反对坏蛋也很徒劳。二是有道德的，全都跑了，路上撞着，不是冷嘲热讽，就是疯疯癫癫。没人听他的。

他老人家倒是脾气好，甭管人家怎么说，一律"耳顺"，什么话都听得进去，尤其对隐士逸民，不但不生气，还表示理解，对他们很尊重。

因为他明白，要说冰清玉洁，还是这些人。

（五）"七十而从心所欲，不逾矩"

六十八岁，孔子回到鲁国，他想回家，但没有家。孔子太倔，不能忘情于政治，但政治却忘了他。孔子的晚年，其实很凄凉，最后一个字，应该是"悲"。

他说，七十岁的他，想干吗干吗，什么都中规中矩，好像彻底自由。但实际上呢，他生命的最后六年，年年都是"眼泪泡着心"。

六十九岁，他唯一的儿子孔鲤去世，他放声大哭。

七十一岁，哀公获麟，他"伤麟怨道穷"，也放声大哭。

七十二岁，他最喜欢的学生颜渊死，他呼天抢地。

七十三岁，子路战死戚城，被人剁成肉泥，他也呼天抢地。

颜渊、子路的死让他深受刺激。他说，看来是老天成心不让他活了。四个月后，子贡来看他，他又是老泪纵横，最后死在家中。

孔子是个什么样的人？是个怀抱理想的人。理想是什么？是周公之梦。鲁国有个看城门的人，说他是"知其不可而为之"，很对。他奔走呼号一辈子，终无所遇，一直到梦不见周公。

他这一生，五个字，学、教、仕、游、悲，最后是悲。

他是个悲剧性的人物。

三、孔子的话是说给什么人听

孔子这个人，生卒最清楚，他的一生，几乎可以一年一年往下讲，别人比不了。

孔子的学生，有七十多个，很多都有史料，别人也比不了。

《论语》这本书，喜欢议论人。它的最大特点是人多。

他议论的人，好人，古人多；坏人，眼下多。

"圣人"和"仁人"，都是死人，活人不配当。

他当时的人，分两种。"今之从政者"，是眼下当官的，都很腐败；冰清玉洁，全是隐士逸民，不是死磕或逃跑，就是装疯卖傻。

《论语》和《孙子》不同，《孙子》只有四个人，两个恐怖分子（专诸、曹刿），两个大特务（伊尹、太公）。

它与《老子》也不同，《老子》连一个人都没有，打开书，如入无人之境。

《论语》人多，全书有一百五十六个，比《水浒传》里的英雄都多。人物搞不清，是阅读的主要困难。

我有一个看法,《论语》最适合做历史研究。道理是什么?原因就在人多。它涉及的人和事,史料记载最丰富。不但《左传》《国语》里面有,《礼》大小戴记里面有,先秦子书里面有,汉代的记述也很多。

拒绝历史研究,那是傻透了。如入宝山,空手而归。

读《论语》,"读其书"而不"想见其为人",太可悲。舍人舍事,空谈性理,不可能理解孔子,不可能理解他的思想。那样做,等于废书不读。

《论语》这本书,"子曰"的"子"都是孔子,孔子讲话是讲给谁听?这个问题,不可忽略。比如《孙子》,它的听众,君将吏卒,到底是谁?肯定不是士兵;《老子》,也不是说给老百姓听。

先秦子书,是干禄书,里面的政治设计,都是献给统治者。游说君主,战国很时髦。这个风气,和孔子有关。孔子开这个头,不容易。当时,他的直接听众还不是统治者,而是他的学生。他奔走呼号,跟统治者费口舌,话尽戗着说,人家不爱听,很多话都白说,没有记下来。他的话,主要是说给学生听,盼他们读古书,习古礼,当古君子,不但改造自己,也改造当时的统治者。当时的游说,还在初级阶段。

现在读《论语》,大家要注意,孔子不满现实,是恨它太不君子,他的理想是恢复西周的君子国。《论语》的说话对象,可能是草根出身的学生,但不是草根。他的文化立场很贵族,很精英。

孔子不走群众路线，从来都不走。活着不走，死了也不走。他和耶稣、佛陀不一样，根本不是大众英雄。他讲仁，并非一视同仁；讲爱，也非兼爱天下。阶级社会，什么人说什么话，话是说给什么人听，这样的分析，还是不能不讲。

读《论语》，从人物入手是诀窍。研究人物，从学生入手，更是诀窍中的诀窍。

孔子的学生，有所谓"三千弟子，七十二贤人"。"三千弟子"是粉丝，有谁没谁，无法考证，可以不去管。"七十二贤人"，古人叫"七十子"，七十二是吉祥数，不是真实数字，司马迁看过的花名册，实为七十七人。这些学生，很多是空名，稍微清楚一点的，只有三十五人。这三十五人，《论语》提到二十九人。从道理上讲，我们的入手处是这二十九人。

但我要告诉大家，二十九人，还是有点多。我们还可缩小包围圈，聚焦于十三人。耶稣有十二门徒，孔子有十三门徒。孔子最重要的学生，其实是十三人。

这十三人有谁？是"孔门十哲"（颜渊、闵子骞、冉伯牛、仲弓、宰予、子贡、冉求、子路、子游、子夏）加有若、曾子、子张。

孔子的学生，冉伯牛、子路、闵子骞是老大哥，仲弓、冉求、宰予、颜渊和子贡比他们晚，更晚是有若、子夏、子游、曾子和子张。

这些学生，各有所长：

（1）冉伯牛、闵子骞、仲弓和颜渊，属于十哲中的德行门，除仲弓擅长政事，都是道德先生。道德先生，有点像隐士，一般不做官，但仲弓是例外。这种人的特点，第一是大孝子，第二是不爱说话。比如仲弓就不爱说话。多嘴多舌，当不了道德先生。他们当中，颜渊最小，但地位最高。颜渊是孔子他姥姥家的人，安贫乐道，好学深思，从不顶撞老师，很乖巧，老师最疼爱。孔子晚期的学生，有若和曾子也可归入这一门。孔子死后，子贡守庐，让有若当孔子尸，受弟子拜，大家都同意，就曾子不服气。曾子辈分低，他的地位，原来并不高。

（2）宰予、子贡，属于十哲中的言语门。他们能说会道，擅长搞外交。宰予曾挨孔子骂，"朽木不可雕"，但他很重要。子贡是孔子在卫国招的学生，不但周游列国，可能是他出钱资助，而且孔子死后，他是掌门人。

（3）冉求、子路，属于十哲中的政事门。他们是管理人才。冉求擅长理财，不但给孔子管家，也给季氏管家。子路，不但有治国用兵之才，而且其志不在小。孔子派弟子当季氏宰，前后三人，子路第一，仲弓第二，冉求第三。孔子对仲弓最欣赏，对冉求最生气。冉求当季氏宰，时间最长，不是帮他好，而是帮他坏，简直就是帮凶，孔子急了，让学生"鸣鼓而攻之"。孔子死后，他还在季氏身边做事，好像门外人。子路，快人快语，勇武直率，最可爱。他在《论语》中出现次数最多，和颜渊相反，常挨孔子骂，但对老师最忠诚。子张像他，是个"小子路"。

（4）子夏、子游，属于十哲中的文学门。文学是人文学术，和方术不一样。他们学问好，精通《诗》《书》《易》，传授经艺，功劳大。特别是子夏。儒学西传,从山东传河南传山西传陕西,是他开的头。汉代的经学,也和他关系最大。

孔门十三贤,当年,颜渊、子路、子贡最重要。特别是子贡,修正圣人,大树孔子,终于让老师当圣人,他功劳最大。宰予、有若也参加了这一运动,功劳也不小。

但是,孔子死后,弟子的地位有变化。有些老卓越,本来很重要,逐渐被人遗忘;有些小新锐,从地里冒出来,取而代之。北京话,叫迈辈儿了。

历代祭孔,孔庙里面排座次,地位经常变,可以反映观念的变化。

原先,是一圣十哲,孔子居中,十哲侍立(唐以前)。

后来,把颜渊提拔到孔子身边,十哲的空位由曾子补齐(唐代)。

后来,把曾子提拔到孔子身边,十哲的空位由子思补齐(南宋)。

后来,把子思提拔到孔子身边,十哲的空位由孟子补齐(南宋)。

后来,把孟子提拔到孔子身边,十哲的空位由子张补齐(元代)。

最后,十哲之外,又加了两个人,一个是朱熹,一个是有若(清代)。

于是,形成"四配十二哲"。

"四配"是四个二等圣人:颜渊是复圣,曾子是宗圣,子思是述圣,孟子是亚圣,元代才凑齐。

"十二哲",是孔门十哲,除去颜渊,加进有若、子张和朱熹,清代才凑齐。

"四配十二哲",曾子是孔门最晚的学生,思、孟不是孔子的学生,他们的地位越来越高,比颜回、子路、子贡还高,主要是有书。

过去,孔子之道不是由七十子来体现,而是由颜、曾、思、孟,特别是孟子来体现,这种一脉单传的道统是后儒的创造,特别是宋以来的创造。读《论语》,我们要知道,这是个伪造的传统。

明以来,为了维护正统,孔庙开除过三个人,一个是公伯缭,一个是孟子,一个是荀子。

公伯缭背叛师门,是孔门中的犹大,开除也就罢了,另外两人也容不下,不像话。

孟子讲"民贵君轻",朱元璋大怒,把他开除。儒生不答应,还是留下来。

荀子最恨孟子。孟子是亚圣,这还得了,尊孟的不答应。荀子有两个著名学生,韩非和李斯,儒门恨之入骨。苏东坡把焚坑的祸根追到他。明代晚期,他也被开除。近代以前,一直得不到平反。

四、我们从孔子学什么？

现在读古书，有个坏毛病，就是急功近利，束书不读，光问有什么用。这种想法有群众基础，不错，但我要说，这也是群众的毛病。林彪提倡的学习方法，"文革"流行的学习方法，病根没断。

活学活用《论语》，有很多误区，我举几个例子，供大家思考。

（一）过去学《论语》，主要是学道德，《论语》是语录，大家是像读《毛主席语录》那样读。我说，这样读，不好

道德，当然不可少。全世界，哪个民族，哪个文化，谁都得讲道德。没人说，我是不讲道德的。他们不但讲，而且讲的全都差不多。有人因此设想，将来的世界宗教，就是建在这个基础上（有了这种共同语言，谁也不用掐了）。道德很通用，很有用，没错。我说，它像白开水。不喝水，要死人，这是对的。但你说，水可以当饭，不吃饭也行，水可以当药，包治百病，这就过了。一般人，想法很简单，大都是从小开始，个人搞好了，家就搞好了，国就搞好了，这在社会科学上是讲不通的。小道理管大道理，哪有这个道理。道德，越是乱世才越有人讲，这是规律。乱世，不是因为没道德才没秩序，而是因为没秩序才没道德。统治者管秩序，秩序出问题，他不解决秩序问题，光让老百姓讲道德，怎么行？这样讲，只能越讲越虚，越讲越伪。《老子》《庄子》的话，就是针对这一问题。

（二）《论语》可以治天下，纯属幻想；《论语》可以救世界，更是妄想

宋代有个著名传说，赵普，宋太祖、宋太宗的宰相，是靠"半部《论语》治天下"，而且说得有鼻子有眼，他是以"半部佐太祖（宋太祖）定天下，以半部佐陛下（宋太宗）致太平"，二十篇，全能派上用场。洪业，小时候读《论语》，也碰到过这一传说。后来大了，经他考证，"半部《论语》治天下"只是传说。他说，此说就像小华盛顿砍樱桃树的故事，不过是后人的想象和编造，根本不可信。洪业虽绝不相信，赵普说过什么"半部《论语》治天下"，但《论语》可以治天下，他却深信不疑。他相信，夫子之言，哪怕一章一节，一字一句，也足以治天下。他举《论语》的许多名言佳句为例，说光一个"信"字，已经足够。这可信吗？我说不可信。现在，讲宪政民主的，也到《论语》淘宝贝，那不是瞎掰？东方之道德将大行于天下，也是阿Q的精神胜利法，不值一驳。

（三）《论语》讲的都是世俗的道理，根本不必当宗教来崇拜

很多人说，全世界，信教的人多，不信教的人少，群众的信仰，不能不管，孔子的前途是当教主。我不同意这种说法。第一，宗教管理是国家事务，国家和宗教的关系，宗教和宗教的关系，当然得管，但中国传统，没有凌驾于国家的所谓国教，没有超越国界的所谓普世性宗教，它的特点是国家一元，宗教多元，这个传统，很超前，很先进，挺好，我们没必要模仿洋教，把儒学立为他们那样的宗教。第二，中国近代的立教，太可笑，康有为、陈焕经搞孔教会，是受两个刺激：一是中国挨打，人家有教，他们跟着学；二是帝制垮台，保皇保不了，就保教，本来没教，非要立个教。这个教有谁支持，只有日本鬼子。日本人在东北恢复帝制，恢复孔教，两者配套，难怪民国政府把它禁了。

现在，中国的国学热，中国的孔子热，主要问题出在价值观上。有人说，价值重建，答案是现成的，不是西方的宪政民主，就是传统的儒家文化，最好把两者掺一块儿。我才不信。

人得绝症，不吃中药，就吃西药，掺着吃，换着吃，现成的药很多，不吃这个，就吃那个，这算不上答案。现在世界这么乱，根本没有现成的药。

近二十年，中国的思想很乱，传统变成香饽饽，风从港台来，特别是从某些美籍华裔学者那里来。比如"五四造成中国文化断裂"说、"共产党消灭传统文化"说、"传统文化独存港台"说、"日本、四小龙靠传统文化发财"说、"孔子是全世界人民大救星"说，这类胡说八道，都是乘虚而入。最近，有个叫谭运长的先生，他写过篇文章（《海外偶像崇拜：中国学术的迷障》，《粤海风》2008年2期），就点到了这个问题。

港台新儒家，一直是反共思潮，大虚还一个劲儿地吃泻药，那不是吃错了药？

读《论语》，前面讲过，先秦诸子讲话，不是讲给愚夫愚妇听,而是讲给身居高位的领导听,讲给有可能当官的知识分子听。比如"为政以德",我不是领导,没我什么事。你是领导,就要想一想,这话是什么意思?我不敢说,在座各位,以后不会从政。现在有些大学领导,他们的第一目标,就是培养国家领导人。孔子说"为政以德,譬如北辰,居其所而众星共(拱)之",天上的星星参北斗,北斗是什么样?起码也得像宋大哥吧。为政以德,是说北斗有德,而不是星星有德,当领导的得自己当表率。"以德治国"还是"以法治国",孔子的讲法对不对?可以讨论。但我们要知道,它可不是讲给老百姓,光让他们竭忠尽孝,而是讲给统治者听,讲给可能当领导的学生听。现在,劳改犯发《论语》,学《论语》,于丹去讲。民工过年,也发。我很想知道他们的学习效果。但我更关心的是,领导学得怎么样,知识分子学得怎么样。

知识分子怎么样?我觉得不怎么样。当了官的知识分子,更不怎么样。

比如学校,孔子说:"举直错(措)诸枉,则民服;举枉错(措)诸直,则民不服。""举直错(措)诸枉,能使枉者直。"这个道理很对。

现在学校办不好,问题在哪儿?冠履倒置。大学无道久矣,主要问题在哪儿?就在官本位、帮本位,只讲政绩,不讲学问,学术评价,不讲学术标准,把做学问的踩在不做学问的脚下,"举枉错诸直,能使直者枉"。

还有,孔子有几句话,我很欣赏。

> 子贡问曰:"乡人皆好之,何如?"子曰:"未可也。""乡人皆恶之,何如?"子曰:"未可也。不如乡人之善者好之,其不善者恶之。"
>
> 子曰:"乡原(愿),德之贼也。"
>
> 子曰:"三军可夺帅也,匹夫不可夺志也。"

知识分子是干什么的?就是要有超然独立的见解,不随风倒。统治者不迷信;群众舆论也不迷信。知识分子的角色,是不给领导拍马屁,也不给人民群众拍马屁。萨义德说,知识分子是背井离乡、边缘化的分子。"丧家狗"正是这个意思。

《论语》里,什么最好学?"食不厌精,脍不厌细"。

《论语》里,什么最难学?"三军可夺帅也,匹夫不可夺志也"。

研究《论语》,我的想法很简单:

第一,讲孔子,必须去圣,"去圣乃得真孔子"。什么是"真孔子"?就是先秦时代的孔子,《论语》里面的那个孔子。什么是"假孔子",就是汉以来帝王封圣的那个孔子,经学诠释下不断美化、圣化的孔子。前者是活孔子,后者是死孔子。蔡元培说,胡适的《中国哲学史大纲》不讲三皇五帝,这是"截断众流"。我说,"去圣"也是"截断众流",一刀斩断后面的干扰。汉公羊,宋朱熹,明末清初、清末民初的遗老遗少,这些都是流,不是源。研究哲学史,讲哪段是哪段,我不反对,但源是源,流是流,绝不能以流代源。

第二，讲孔子，要讲诸子平等。冯友兰讲诸子，他是独尊孔子，陈寅恪评他的书，也说独尊是"一大因缘"，何炳棣先生说，他不赞成这两位老师。我也如此。在这个问题上，我更倾向胡适。胡适说，"儒学只是盛行于古代中国的许多敌对学派中的一派"，"只是在灿烂的哲学群星中的一颗明星"，不是"精神的、道德的、哲学的权威的惟一源泉"。西方没有政治大一统，但有宗教大一统。思想专制是更大的专制。他们爱讲普世价值，这是个基督教概念。他们走出中世纪，才有宗教自由，但即使现在，中世纪的尾巴还是割不断，仍有独尊色彩，我们不必学。

传统就是过去。过去和现在、将来一样，都有好有坏。每个生命都像一片树叶，从青翠欲滴到枯黄陨落，道理是一样的。

复古是人类常有的情绪。天道轮回，世事沧桑，三十年河东，三十年河西，就像寒来暑往，秋收冬藏。我们总是记住了点什么，又忘掉了点什么。冬天太冷，我们会怀念夏天，说夏天多暖和呀。夏天太热，我们又怀念冬天，说冬天多凉快呀。其实，夏天当然暖和，但也太暖和了点，冬天当然凉快，但也太凉快了点。在历史面前，我们总是顾此失彼，找不到平衡点。

这是人类固有的困境。

2007 年 3 月 29 日在中国人民大学国学院的演讲稿
2008 年 8 月 1 日改定于北京蓝旗营寓所
（原刊中国人民大学国学院主编《国学论坛》第一辑，
北京：中国人民大学出版社，2008 年 10 月）

世界杯感言

奥林匹克精神据说是和平精神，但奥林匹克运动会的项目大多源于战争，爱好和平的意思，只是在战争间歇玩一玩，休息一下，以利再战。

我们中国的体育也大同小异。传说黄帝打败蚩尤，把他的胃做成了足球。

蹴鞠是军中之戏。中国古代讲足球的书、讲下棋的书，原来都收在兵书类。

足球最像战争。

没有战争，足球是最好的代用品。

我说，与其用兵法研究商战，还不如用兵法研究足球。

足球，高度对抗，敌变我变，我变敌变，瞬息万变，人心是最大的变量。

这是一种充满悬念的运动。

足球是一种游戏（game）。游戏和赌博（gamble）同源。这对研究占卜很有用。

抛掷硬币定场地，这是最原始最古老的占卜。硬币只有一正一反两个面，但"一阴一阳之谓道"（《易·系辞上》），"道"已蕴含其中。

骰子比硬币复杂，它有很多面、很多点。

"普天同庆"是个最圆滑的骰子，它有多少点、多少面？一脚下去，奥妙无穷。

足球的分组淘汰，很像扑克牌。机运的分布，让人难以预测。

越是难以预测，才越吸引人。

足球充满迷信。足球场上，观众席上，到处都是迷信鬼。

足球很难预测。贝利大叔还不如章鱼哥（章保罗、章半仙）。

历史的因果链，是靠简单的统计建立，大家相信"傻科学"。

勒夫的幸运衫（蓝色羊毛衫），据说不能洗。

人只乐于相信他愿意相信的东西，非常害怕他不愿看见的局面。所谓灵与不灵、信与不信，更多是一种心理测试。

与其说是测命运，不如说是测自己。

足球场上，任何一个条件的改变，都可能改变命运，

但没有实力，命运永远帮不了你。

子贡是中国最早的儒商，最聪明的商人和最有钱的知识分子。他的本事是"亿（臆）则屡中"（《论语·先进》），回回都能猜得中。

"卜以决疑，不疑何卜"（《左传》桓公十一年），凡是明摆着的事都用不着占卜，凡是需要占卜的事大多无法预料。

蒙，无法做判断也要做判断，无法下决心也要下决心，这就是占卜。

"卜筮然后决大事，非以为得求也，以文之也。故君子以为文，而百姓以为神。以为文则吉，以为神则凶也。"（《荀子·天论》）

小人的问题是太拿占卜当真，死乞白赖，非什么不可，愿望太多，运气自然就少了，就是有神，神都不待见，古人叫作"渎神"。

你越希望谁赢，谁就输了。

托夫勒预言，第三次浪潮，人都在家上班，没人扎堆，没人聊天，不但轰轰烈烈的革命已经消亡，足球也将退出历史，会吗？

我不相信。

那样的世界太无聊。

贝利和马拉多纳谁厉害？这类"关公战秦琼"的问题，实在很难回答。

有人问，古人怎么打仗？是来将通名，捉对儿厮打，还是大旗一挥，群起而攻之？

其实，足球是集体项目，除了加时赛后互射点球，很少有一对一的机会。

大家都说，现代足球越来越倾向于全攻全守的整体足球。个人的天才，好看的足球，越来越让位于简练、实用的打法，美洲不如欧洲。

我心服口服，但仍有遗憾。

幸亏西班牙打败德国队，替阿根廷报了仇。

"孙子曰：凡用兵之法，合军聚众，交合而舍。"（《孙子·军争》）

"交和而舍"是两军对垒，垒门对着垒门。足球也有两个门。

球赛分两拨，观众也分两拨。无立场看球，就失去了看球的乐趣。

就连裁判都难免有倾向性。

第一立场是国家立场，凡是入围的国家，其国民大都向着自己的国家。

第二立场是强者立场，中国无缘世界杯，谁踢得好，就向着谁。

但强弱悬殊，没有看头，我更偏爱弱者。

可惜呀！这一次，我所钟爱的弱旅都失败了。

失败得没有悬念。

凡有人在，就有不公。

不公可以改变人的命运。

生活好像足球赛。

裁判不公是公平竞赛的组成部分（如本届德、英之战和荷、乌之战的两次误判），就像生活一样：谁碰上谁倒霉。

祝西班牙胜利！

2010年7月8日写于北京蓝旗营寓所
（原刊《东方早报·上海书评》2010年7月18日）

历史与文学

我对电影不太懂，对费穆先生在电影上的贡献不敢妄加评论。但他用电影表现的历史主题，即孔夫子，我比较熟悉。我觉得这个片子很有意思，它处理的是历史题材，但作为影片，又是个文学和艺术的东西。很多人都以为，历史是历史，文学艺术是文学艺术，这是两种完全不同的东西，没什么关系。其实不完全是这样。历史，原生态的历史，其实很复杂，即使没有文学作品和艺术处理，时间久了，它在人们的心中也会自动发酵，变成另一种东西，好人可能变得更好，坏人可能变得更坏。历史被简化，被文学化，有时几乎不可避免，文学只是强化了这种对比。费穆先生用电影艺术讲话，首先当然应该从电影的角度去理解，但电影资料馆希望我从历史角度讲一下我的想法，我只好试一试。

我从历史角度看《孔夫子》，首先有一个感想，就是我有一种共鸣。费穆先生要表现的孔子，是一个当年活着的、没有被圣化的孔子。这个孔子也是我想强调的孔子。虽然，他不像后来端坐在大成殿里的孔子，基本上是个悲剧化的人物，但我觉得，这个悲剧化的孔子,才是让人感到更活生生、更亲切的孔子。我的《丧家狗——我读〈论语〉》,讨论的就是这个活生生的孔子,而不是被后世统治者封为"圣人"的孔子。费穆先生想表现的是作为"人"的孔子,这点,我很有共鸣。

在《孔夫子》这部影片中,出场人物,正面人物,除了孔子,还有他的学生。孔子,学生多,三千弟子,七十二贤人,不可能全出场。费穆先生很聪明,他只选三个人。这三个人选得好,很准确,很精练。过去讲孔子,有宋明"道统"的一套,孔门十三贤(他最得意的十三个弟子),被人改造成四配十二哲。宋明理学,最最推崇谁?主要是三个人,曾子、子思、孟子。曾子,在孔门弟子中辈分最晚,子思不是孔子的学生,孟子更是差了辈儿,连孔子的面都不可能见到。其实,这并不是孔子最重要的弟子。前一阵儿,我在国家图书馆演讲,谈到孔子之死和子贡的重要性。我说,你读《论语》,孔子身边的弟子谁最重要?毫无疑问,要数三个人,颜回、子路和子贡。费穆先生在电影中,先把这三个人介绍给观众,很有眼力。这三个人,颜回是孔子姥姥家的孩子,孔行颜随,亦步亦趋,孔子最喜欢。子路是老前辈,年纪比较大,当仁不让于师,是孔门的大师兄,也是不离孔子左右。子贡是孔子流亡卫国期间招收的学生,孔子死后,他是掌门人,满朝文武诽谤老师,是他捍卫了老师。这三个人,最重要。我们读《论语》,颜回,印象不深,根本比不上子路。《论语》中,谁出现最多?其实是子路。子路为什么给我们留下深刻印象?主要是因为他性格鲜明,这就像大家读《三国》《水浒》,

我们对张飞、李逵印象很深。孔门三大弟子，我最喜欢子路。费穆先生把子路放在第一，甚获我心。这是我感触最深的一点。

当然，文学的东西和历史的东西是有区别的。我一直认为，读《论语》，最好是从人物入手。《论语》的特点是人多故事多，头绪纷乱。过去读《论语》，流行的是语录式的读法，很多人是把孔子的话当戒条，有如功过格，每天对着它，检讨反省，好像照镜子。他们对孔子没兴趣，有兴趣的是自己，生怕死后下地狱。其实，《论语》还有一种读法，比宋明理学更古老。它是把《论语》里的人物、故事做一番梳理，拿《论语》当孔子的传记读。有人说孔子是圣人，不能做历史研究的对象，我坚决不同意。我说，你要尊重孔子，首先就要尊重历史。历史上的孔子是人，不是神，只有神，才只许磕头，不许研究。我读《论语》是追随司马迁。他是第一个把《论语》当孔子传记来研究。司马迁讲了"丧家狗"的故事，他是把孔子的一生看作悲剧。费穆先生对孔子的故事做了高度概括，也是以此为基调。

另外，我想说的是，费穆先生的影片，现在也是历史。这个影片，在当时是大制作。它不是游戏之作，而是非常严肃的作品。我们要想理解费穆先生的精神寄托，就要把它纳入孤岛时期的历史环境去研究。它既然是1940年出现的电影，我们就要考虑，当时的他到底在想什么，他想用什么东西打动当时的观众。比如影片中的少正卯，还有阳货，这两个反面人物，就是费穆先生的创造，跟历史上的这两个人没有太大关系。他讲孔悝之乱，特意把阳货放进去，让少正卯变成主和的内奸。我理解费穆先生的寓意：当时的齐国是日本，鲁国是中国，少正卯是汉奸。所以，当初这个电影上映，蔡楚生的题词很有意思，非常点题。他说，当今之世，少正卯之流多如过江之鲫，不可不有孔子。孔子诛少正卯，就是呼唤杀汉奸。它的主题很明确，就是中国精神不死，中国不会亡。

这次看片，我一直在想，当年上海让日本人占了，日本人对这个剧会怎么看。我对这段历史没有研究，希望有人能查考一下。现在讲孔子，剑拔弩张，似乎只有两派，要么尊孔，要么批孔，好像尊孔的是一党，批孔的是一党。其实哪有这么简单。当年谁最尊孔？一是康有为，二是蒋介石，三是日本人和汉奸。康有为尊孔，是因为清室逊位，保皇保不了。他看到西方的榜样，要学西方立教。蒋介石尊孔，是基督教加宋明理学，搞新生活运动，配合他的"一个领袖，一个思想"。日本人，他们搞满洲国，把溥仪悄悄运到东北，只有皇帝，没有孔教，不配套，所以要支持孔教会，以至于民国政府不得不把孔教会改成孔学会。历史上，尊孔也好，批孔也好，各有各种政治目的，同样是尊孔，同样是批孔，可能根本不一样。比如郭沫若尊孔，为什么？因为40年代，他是以秦始皇比蒋介石，脸谱化。如果秦始皇是蒋介石，孔夫子就是革命党。他们都是拿孔子当政治符号。这里，说到日本，也很有意思。日本人占领中国，他们很尊孔。历史上的征服王朝都很尊孔，金、元、清占领曲阜，都很尊孔，比汉族还尊孔。北京孔庙就是蒙古人修的。日本人占领曲阜期间，他们怎么尊孔，很值得研究。我知道，他们做过一些考古发掘，在鲁灵光殿挖出过北陛刻石。北陛刻石，原来留在燕京大学，后来是北大历史系考古教研室的东西，现在在曲阜。现在，曲阜好像很尊孔，但当年破"四旧"的人是谁呀？我到那里看古迹，很多建筑和雕刻上还留着当年的批孔标语，这都是谁写的呀？历史总是这样反反复复。

这部影片，当年有英文版。影片一开头把孔子跟耶稣和佛陀放在一起，算是世界上的三大圣人。这是世界性的宣传。抗战期间，我们需要这种宣传。当时，讲四大发明，国共都去祭黄陵，很有必要。当时的宣传，都是悲情的宣传，和今天不一样。今天，立教说再度时髦，是因为我们阔了。有人给领导灌迷魂汤，说孔子是中国的软实力，一定要把孔子的旗帜插遍全世界，兼并和主导世界上的各大宗教，搞一个世界宗教出来。这些说法，都是配合"大国崛起"。邓小平说，中国要夹着尾巴做人。现在有人说，中国的尾巴太大了，两腿之间已经夹不住了，所以有这样一个热潮。也有人说，孔子有民主思想，我们现在要搞宪政民主，一定要尊孔。我觉得有点奇怪，孔子是一个非常提倡贵族政治的人。民主，不管有多少种定义，但稍微有点西洋历史知识的人大概都知道，民主的第一个意义，就是反贵族统治。现在，孔子简直像个万花筒，大家可以做各种各样的解释。但我们不能用现在的想法代替历史上的想法。看这个影片，我们要注意费穆先生的想法，注意这种想法的历史背景。

最后，我想讲一点儿技术上的细节，也和历史知识有关。这是一部老影片。看老片是一种享受。它对观众有魅力，对我有魅力，为什么？因为它有一种陌生感。我很好奇，它的场景设计和服装道具为什么会是这样。我注意到，影片中的孔子很高大。文献记载，古人几乎众口一词，都说孔子很高大，身高九尺六寸，几乎和姚明一样高。电影里的子路，个子也很高，和孔子差不多一样，也像山东大汉。子贡留着小胡子，颜回是白面书生。这些形象，都有一点戏剧化和脸谱化。因为我是学考古的，所以特别注意影片里的场景和道具。比如，它有一个场景，画面上有个大窗户，有点像美国房子常见的那种大玻璃窗，给人留下深刻印象。历史上的房屋当然不会是这个样子。但这样安排，才能看见外面有树有花，像幅画。还有子路乡射扬觯的那一场，他手里端着个酒器，是所谓觯，这件觯，形状大体对头，但旁边加了两个耳，显得怪怪的。觯是没有耳的，但没有耳，子路射箭时就不好拿。兵器，主要是戈、矛、钺、殳四种。服装没什么特殊，我比较注意的，是孔子的帽子。影片中，孔子在鲁国当官，前后换过三顶帽子。古书说，他是五十一岁才出来做官，先做中都宰，再做少司空，再做大司寇。孔子的三顶帽子是代表他当过的三个官职。这三顶帽子，其中第三顶是士兵戴的帽子，太低级，如果换成第一种帽子就好了，我是事后诸葛亮。因为第一种帽子才是他当大司寇时戴的。传世孔子像，有一种《鲁司寇像》，就戴这种帽子。我国绘画，传统画法，人像都是全身像，不画半身像，这个《鲁司寇像》是半身像。费穆先生可能看过这幅像。影片中的孔子戴这顶帽子，是他当中都宰时，不合适。这是提前了。戏里还有第四种帽子，是带冕旒的帽子。这种帽子，只有在孔庙大成殿里才看得到，那是他当了圣人之后。封圣后的孔子是所谓"素王"，与皇帝几乎平起平坐，所以要打扮得像帝王一样。特别有意思的是，影片中有个摆设，是个双手向上托盘的人物雕像。这个雕像是什么东西？其实是模仿乾隆皇帝的复古艺术品，承露仙人盘。乾隆皇帝的承露仙人盘，现在还立在北海公园琼岛的北面，你到仿膳吃饭，从二楼的窗户可以看到。还有，拍这个戏时，大家对古代的竹简不了解。很长时间里，大家一直有个误解，以为古代的竹简是用刀刻字。这个片子也不例外。孔子的桌上放了一大摞半圆的竹简，是过去理解的竹简。其实，竹简都是很窄很薄的竹片。

影片场景，有个地点很重要，是孔子射箭的地方。这个地点，原来叫矍相圃，在曲阜孔庙的西边。现在，这个遗址已经消失，变成电影院，你要去凭吊，只能看到一个电影院。费穆先生安排，孔子最后倒下的地方，就是这个射箭的地方。我没想到，他是这样安排。因为，古人都说，他是死在家里。孔子死前，他最受刺激的事，莫过于子路之死。子路结缨而死，战死的地方也很重要。这个地点叫戚城。戚城遗址，现在还在，我去过。这是全国保护比较好的古城遗址，现在是一个公园。戚城旁边有个子路坟。当然，这是后人为了寄托哀思而指认的子路坟，并不是真的子路坟。"文革"期间，孔子墓被谭厚兰他们挖开，子路坟也被挖开。挖开才知道，所谓子路坟，其实是汉墓，里面的东西是汉代的。拍孔子戏，现在可以利用真古迹。真正的古迹是什么？大家不要以为就是三孔（孔庙、孔府、孔林）。三孔的建筑和古迹，基本上是金、元、明、清的东西，不是孔子时代的古迹。孔子时代的古迹，其实是孔子住的曲阜鲁故城，还有舞雩台，还有他周游列国走过的城市。孔子走过的地方，我都走过。我真想不到，他去过的地方，当年的古城，居然都在。比如说"丧家狗"的故事，是以河南新郑的郑韩古城为场景，所有《圣迹图》都有图画和文字讲这个故事。我去这个古城，找到那个"郭东门"，就是孔子当年站立的地方，《圣迹图》讲"丧家狗"的故事，就画了这个城门。这个古城，现在立在地面上还有十七八米。这十七八米是个什么概念？我们可以拿明清北京城做个比较。北京城，北城最高，只有十二米。当然，孔子走过的古城，很多都是断壁残垣。我对孔子走过的地方进行过考察，今天看这个影片，我又想到了这些地点。

（原刊黄爱玲编《费穆电影：孔夫子》，
香港：香港电影资料馆，2010年4月）

电视、鱼缸及其他
——座谈会：艺术·未来生长点（两段对话）

时间：2013年9月5日
地点：北京服装学院

第一段对话

…………

李零（北京大学中文系）：非常对不起，咱们3点开会，我临出门，翻箱倒柜找不到钥匙，最后发现，钥匙让人揣走了，等钥匙送到打车往这儿奔，你们已经谈了老半天。不好意思，在座各位，我大部分都不认识。谈这种话题，我比较陌生。刚才大家好像在谈生长点，我听了半天还没听明白，咱们最后找着几个生长点啦？各位好像都是在第一线搞文学艺术的，起码也是在一旁做组织工作或评论工作吧？惭愧惭愧，这类活动，我参与太少，连观众和读者都不够格。虽然新中国成立以来，我也生活在各种各样的文学艺术之中，但随着年龄增长，我是渐行渐远，越来越脱离文学艺术。小时候，我爸经常带我听京戏、听大鼓、单弦，看魔术、马戏。他们那一代的人，爱听戏，不爱看电影。解放后，电影很多，苏联电影多，其他国家的也不少，甚至有欧美的很多电影。我跟父辈有代沟，更爱看电影。现在谈文学艺术的社会功能，大家能讲出一大堆道理，但对我来说，主要功能就一个，消愁解闷。我心中的文学艺术主要是为了屠宰时光。小时候，我们很闲，消磨时光的办法，主要是散步聊天。那时候没电视，去戏园子听戏，到电影院看电影，只是偶尔去一下，再往后，越来越脱离。后来有了电视机，我就更不去了。一嫌费事，二怕强光。我不喜欢聚精会神在一片黑暗中看戏。我知道，国外的教授，很多人家里都没电视，他们的父母，甚至打小就不让他们看电视。但我特庸俗，喜欢蹲家里，有一搭没一搭，从电视这个窗口看世界，看看这个世界到底有多庸俗。我是宅男，"宅兹中国"。我有个恶习，喜欢开着电视机，在电视机前写作，闹中取静。我养过一段鱼，放弃；养过一段龟，也放弃。养鱼养龟是为了养眼。电视机对我，就像一个鱼缸。现在，年纪大了，眼力不行了。年轻时，朋友之间传说，有一本什么什么书特棒，好像没读很丢脸，年纪大了，什么都没看过也不觉丢脸，最主要是看不动了，特别是长篇小说。闹到后来，每部小说都是翻几页，实在看不下去，就不看了。

现在，我基本上把电影、电视剧当纪录片，当过眼烟云的历史看。电视剧，我的感觉是挺热闹。有些美国朋友说，美国永远都不会有什么变化。咱们中国不一样，太热闹了，每天大戏小戏，眼花缭乱。我是把电视剧排起来，在脑子里当老电影看，就像"文革"后看内部电影,在电影院里猫着,看完一个接一个。比如改革开放以来,有人拍老板戏,演他们怎么善于管理,怎么普济苍生,怎么风度翩翩,怎么过着优雅的生活,但怎么演都演不好,形象怎么也高大不起来。后来,电视剧里的老板经常都是前有案底后犯新事,勾结黑社会,或本人就是黑老大,成了警察抓捕的对象。这个对比就很有意思。还有,最近的职场戏,中心人物是白领小资,谈情说爱加钩心斗角,处处都能摸出时代脉搏。我是好戏坏戏都看,特别是庸俗的戏,尤其要看,别提多有意思。因为这里面有时代脉搏。主旋律的戏,我也看。现在的抗日剧、潜伏剧,被年轻导演和演员武侠化、神怪化、谈情说爱化,打打闹闹,好像小孩过家家。不看不知道,看了你才知道,什么叫"告别革命",现在的小孩,他们想象中的土地革命、抗日战争、解放战争大概是什么样。这里面还有各种新视角,比如颂国军,有台湾视角;讲上海,有香港视角。

刚才有人说,科幻可能是唯一的增长点。我想说说我个人的口味。说实话,我特别不喜欢看科幻的东西,不瞒您说,有时甚至觉得瘆得慌。科学伟大,衬着人类的渺小,有时吓得我们腿都软了,把科学当怪力乱神来崇拜。我说过,科幻小说跟咱们的小说传统最接近,要数神怪小说,比如《西游记》,就大闹天宫那一段还可以看,后面的九九八十一难,每次打一个妖怪,翻茅倒粪,基本上和现在演的《喜羊羊和灰太狼》一样,每次完了都说"我一定会回来的"。中国人不是没有想象力,但我们的幻想主要是人文幻想,不是科学幻想。汉代的神仙是超人,就是举步飞升,也是低空滑翔,很多人宁做地仙,不做天仙。天上,没有吃喝玩乐,冷冷清清,何似在人间。咱们中国,有知识的人都是琴棋书画,生活在人文幻想里,愚夫愚妇才搞怪力乱神。文人是搞人文的人,他们除了应举做官,最大幻想是女人,一是金榜题名,二是洞房花烛,比如烈女节妇、"儿女英雄"和各种"奇女子"就是他们的人文幻想,想有什么样的女子就能造出什么样的女子来。"奇女子"的现实版,不在家里,而在窑子里,妓院文化特别发达。中国的言情小说,就是讲这类东西。现在的学校,主要跟金榜题名有关。虽然,人文已经不吃香,哪个学校都是理工领导社科,社科领导人文,特别是商科领导人文,文盲领导科盲,跟传统文化相比,等于冠履倒置。这个我没意见,谁让你是研究"无用之学"呢?研究这种学问,人确实不能太多,养太多了,对不起国家的钱、人民的币。现在,我们那个圈子里的人都说,《儒林外史》类的素材太丰富,不知比吴敬梓那个时代强多少倍。有人甚至跟我商量,最好编个连环画。我特别希望有人写出一部新的《儒林外史》。这也许可以算个生长点吧。

黄纪苏:前几年有个女作家写过北京文学圈的鸡零狗碎。

鲁太光:是不是《桃李》?没有特别好的。

李零:长篇小说看不下去是个问题。中国的长篇来自说书。要写长篇,得有钱有闲。中国文人,传统是写诗,写诗跟写日记似的,见谁写谁,走哪儿写哪儿,一首七律,顶多56字。

黄纪苏:今天写旧体诗的很多,还有书法——老李你那个书法也很漂亮啊。80年代写旧体诗的特别少,主要在《中华诗词》

上发表，该报副刊上也零零散散有一些，绝大多数读着跟数来宝似的。

李零：跟毛泽东的影响有关，写字和写诗都跟毛泽东的影响有关。

祝东力：70年代"文革"后期，有一段时间在年轻人当中比较流行写旧体诗词。

李零：《天安门诗抄》没什么像样的旧体诗，绝大多数都像天地会的诗。中国民间一直有做诗的传统，老百姓都是出口成章，比如《红旗歌谣》，就是民间体。这种诗，跟旧体诗完全是两码事。雅要雅到好处，俗也要俗到好处，怕就怕半俗不雅。我们老家的人讲，"吃甚喝甚，上下实称"。好多老干部喜欢舞文弄墨，不写则已，下笔都是气壮山河。这些都是模仿毛泽东诗词，但他们修养不够，做的都是打油诗。我看，旧体诗是做不下去了。现在会写旧体诗的，他们写得再好，格律韵脚都对，古意盎然，也没什么意思。要说出路，可能是打油。《天安门诗抄》中的"旧体诗"，除了五七言的豆腐块，已经没有任何旧体可言。过去说的打油，清朝和民国的打油，很多还是从旧体诗脱出，特点是行云流水，雅中求俗，我喜欢的是这种打油，要不然，你就彻底白话。比如鲁迅、郭沫若，还有聂绀弩，他们的打油，都是技巧纯熟又不失生动。还有一些诗，是军人写的诗，如冯玉祥、续范亭的诗，也有意思，所谓"丘八诗"，军人就要有军人本色。本色最重要。郭路生和北岛，他们的诗是知青体，风气一变，纯为白话诗，不知道的还以为是模仿外国，其实也很本色，符合时代，符合身份。知青时代，谁都不是什么名人。70年代的名人都是后来封的。我们那个时代，特点是没有名人，当然也谈不上什么"精神贵族"了。"避席畏闻文字狱"，那是有的。"著书都为稻粱谋"，则未之闻也。著书可不能换饭吃。那时的名人，不是经常见报的国家领导人，就是进了监狱、谁都害怕当的反革命，不像80年代的各种小名人，一登文坛，顿有名人感。那时的人，读书也好，写诗也好，都是玩，没什么使命感。古人写诗，天天写，不可能每首都好。《唐诗三百首》，李白、杜甫可能多一点，很多人只有一首诗。郭路生和北岛，他们的好诗，大家能记住的好诗，其实也就一两首。但就这么一两首，也够本了。

黄纪苏：刚才聊了毛泽东诗词。毛泽东诗词和温柔敦厚的传统诗风确有距离，老李你怎么看？

李零：现在有些品诗的，他们对诗可能确实有研究。他们排座次，标准是古不古，很多是得自于传统的诗史品评，就像写字，第一是法度，然后才是气象，等等。毛泽东诗词没有所谓温柔敦厚气，比较豪放。关键是他有豪放的身份。你没有这个身份，只是个平头百姓，又手无缚鸡之力，非求气壮山河不可，人家还以为你在发疯。有一次，我跟香港中文大学的陈之藩夫妇吃饭，他俩都不喜欢毛，陈教授的夫人童元方教授，她把全部毛泽东诗词翻译成了英文，对毛泽东诗词赞不绝口，佩服得不得了。北岛也有类似评价。他知道毛诗的影响在当年有多大。写诗，在古代是家常便饭，诗言志，歌咏言，就像人高兴了，不知不觉，手之舞之，足之蹈之，不由自主会喊两嗓子。中国文明太悠久，越文明越不会唱歌跳舞。文人,跳舞的本事不行,唱歌的本事也丢得差不多,只有诗可以一直玩下去。但传统中国,诗、歌、舞是三位一体。

黄纪苏:诗和乐后来分开了。

李零:孔子时代,诗、歌、舞是在一起,后来才有诗唱独角戏。诗也是变中求生。比如汉魏的诗跟唐代的诗不一样,唐代的诗跟后来的诗也不一样。古诗,本来是可以唱的,唱不下去的时候,剩下的歌词就是诗。最有生命力的诗还是歌词。刚才听大家谈革命文艺,我觉得现代文学跟革命有脱不开的关系,并不像现在大家的感觉,是避之唯恐不及。像《放下你的鞭子》,就是从歌德的东西改编,简陋是简陋,影响大得不得了。这两年,中华书局和三联书店过生日,在人民大会堂搞庆祝,很隆重。中华书局在国图办过一个展览,中国已故的老先生,他们留下很多宝贵的题词,几乎都是说,中华书局跟"革命"有关,因为它是辛亥革命的产物。三联书店让我题词,我写的是"革命书店,左翼先锋"。它的出身是什么?当然是共产党和左翼运动。但有人说,革命书店已经太多,三联书店主要是个启蒙书店,普及知识的书店,他们不敢面对历史,唯恐沾上"革命"二字。人民大会堂的活动,金冲及先生的讲话很有意思,他说,当年三联书店的书对他的刺激很强烈。说实话,我这么大,都不太能理解,艾思奇《大众哲学》这样的书为什么会让他感到震撼。我猜,那个时候,很多知识青年对国民党的出版物别提多烦,根本不像现在人说的,引领企盼的全是什么"民国范儿"。包括文艺也是如此。

左翼跟文学关系更大。现在人讲历史,特别希望把左翼文学择出去,说左翼文学都是宣传,只有宣传,没有文学。当然,这里面可能有点心理学的规律,什么东西讲多了大家都可能烦。烦了难免就会拧着来。这个没有办法。你原来讲革命,一直讲到翻肠倒胃,人家就"告别革命",哪怕像王小波那样,用性交解构革命。但我年纪大了一点,听现在这帮"小宫娥"讲开元天宝年间事,也够烦人的。

黄纪苏:舒芜先生晚年跟谢泳有不少交流。谢的意思大概是请老先生帮忙把自由主义往民国追溯追溯。但老先生回复得非常有意思,他说那时候青年学生谁看得起胡适这帮人啊,那时候共产党才是"自由主义",因为人家可是在雨花台、龙华流了血、断了头的。谁是牛人谁是尿人明摆着嘛。我小时候看《青春之歌》里的余永泽,觉得太猥琐,最后连女的都不跟他。小说虽然是解放后写的,感受很可能是解放前留下的。后来,"文革"栽了大跟头,面对人民灰头土脸的,于是张中行、沈从文、张爱玲这些"民国范儿"才纷纷咸鱼翻身。"民国范儿"跟"革命范儿"的较量民国时代就开始了。我读一些现代史的资料,发现延安有些作家,也以能在重庆杂志上发表文章为荣。不过像《王贵与李香香》出来后,也把重庆的文人震得够呛,哪儿见过这么生香活色的东西啊。

李零:生长点是什么?可能大家对原来的东西烦了,就有了生长点。

黄纪苏:我再往歌曲那边拐拐。东力送给过我一套中国流行歌曲光碟,从上世纪20年代一直到2000年,都是各时期家喻户晓的歌曲,我来回听过几遍,我感觉从延安时期开始好听了。二三十年代上海、北京那些洋腔洋调的歌跟洋泾浜英语似的难听,刘半农人在海外思念故乡的《教我如何不想她》,有些很动人的句子,如"枯树在冷风里摇,野火在暮色中烧",可被赵元任用西洋唱法谱了曲后,听着特别遗憾。到延安时期,强调民族气派、民族化,对西化有所平衡,好听了不少。上升时期的大革命有时会有种气度,那就是为实现大目标,在形式、技巧、流派上搞实用主义,为我所用,不拘一格——说"不择手段"也行。你看《黄河大合唱》里是什么都有。中国颂歌比较缺,西方比较发达,那就拿过来,开始一段颂歌:"我站在高山之巅,望黄河滚滚,奔向东南",用歌声把一条万古的河流变成了一座宏伟的殿堂。

外来艺术的民族化会是一个漫长而浩大的过程,需要一点一点磨合。就说提琴吧,本土题材的小提琴曲,听着总有些隔膜,不像胡琴听着心挨心肉贴肉。就说《新春乐》吧,按说有不少河南民间音乐的元素,听着也很好听,但总觉入心不深,有种边疆甚至异域味道。《梁祝》"化蝶"那段——我不知道别的中国人——让我第一次接受了这种乐器。此外像摇滚乐、爵士乐、音乐剧,它们的民族化都还有很大的探索和实践空间,这都会成为音乐的生长点。

李零:原来的影片也起了铺垫作用。《梁祝》是最早的彩色片,我小时候印象特深。那个电影,我还是在东四六条看的。当天晚上，吴玉章也去看，前排留了位子。前几年我再看，好像不如我印象中那么好。"文革"中，我是听唱片，先是听越剧《梁祝》，每句唱词都记在心里，然后再听小提琴协奏曲《梁祝》，觉得真好，确实是源自越剧又西洋化得恰到好处。小提琴协奏曲《梁祝》，很多中国人觉得好听，但有些外国人不喜欢，越剧《梁祝》他们没听过。

…………

第二段对话

…………

李云雷：刚才李零老师说电视剧也很好，但是今天没有时间了。李零老师能否简单说说，您看的电视剧哪几个比较好？

李零：我不能说哪个好，顶多说我对什么感兴趣。我记得有个抓逃犯的电视剧，拍得跟纪录片似的，给我留下深刻印象。我记得那个犯人好像叫王宝山。我这也是逆反心理。现在的电视剧太能瞎编，哪怕找个稍微有点真实感的片子都太难。

黄纪苏：我也是，要么喜欢看真实的史料如书信、回忆录之类，要么就是文学性特别高的，那种半半拉拉的听他们胡编，还不如自己编呢。

李零：现在有什么精彩的文学性很强的电视剧？

黄纪苏：我看像《金婚》就是。《春草》也比较喜欢。倒也谈不上什么文学性。但把中国这几十年最大的内部流动——农村向城市的流动呈现出来了。小陶红演的春草有点像当年的阿信，相当好。他们"我也要当城里人"是中国版的"美国梦"。

祝东力：好多年前也是陶虹演的《空镜子》，表现形式上也挺娴熟的。

李零：现实生活本身已经够科幻了，但是怎么就写不出好东西呢？

黄纪苏：社会现实太有传奇性了，新闻报道把虚构文学的生意都给抢了，后者只能在抒情、夸张、隐喻、声音、象征上玩玩别的了。这些好像构不成什么生长点。

李零：能讲故事就不错了。

鲁太光：现在的小说创作还是"人性""人"这几个理念。

李零：人性是小作料，比如国民党女特务跟共产党潜伏人员黏糊上了，为了爱情，忘了总裁的教导、军统的纪律，就是这种作料。篇幅不够了，也可以靠它往长里抻，一次次回首往事，旧情复燃。

黄纪苏：你平时练书法吗？

李零：父母遗传，手有点颤抖，现在凑合能写，不知道以后能不能写。

黄纪苏：好，今天就到这里。

（原载黄纪苏、祝东力主编《艺术手册·2014》，北京：中国电影出版社，2014年）

读《聂绀弩旧体诗全编》

聂绀弩先生的旧体诗，大雅若俗，不但漂亮，而且有趣，全然不像那些唱和古人、孤芳自赏，追求高古却索然无味的诗。他写得真好——好到有人誉为"独一无二"，简直是诗史上的绝唱——但初不以诗名。早年，世知有聂氏者，多半是因为他的杂文。他在《聂绀弩杂文集》的自序里说，鲁迅的杂文"已及身而绝"，自己只是个学习仿效者。

他是鲁迅的追随者。

1957年，毛泽东在上海答罗稷南问"要是鲁迅还活着会怎么样"，答案是"要么关在牢里继续写他的，要么一句话也不说"。鲁迅，脾气大，大到可以蔑视领导和群众、组织和纪律。我从冯雪峰的回忆看，前一种可能更大。

鲁迅当然没活到1957年（他死于1936年），但聂绀弩先生的遭遇就是答案，很多鲁迅追随者的下场就是答案。

胡风集团，原来是左派。1957年的"右派"，民主党派也好，青年学生也好，原来也是左派。党员更不用说。

1950年代是左翼势头最猛的时代，风行草偃，全世界如此。谁都想不到，原来的"左派"，后来变成了"右派"。

时人论"风骨"，常举王国维、陈寅恪为例。这两位大师，他们的感情寄托是前革命时代，因为跟革命闹别扭，闹到无话可说，无事可干，才成就其大学问。

鲁迅不是这种人，聂绀弩也不是。他们都是左翼文学家和革命者。聂氏是黄埔二期生和1934年的共产党员，革命的资格很老。

什么叫"中国的脊梁"？一是"敢单身鏖战的武人"，二是"敢抚哭叛徒的吊客"，鲁迅如是说。这不是如今常说的"风骨"。

革命是个反噬其身的怪物。参加革命，不但可能蒙冤受屈，还会掉脑袋——可能被敌人杀，也可能被自己人杀。

运交华盖，牢狱之灾，聂先生的不幸，成就了他的诗，成就了他自成一格的诗风。

他说，他是1959年才动手写旧体诗。这是"诗画满墙"时代的尾声。我还记得，那是个毛主席带头、全民上阵、谁都诗兴大发的时代。前有《红旗歌谣》，后有《天安门诗抄》，遗风播荡，至少延续到"文革"结束，不写则已，一开口，全是气壮山河。

聂诗不同于毛体。

当古诗已经山穷水尽，除了模仿还是模仿，除了用典还是用典，毫无出路的时候，他却开始学写旧体诗，用古体打油，铄古铸今，入于化境。

他的律诗，有很多妙语惊人的流水对，酣畅淋漓，特别能传达感情。

他活得很苦，眼泪泡着心，却始终不忘幽默，自嘲自讽，自娱自乐，苦中作乐。

从他的诗，我们可以看到个人的渺小，人生的荒诞和无奈，还有他的恨，还有他的爱。

我理解，这是他最后的精神寄托。

诗如其人，有如他的传记。

2009 年 12 月 2 日写于北京蓝旗营寓所
（此文应汉唐阳光 2010 年参与评奖而写，未正式发表）

十问十答

1.

刘苏里：第一部作品是什么时候发表的？1985年？《放虎归山》虽是一部随笔集，但影响不大。《简帛古书与学术源流》是形成今天影响局面的第一部作品，而放大效应的是2005年的随笔集《花间一壶酒》和2006年的《兵以诈立》。李零的情况，或江湖捕风捉影，正式渠道也多所传言。简单谈谈著述出版情况吧。

李零：我的第一部作品是1977年发的，批"四人帮"的"批林批孔"，登在云南的一本杂志上，二十九岁。文章是别人改出来的，和原稿不一样，幼稚可笑，可以作废。真正的学术文章，是发表于1979年，三十一岁。同一年，发三篇，都是我们那一行的顶级刊物：一篇考中山王铜器，登在《考古学报》上；一篇考太公庙出土的秦公钟镈，登在《考古》上；一篇考银雀山汉简《孙子兵法》，登在《文史》上。当时，发表慢，东西都是一年或两年前写的，有些还更早。我是1979年秋才读研究生，没上大学，直接读研究生。我的学术基础，不是从学院来的，很多书是"文革"、插队时读的。

书，最早，是1983年，三十五岁。一本是《金文分域简目》，集体署名，第一署名人是领导的太太，工作量是0%；第二署名人是我，工作量是90%；还有一人是10%（油印原稿，我是第一署名人）。一本是《汗简·古文四声韵》，和另一位合编。都是整理性质。

我自己的第一本书，是1980年写，1985年出。三本都是中华书局出的。中华书局，十来年出一本，不新鲜，这是过去。五年是短的。

我比较高产，文章和书，都很多（还没算当杨白劳的事情），即使躺倒不干，也比很多人多，没必要追求数量。果树大小年，有时多，有时少，写多写少，完全是随心所欲，歇着也是歇着。

我在学界，算是出道早的，真是三十而立。但学界的名都是小名，圈子外，没人知道你是谁。

我写杂文，纯属业余，只是自娱自乐，捎带脚的，也跟文化界的时髦唱点对台戏。早先我有比较强的归属意识，特怕行里的人把我认出来，说我不务正业，所以用笔名。

1980年代，我写过三篇"不合时宜"的文章，一篇是《中国史学现状的反省》，评金观涛等人的史学思潮，是以笔名吴欣发表在《知识分子》上（杂志在美国出，没办多久）；一篇是答记者问，谈《河殇》，记者是陈小雅，也是以吴欣为名，和高王凌一起答，登在《中国文化报》上，没人知道这个吴欣是谁；还有一篇是《服丧未尽的余哀》，登在《东方纪事》上，是批评当时的文化心态：怨天尤人骂祖宗。编杂志的不知道我是干什么的，在作者名单上称我为"理论家"，杂志刚出来，大家的注意力被大事冲淡，自然也没人注意我。

《放虎归山》，是我的第一个杂文集，开头两篇，就是上面提到的后两篇。

我批评《河殇》，很容易被攻击。被批评的先生，在上海骂我，但到海外，180度大转弯，说"我得到了天空，却失去了土地"。后来，他请我老婆孩子吃饭（我不在）。他说当时的文章，还是我讲得对。这些事，都是过眼烟云，读者早就忘了。大家知道有我，反而是我的《汉奸发生学》。这事不但上了《解放军报》和《中流》，还上了北大的校学术委员会。骂我的不少，夸我的也不少。

《花间一壶酒》，和以前一样，也是不识时务，跟世纪前后的时髦思潮还是不合拍。现在的《丧家狗》也是。中国还是中国，但风变了，跟1980年代正好相反，我还是戗着来。

我是不轻易相信什么风潮和舆论的。我读《论语》，最欣赏的，就是孔子反对乡愿。孔子说，一乡人都说好，未必好；一乡人都说坏，也未必坏。谁是好人，要看好人说好，坏人说坏。三军可夺帅，匹夫不可夺志，这才叫知识分子。大家起哄，你就起哄，还要知识分子干吗？

我的学术著作，读者看重什么，不知道。过去不知道，现在也不知道。我不太上网，人家说好说坏，我都不太关心。外国人说，写出的东西就不再属于自己。

《简帛古书与学术源流》，现在卖了7000本，在三联的同类著作中算是多的，但影响有多大，不知道，三联书店告诉我，余英时先生倒是夸了几句。

《兵以诈立》，是撞上大众阅读的热点。但我一上来，先给群众泼凉水，他们的阅读兴趣，不能不泼凉水。研究《孙子》，时间长。这书，语言俗，内容深，雅俗都能欣赏。中华书局没做多少宣传，他们顾不上，但社会评价高，我很感谢。

2.

刘苏里：你面对媒体，一直低调。我长期注意有关李零的报道和各种消息，可惜很少见到。这"谨慎"，从何谈起？《丧家狗》出版，再"躲"就没么容易了吧。

李零：我不是名人，经历没什么好讲。媒体，我害怕。我说话，语无伦次，记录稿，令人无地自容。不看，怕记者窜改；看，又懒得改。特别是跟他们谈经历，谈隐私，我更怕。

名人，浑身都是宝，就等着挨宰吧。1958年，宣传养猪的画，标题这么写。更何况，你是名人，就是脱光了给人看，也没什么新鲜之处。

3.

刘苏里：你作品的发表，二十年来一路下来，是有逻辑的吧。

只文本看，从"佶屈聱牙"（"方术"系列、《孙子古本》）到"半文半白"（《简帛古书》）到标准的"大白话"（《丧家狗》）。这里有什么讲究？

李零：我追求美文，不是那种酸美文。我喜欢直白，而且认为，美文的最高境界是脱雅入俗。

当年，上中学，我特想把作文写好，花团锦簇，古意盎然。为了把文章写好，我才读古诗，背古文。古文字，也是因为刻图章，才读《说文解字》。七拐八弯，我也没想到，怎么会走到现在这条道上来（靠"三古"吃饭）。那时，我有一个误区，跟某先生现在的想法差不多一样。我以为文言文写得好，白话文才写得好。就像有位尊孔的学者，说哪儿的传统文化搞得好，哪儿的现代化才搞得好。

某先生说，鲁迅的白话文是文言文，日本特雅，日文特雅，在那儿待久了，不会写古诗的，都能写出合格的古诗来，比如他就写了很多古诗，得到懂行的夸奖。

我的体会，现在不一样。明清白话小说，搁今天看，是半文半白，但当时是白话。你要学半文半白的东西，可以从小说学。写诗，脱胎换骨的打油，也是出路。真照古人写，写出汉魏的高古，写出唐宋的工巧，打死也学不到家，顶多能蒙现在的小孩。鲁迅，半文半白有什么新鲜，他是绍兴人，新旧时代的过渡之人，不会说北方话，更不会说北方的白话。

我手写我口，口和口不一样。文无南北，白有之。我读张鸣的书，写过篇小文，讲过这个问题。北方人，特别是北京人，在白话上占了便宜，真不好意思。南方人吃亏，才走求洋求古那一路。我属北白，不走这一路。

4.

> 刘苏里：插一个"小笑话"。有人说，别人尽量把非学术的著述起个学术的名字，而你近年的两部重要学术作品，却起了个通俗书的名字（《兵以诈立》和《丧家狗》），你的想法？"搅混水"还是让学术文章走下"神坛"？用一句最俗不可耐的话，有否"昔日王谢堂前燕，飞入寻常百姓家"的"理想"？

李零：《兵以诈立》和《丧家狗》，都是很中性的书名，前者是《孙子》的原话，不如"兵不厌诈"通俗。中华书局建议换个名。我用它当书名，是想把"兵不厌诈"留给另一本书用。

"丧家狗"，也是古人的说法，不是俗名，说俗也是古人俗，韩婴、司马迁俗。我用这个名，是为了传神，把孔子的境遇和精神状态传达给读者。不是骂孔子，不是比自己（我不敢自比孔子），而是为了刻画知识分子的命运。

朱伟说我读错了，错在哪儿？不明白。我把五条材料都摆书里，下附案语，说明是两种记载，何曾用《韩诗外传》解《孔子世家》。当然，这个书名，现在成了行为艺术。爱者见之爱，可以滔滔不绝讲出一番道理；恨者见之恨，也能滔滔不绝讲出一番道理。他们想讲的都是他们自己的道理，跟我无关，跟古人也无关。

"搅浑水"，我是那种人吗？我是个怕麻烦的人，不爱跟人顶牛抬杠。诲人不倦，还是毁人不倦？夫子早就教导，"君子成人之美，不成人之恶。小人反是"。

我是学者，但我最不喜欢以学者自居。

我不认为自己是贵族屋檐下的燕子，也没想过飞入寻常百姓家，像现在时髦讲的，"走进千家万户"。事情很简单，孔子是一个人，《论语》是一本书。我读《论语》，也是一个人一本书。我谁也不代表，人家也没让我代表。

5.

> 刘苏里：言归正传。有人批评《丧家狗》是用你擅长的考古、文献等方法，对经典进行还原式解读，而经典如何还原？言下之意，是经典无法还原。请对批评做个回应。

李零："还原"是大家给我戴高帽。我读《论语》，只是尽我的力读，希望把原典理解得好一点，没跟谁赛，没跟谁争，也没认为山穷水尽，到我为止。《论语》里，读不懂的地方多了去，谁敢吹这个牛。

"还原"，对我来说，不是目的。目的是什么？是批评当下的复古风。

有些人的意思我明白,你读古书行,文化批评没价值,全是负面,没有正面。正面是什么?是他们热衷的复古风。

我批复古风,怎么批?你不托古,我不跟你谈。托古,咱们就得看看古是什么样。你总不能挂羊头卖狗肉吧?

谈话,不是为了打架,而是为了理解,何必像《三岔口》,摸黑对打,打半天,全是空拳。

"文革"时,为了安全,我的谈话方式是,摆事实,不讲道理。谈着谈着,才知道分寸在哪儿,该继续继续,该停止停止。话是凑着对方说,不急于下判断。一下判断,人家就不跟你谈了,弄不好,还有杀身之祸。

现在,情况不同,但我觉得,争信仰、争高下,还是很无聊。咱们要谈,必须有个讨论的平台、讨论的基础。文本就是讨论的平台。

6.

刘苏里:国际国内都有人主张类似霍布斯鲍姆的"传统的发明"或安德森的"想象的共同体",大意是,传统本身是什么不必那么介意,再造更重要,我怎么听起来,再造就是我说它是什么就是什么的味道。我的看法不重要。我想听李先生的意见。假使传统可以再造,应该在什么基础上进行?

李零：我在香港中文大学写过一本书，《铄古铸今——考古发现和复古艺术》，给他们艺术系写的，最近三联书店要出简体版。你提到的书，我在书里引过。文艺复兴和古典主义，怎么看？怀古、复古，是经久不息的话题。现在，大家讲文艺复兴，全是正面肯定。其实，西方学者在反省。我们要知道，它对历史文化的破坏也很大。它讲了不少假希腊、假罗马，包括亚历山大和假民主。我那本书是用考古发现解构复古艺术，说明很多复古都是假复古，历史上的古与今，古未必古，新未必新。

康有为讲托古改制，其实是受西方刺激，跟西方的传统跑，别看他打着古代的旗号。在他眼里，什么都是托古改制，孔子是，先秦诸子都是。托古改制为什么要托古？因为古的势力和影响太大。讲新教伦理的为什么要从宗教改革入手？因为西方传统是宗教统治。伪造传统的原因在这里。政治家、宗教家可以玩这一套，历史学家不能这么干。他们以为古代可以任意解释，这是大毛病，不但曲解古代，也曲解现代。

现在讲复古的，往哪儿复？怎么复？全是胡说八道。历史倒读，怎么读？首先就得把现代史取消。革命不如维新，维新不如保皇，干脆把皇上请回来得了。但就算请回来，也还得挑挑，哪朝哪代哪个皇上？康乾、开宝，还是文景？自个儿往哪儿摆？你以为那么舒服？还有，配套的东西，也不能少，科举要不要复？一夫多妻要不要复？小脚和凌迟要不要复？你把这些都复了，现代的东西往哪儿搁？你拿个复古方案给大家看。

你要尊孔，孔夫子告你说，奔西周去，你去不去？谁去？王莽说他去。你要不要当王莽?

7.

> 刘苏里:再回到《丧家狗》。李先生到底想表达什么?《论语》你讲了那么多年,现在成熟啦,可以拿出来了,却跟眼下的"读经""心得"等热闹"凑"到一起,是巧合吗?

李零:我读《论语》,过去不爱读,不是不读,中学就读。但集中读,主要是1990代,特别是近五年。90年代,因为竹简热;现在,因为读经热和孔子热。我写《丧家狗》,不是为了凑热闹。早些年,就在做准备,拖到现在出版,只是巧合。我的初稿早就有,每次讲课,都先写讲义,中华书局最清楚。在北大讲《论语》,本来不想讲,后来考虑,还是应该做一点正面建设,所以我开了四门经典阅读课,给学生讲,也是自己补课。《论语》篇幅大,1.5万多字,《孙子》、《老子》和《周易》,全都加一块儿,也才这么大。头绪纷乱,拆装组合,往往顾此失彼。我一拖再拖,不是在寻找时机,只是觉得还不满意。我在书里说,读的时间还太短,是个毛坯。这次出版,修改花的时间很多,比写还费劲儿。

时间短,是和《兵以诈立》比。《孙子》,我研究三十年,讲课二十年。我是先考文本,考字句,写成大书,然后再往薄了写,放开来写,比较从容。这本书,我叫毛坯,是因为它还是照原书章句讲，只完成了第一步，还没拆开来读。拆开来读，更有条理地读，是我正在写的另一本书。

8.

刘苏里：对书名起《丧家狗》大家多有意见和不解。尤其书的封面顶端有一段文字，"任何怀抱理想，在现实世界找不到精神家园的人，都是丧家狗"。像是李先生对"丧家狗"的"经典解释"。仔细分析，问题就来啦。"怀抱理想"，又"找不到精神家园的人"，是批什么人？这批人怀抱怎样的理想而无家可归？孔夫子肯定有理想，他只不过找不到施展抱负的地方，怎么就是"丧家狗"了呢？在你看来，"理想"和"精神家园"是对立的了？如是，这"精神家园"所指为何？

李零：上次开会，这个题目成了行为艺术。标题只是符号，我是拿它浓缩孔子的境遇，浓缩知识分子的命运，不是骂孔子，不是比自己。当然，别人说我是丧家狗，我也乐意。只是不好意思往孔子身上靠。孔子有理想，理想是"精神"，不是"精神家园"，两者不对立。他的理想是什么？非常清楚，答案是回到西周，但西周在东周没地儿摆。这是孔子的"失乐园"。

9.

刘苏里：这个问题走得远一些。我几乎看不懂李先生的早期著作，《方术》啊，《孙子古本》啊，可我看"懂"了李先生每部作品的前言。为什么"懂"字加引号？说明我似懂非懂。都是很好读的文字啊，怎么似懂非懂？怎么看跟你的研究关系不大。你一直试图表达什么，但让很多人不确定，所以有人批评你"绕弯子"，时髦一点的批评用语是，你无师自通地学会了施特劳斯式的"隐蔽写作"技巧。可当《花间一壶酒》《兵以诈立》，尤其《丧家狗》出版，好像给人一种"图穷匕现"、赤膊上阵的感觉，"你终于露马脚"啦。在我，读十几年李零，到这时才算读懂一部分，而再回头读的时候，才发现，你十几年前就说得挺清楚啊。说实在，如上所言，并非那么有把握。我想很多人跟我差不多，想听听你的"真经"。

李零：我的早期著作，几乎全是学术著作，当然难读，也没有多少人要读。我有一个规矩，一直在坚持，就是不请名人作序，也不给别人作序。我的书都是自己作序，自序都是略带文学味道的散文，几乎不谈学术。我的话，一是搁笔之际的感受，包括身体的感受，二是躲在学术后面的生活感受和奇思怪想，编在一起，就是我的人生片段或学术叙录，也许比书更能看出我的本来面目——我本来就不是学者，至少不是那种"牛布衣"的学者。

我不希望大家把我当作一个学者。

人，不可能按计划生活，制定第一个五年计划、第二个五年计划……孔子的"七十自述",十年一截,十年一截,也都是事后追述。

我的经历,从内心讲,是放虎归山;从实际讲,是何枝可依。

回头看,一句话,走向业余。

10.

刘苏里:坊间有人把李先生比喻为学界的王小波或王朔,听到后,你是想不置一词,笑笑而已,还是想说几句?(说来,王小波比李先生还小一岁呢。王朔更小了,差了将近一辈儿。你喜欢他俩的作品吗?喜欢,为什么?不喜欢,不谈。)

李零:王小波,和我是一个院的,他爸爸王方明,逻辑学家。院里同龄的孩子,我差不多都认识,他比我小,我见过他爸爸,没见过他,但我跟李银河早就认识。他的书,比我明白,小葱拌豆腐的真理,我说不来。读者说我语言畅快,但道理比较绕,立场不鲜明。这是我们的不同。我做学术,不写小说,也不同。他的书,我读过一点,不太多。李银河说,他该拿诺贝尔奖,我怎么比。

王朔,我只见过一面,没聊。他的书,我看的多一点,有些蛮喜欢,特别是他见虚伪就打,甚获我心。过去,北京有个国学研究所(民间组织),拉我参加。参加者,全是如今大学的腕儿。这些人,一提王朔就骂,还骂贾平凹。他们说,色情,得交我写,《废都》算什么玩意儿。过去有人骂,王朔是"阶级仇"(没上大学)、"民族恨"(没出国)。知识分子骂王朔,理由是他太俗,何止庸俗,简直鄙俗,特别是他骂知识分子,是可忍,孰不可忍。我在一边偷着乐。心想,知识分子,还是骂骂好。他的文笔很讲究,看得出是仔细推敲过。我认为,他的聪明、他的文笔,都远在我所认识的多数学者之上。但我和他,毕竟不一样。我在学术圈里混过,想问题、写东西,方式完全不一样。

这两位,我高攀不起,大家比较,只有一点对,我们都是北京长大的孩子,而且受过"文革"的刺激。受刺激怎么啦,总比记吃不记打好吧?……

(原刊《深圳商报》2007年5月13日)

我的读书生活
——以阅读经典为例

大家好！今天，陆灏先生请我到上海来，让我跟大家谈谈心，聊聊天。聊什么呢？主要是聊读书。

我爱读书，也爱写书，但不爱讲话，不习惯面对大庭广众讲话。我觉得，我的笔比我的嘴好使。我想讲的话，不用人催，我会写出来，再讲就多余了。讲话很累，认真准备，就成了写文章，成了额外负担；准备不足，千头万绪，语无伦次，人家又不知道你在讲什么，让我觉得对不起听众。

现在，大家喜欢听书，不喜欢读书。书，说得越热闹，越没人读。我希望，大家听了我今天的讲话，千万不要舍书不读，以为讲话可以代替读书。

一

（一）书对我很重要，可以让我安静，让我冷静

现在，闹心的事很多，比以前多得多。别的不说，手机就很闹。有人老是问我，你为什么不用手机，我说"非宁静无以致

远，故陶然而忘机"。我觉得书这个东西有一大好处，是它很安静，不安静就没法"致远"，我跟古人"打电话"，主要靠书，所以把手机给忘了，干脆不买。

我爱读书，"读书"这两个字，我最喜欢。写书只是读书的副产品，你要当个作者，首先要当个读者。不读书，俩嘴皮子一磕，大喷，能喷出什么来？我最喜欢的头衔，不是"专家"，不是"教授"，其实是"读者"。我喜欢以读者的身份说话，从读者的角度看问题，不是居高临下，指指点点，而是自娱自乐，不负指导之责。

我爱读书，不是因为我家书太多。我不是书香门第，小时候家里有书，不太多。书太多的话，比如把你搁图书馆里，你就被吓回去了。高玉宝说，我要读书，是因为没钱上学。我是在中国人民大学的院儿里长大，周围有书，有读书人，像一块磁石，对我有吸引力。

饥饿是最好的厨师。我觉得，书的诱惑，全在于少，就像沙漠之中，身边有一壶水，你会珍惜每一滴水。我是生于书比较少也比较小的年代，很多书都是翻过来倒过去地看。我对书，一直有好奇心。书太多，对人的好奇心是个打击。

对我来说，书有很多用。

有人说，白天上班，可恨之人太多，下班回家，看武侠小说，别提多痛快，一把剑，把这帮孙子全杀了。我的体会正好相反，小时候，十五岁那年，我发了毒誓，一定要把自己管住，别再打架，赶快把处分的帽子摘了。我的暴力倾向，主要是被书控制起来。

插队,寂寞如山压心头,时间太多,没处打发。我特别感谢书。书,对我来说,最大一用是消遣,一可以消愁解闷,二可以遣兴陶情。有些闲书,我是放在枕边厕上。

书可以镇压邪魅,帮我入睡,看了好书,就不再做噩梦。

(二)读书,要有好的老师,老师也很重要

我当研究生那阵儿,考古学的大师、古文字学的大师,很多人还在。比如中国考古学的主帅,夏鼐先生还在,苏秉琦先生还在,罗王之学的传人,在世的更多,大部分还在。

那时是有大师而没有"大师热",现在是有"大师热"而没有大师。

现在,凡是鼓吹大师的人多半都是想当大师的人。他们把大师吹得神乎其神,就是不拿大师当人。"大师"的帽子满天飞,赐封者多,自封者多。不是自己吹,就是学生吹,有时还假装民主搞投票,非常无聊。我说,如今"大师"一词已经成了大屎盆子,千万别往头上扣。

什么叫大师?我理解,大师都是除旧布新、推倒重来、引领风气、开创局面的人。格局不变,门户不散,很难出大师。大家想大师,盼大师,但历史上,都是乱世才出大师,比如先秦诸子,比如近百年的大师,都是如此。你要大师,还是要乱世,这是个痛苦选择。承平时代,我们必须忍受平庸。

大师不在,徒唤奈何,我们可以读大师的书嘛。大师不在,他们的书还在。大师还活在他们的书里。

大师叫大师，我们不要忘了，它前面有个"大"字，大是格局大，不以一行一业、一师一门为守。很多大师，老师是谁，说不清，博采众长，说不清才好。门户是学术的大忌，使人心胸狭隘。孔子是古代的博学之人，他就是学无常师。只跟一个老师读，越读越抽抽。

还有，我们不要忘记，大师多半是被政治抛弃的人。不管是你抛弃政治，还是政治抛弃你。所谓"风骨"，多半都是无可奈何。比如大家喜欢吹的王国维和陈寅恪，就是如此。

（三）读书是个闹中取静的事

我们这个时代太热闹，周围有数不清的各种热。热浪滚滚，一波又一波。比如传统文化热、国学热。孔子热还没热两天，又冒出大秦帝国热。还有群众最多也更永恒的热——养生热。

热的特点，是反复拧着来，但千变万化，总是不离其宗。我们要自其变者而观之，也要自其不变而观之，你得学会从出租车看出黄包车，从铺天盖地的广告看出走街串巷的吆喝。

三十年前，我们有个新启蒙运动，启蒙是和"文革"拧着来。《河殇》的演播是高潮。当时，大家都是启蒙派，什么事都赖祖宗。现在正好相反。从骂祖宗到卖祖宗，这个大弯儿是怎么转过来的，大家应该想一想。老子说，反者道之动。从《河殇》到《大国崛起》，从气功热到养生堂。看似相反，实则相通。

我不喜欢热闹，我很怀疑各种流行情绪。

公众人物是个公共厕所：中国的公共厕所往往无人打扫，屎满尿溢，无法立足，只能掩鼻而遁，再找一个厕所。

大众娱乐是耍猴：要满足人民群众的需要，就要变成一只猴。

上电视的感觉很坏：好像当街撒尿，让我尿不出来。

（四）读书的大忌是活学活用

古代有用《春秋》断狱，用《河渠书》打井的。"文革"有用毛主席哲学著作养猪、打乒乓球的。现在，则流行用《易经》算命，用《孙子》搞商战，用《论语》格言提高道德，当功过格。

活学活用，既糟蹋书，也糟蹋人。

二

今天，我们谈读书，主题是读经典，读中国的经典。

"我们的经典"是什么概念

1."我们的经典"是子学时代的经典（重归诸子）

中国的古典时代是诸子时代，先秦学术是诸子之学，和希腊、罗马类似，诸子百家不是一家一派。儒家只是百家之一。

汉办，孔子学院总部，有个五经翻译的大工程，《东方早报》有过介绍，施舟人是领导人，马悦然大加赞赏。

世界各大经典，《圣经》《佛经》《可兰经》《阿维斯塔》，都有译本，这些经典都是宗教经典。

中国的五经不是这种经典。它们是诸子时代古典教育的课本，属于君子必读书。

雅斯贝斯讲"枢轴时代"，他讲的"五大圣人"，其中有孔子，但孔子不是宗教家。

我是把孔子当思想家，而不是教主，更不是领导世界宗教的"通天教主"。

2."我们的经典"不是汉以来的儒经

五经：《周易》《诗经》《尚书》，加《礼记》《春秋》。

九经：《周易》《诗经》《尚书》，加三礼（《礼记》《周礼》《仪礼》）、三传（《春秋传》《公羊传》《榖梁传》）。

四书五经：《论语》《大学》《中庸》《孟子》加五经。

十三经：《周易》《诗经》《尚书》，加三礼、三传，加《论语》《孝经》《孟子》《尔雅》。

《周易》《诗经》《尚书》，是前孔子时代的经典，最古老。《礼记》《春秋》，或三礼、三传，是孔子或后孔子时代的经典，晚一点。

五经，汉以前不能简单叫"儒经"。我们不能以为，这些"经"只属于"儒"。经是诸子共享。我们只能说，儒家是特别热衷贵族教育和贵族经典的一派。

《论语》《孝经》《孟子》《尔雅》，汉代叫传记，本来不属于经，只属于"诸子传记"的"传记"。

四书，是为了树道统（孔—曾—思—孟）。《论语》《大学》《中庸》《孟子》，其实都是子书。

上次，在中华书局开会，讨论《新编诸子集成》，有人说，

《论语》《孟子》是经,不能收,这是以后出概念为准绳。其实,近代学术大变,这种概念早就破了。《诸子集成》把《论语》《孟子》列入子书,才是恢复历史的本来面目。

3."我们的经典"是最能代表中国智慧,可以与其他文化共享的经典

我在三联书店出版的《我们的经典》,和传统的经典概念不同。我选的四种书,不是我的发明。汉译经典,有四本书最流行:《易经》《老子》《孙子》《论语》。我的"新四书"是我认为最能代表中国智慧的书。

诸子,《论语》代表儒,《老子》代表道,讲思想,这两本书是源头,最有代表性。

技术,兵法和人有关,《孙子》最高;讲数术方技,讲阴阳五行,没有经典,要找本古书当经典,只有《周易》。

我是把这四本书当思想史的读物。

现在,号称"少儿读经",主要不是读五经,而是读《三字经》。五经,就连教授都啃不动。我看,大家要读,子书更合适。子书,还有《管子》《荀子》《庄子》《韩非》《吕览》也重要,但都是大书。

2010 年 7 月 1 日写于北京蓝旗营寓所
7 月 4 日在上海图书馆演讲
(原刊《图书馆杂志》2011 年 10 期,发表时有删改,
题目改作《我的读书生活——阅读经典及其他》)

第三辑

历史、考古与汉学

伟大不需要吹牛
——"中国历史发展阶段和特点"讨论会上的发言

如果我没说错,这次会议是务实与务虚相结合。"务实"是"改陈",即如何把中国历史博物馆通史陈列(另一种说法是"历史陈列")的第三版搞好,"务虚"才是讨论"阶段"和"特点"。"务虚"是为了"务实"。我们先把什么该讲什么不该讲,各种理由都摆一下,然后操作起来,才有所依据。操作的问题必须有民主,但民主是为了拿主意。它是没有办法的办法。我们不能说,真理是通过投票得出来的。如果不是为了拿主意,而是为了求真理,那学术讨论就是学术讨论,即便只有一个人,也不一定就不代表真理。这是学术自由和学术民主不一样的地方。

说到学术民主,我从我们第一组的讨论看,大家好像有比较一致的看法,就是关于中国历史阶段和特点的讨论,恐怕一时半会儿不会有结论,即使搁置一边,也没关系;当务之急,还是把改陈做好。关于改陈,孙机先生说,现在有三个方案,一种是按"五种社会形态",一种是按"上古""中古""近古",一种是按"史前"加"朝代"。三种方案,我最赞成第三种方案,最不赞成第一种方案。因为第一种方案，问题太大也分歧太大；第二种方案，没有标准也没有内容。我赞成第三种方案，主要是因为它比较实际也便于操作，阶段可以分得比较清楚也比较自然。比如说，我们可以先把"史前"和"历史时期"分开，再把"前帝国"的"三代"和两千年的"帝国"分开，然后帝国时期也略分早、中、晚，按朝代排下去。有人说，讲朝代是倒退，我不这么看。朝代是史实，史实是不能更新的。秦始皇，从前叫秦始皇，现在也得叫秦始皇。孔子，从前叫孔子，现在也得叫孔子。你把他换成另外的名字，中国人民不答应，外国人民也不答应。

总之，我想，不管大家有什么分歧，用事实讲话，总该能接受。而事实上，从这些天的讨论看，大家也都同意，我们应突出视觉手段，用文物本身来讲话，线条要简洁明快。

这是我对参与学术民主想说的几句话。

下面，我想说说我对学术问题的看法。

为什么我们不必用"五种形态"串联文物，理由很简单：第一，它不能反映中国历史的实际发展；第二，它也不符合马克思主义本身。更何况，同样是讲"五种形态"，理论界也从无共识，即使在学术定于一尊的时代，也还有郭（沫若）说和范（文澜）说的不同；郭说和范说之外，还有"魏晋封建论"和其他一些说法（我的老师张政烺就是因为讲魏晋封建论而丢了饭碗）。过去，大家争历史分期，早不争，晚不争，争来争去，问题只在一条线，即奴隶社会和封建社会之间的这条线（当然，近代的线该怎么划也是大问题）。这条线，我们划了怎么样？不划又怎么样？

我看拿起是千斤，放下是四两。

为什么我说"不反映"也"不符合"？因为我读过一点马克思的书，从早期著作到《资本论》，所有《全集》本和单行本，差不多都读过或翻过。从这些书，我得出的印象是，所谓"五种形态"说，本来就没有什么深意，大家也不必求之过深。

什么是"五种形态"说？我们得从头说起，即使对马克思本人，也要有历史眼光。

马克思讲历史是讲"大历史"。他讲过去是为了讲现在和未来，关注点是19世纪的欧洲。这种讨论有一个出哲学入经济学的过程。他的经济学手稿前后有三，40年代一个（《1844年经济学哲学手稿》），50年代一个（《1857—1858年经济学手稿》），60年代一个（《1861—1863年经济学手稿》）。第一个手稿导致《德意志意识形态》和《共产党宣言》的产生，第二个手稿导致《政治经济学批判》的产生，第三个手稿导致《资本论》的产生。过去，讲"五种形态"，大家都是奉《〈政治经济学批判〉序言》为经典表述。但马克思、恩格斯说，他们的唯物史观是在1845—1846年的第一个手稿里完成，即在他们还热衷于哲学的阶段完成。他们说的手稿就是《德意志意识形态》的第一章。这个手稿，本来都以为丢了，马克思自己也说，是留给老鼠的牙齿去批判了，但马克思死后，恩格斯把它找出来了，恩格斯死后是由马克思的女儿保存，后来进了第二国际的档案，列宁没看过，斯大林也没看过。苏联整理的版本过去有错误〔MEGA本（按原文刊印的本子）和俄文本都是错误的本子〕，早先介绍唯物史观的郭沫若先生，他的译本就是根据错误的版本译出。我们的《全集》本，也是根据错误的版本译出，不但顺序不对，还丢了不少段。20世纪60年代，经苏联学者研究，我们才知道它的真实面貌，由早期表述才理解晚期表述。

从原典的研究，从本本主义的讨论，我们可以澄清几件事：

第一，大家说的"五种形态"，它的本来面貌是：（1）原始阶段，本来叫"部落所有制"或"以部落体为基础的所有制"（并分"亚细亚的"、"古代的"和"日耳曼的"三种），关注点是氏族制；（2）古典时代，本来叫"古代公社所有制和国家所有制"，关注点是奴隶制；（3）中世纪，本来叫"封建的或等级的所有制"，关注点是农奴制；（4）当代资本主义，本来叫"市民社会"，关注点是雇佣劳动制；（5）共产主义，它注意的是工具水平、交往水平、劳动形态和财产形态的演进（早期术语，"生产力"指工具，"生产关系"指交往，"经济形态"指财产形式）。

第二，这五种形态，共产主义不是"历史阶段"，可去而不论。剩下四种，除第一种是基于他们对东方社会的模糊认识，最初从前古典时期的希腊、罗马和前中世纪的日尔曼猜，后来从欧洲以外的印度、俄国（村社制度）想，最后据摩尔根对印第安人的研究做总结，其他都是欧洲历史的常识。它是由三种异质文化互相打断而接在一起，阶段现成，人所共知。马克思只是说他提供了上面那些经济分析，他从不承认这些阶段是他的发明，也从不认为这些阶段能"放之四海而皆准"。我们用它分期，必须有一个前提，这就是中国和欧洲有完全相似的发展，但这个前提是不存在的。同期比较也没道理。《红楼梦》里说，有摇篮里的爷爷和拄拐的孙子。时间相同就有相同的发展，这种说法是不能成立的。

第三，马克思的历史理论是制定于19世纪的40年代，他的表述还带有很多黑格尔或青年黑格尔派的痕迹（他当时的书，几乎每本都是批青年黑格尔派），眼界也受到19世纪历史学水平的限制。比如我国史学界的"停滞论"和"萌芽论"，来源就是19世纪欧洲对亚洲的印象，黑格尔讲，马克思也讲。比如马克思喜欢讲"亚细亚生产方式"，它有三条：农村公社、大河灌溉和专制主义，现在看来，很多都是似是而非的印象（我国的"封建专制主义"是个"树梢不动刮大风"的说法，它是用欧洲中世纪加"亚细亚"的印象混合而成）。当时的历史学家说，这是我们"停滞"的原因，我们也跟着这么讲；"萌芽"，也是以欧洲做标准，早也不行，晚也不是（早了叫"萌芽"，晚了叫"停滞"）。黑格尔说希腊、罗马是"正常的儿童"，其他文明是"早熟的儿童"，马克思也这么讲。这都是19世纪历史学的遗产。

现在研究马克思主义，我们的理解要更新，心态也要更新。我承认，很多西方最杰出的思想家也都承认，马克思对历史的宏观考虑，对当代社会的批判有很大贡献。但大家知道，当今西方的先进分子和有识之士，他们对"现代性"的批判正是针对19世纪的看法。我们应当反省的是，从那个时期以来，欧洲历史学以"现代"划线看自己也看别人，其实是大有问题。我们要知道，"现代化"对历史景观的破坏（包括对欧洲历史的破坏），其实一点也不比它对自然景观的破坏更小。如果我们把马克思的历史理论视为19世纪历史学的一支，既不苛责，也不拔高，自可心平气和。

用19世纪的标准看中国历史为什么不行？说千道万，关键就在于它不能反映中国历史的发展。"削足适履"，不仅对"足"是荒唐，对"履"也是荒唐。这种观点的荒唐，其实是双面的。它歪曲的不仅是中国，也是欧洲。最近出版的《白银资本》，它的作者弗兰克说，资本主义出身不明，独立起源说是"皇帝新衣"。这类批评，很多人不爱听，但我看，问题提得实在好。因为假如今天，世界上的老大不是欧洲而是咱们，而且咱们也像他们那样喜欢推己及人，就像王子与贫儿，彼此调个个儿，你会发现，这种看法的荒唐是显而易见的。这就像一个欧洲历史学家，他的唯一工作就是在欧洲发现"三代"，发现"春秋战国"，发现连续的帝国，这不是很可笑吗？其实不用读历史，咱们就是到现在的欧洲转一转，你都会感受到，我们和他们在传统上有巨大差异，不但宗教形态不同，国家形态不同，政教关系也不同。很多现象都有时间上的错位。

最近，张光直教授去世了，很多人都在写文章纪念他。我对张先生的为人和学问都很佩服。张先生的贡献在哪里？大家见仁见智，很不一样。我个人认为，他的贡献主要还是在大的方面，是在他高屋建瓴的历史构想和自由探讨的宽容精神。先生之说"诚有时而可商"，但他讲"两个文明"假说，有一点我是深信不疑，这就是咱们对中国历史的研究，其实是一种世界史的责任。

它可以矫正社会研究的一般规则。西方学者可以帮助我们研究我们的历史，我们也可以帮助西方学者研究他们的历史。

当代世界史是由西方学者创立。直到今天，所有世界体系的研究者，包括马克思在内，他们都是西方人。在世界眼光上，西方是我们精神上的老师，但弟子"不必不如师"。我们完全有信心也有能力，用咱们的特殊性为普遍性做一点贡献。

说到特殊性的问题，最后，我想说的是，这次会议除讨论"阶段"，还讨论"特点"。关于这个问题，时间有限，我不能多说（其实上面已涉及这个问题）。这里只讲一句话，这就是"特点"并不等于"优点"，甚至也不等于"缺点"。"特点"是比较中性的词。我们讲"特点"，就是要讲那些"成亦萧何，败亦萧何"的东西，完全不以一时的成败荣辱为转移。我们既不必以昔日的辉煌为今天壮胆，也不必以我辈的势不如人而大骂祖宗。在改陈的问题上，我主张用文物本身说话，目的就是要用实物本身，朴实无华地展现中华文明。伟大不需要吹牛。自作多情的结果往往都是自讨没趣。牵合文献，图解历史，用"龙子龙孙大中华"自吹自擂（西方的龙都是凶龙），靠拉长年代长志气，对中国的形象有百害而无一利。如果我们希望别人了解，不但自己看得懂，别人也看得懂，谦虚一点，含蓄一点，效果会更好。

2001年4月15日改定于北京蓟门里寓所

《书品》订正

李静同志：

烦转《书品》编辑部。

《书品》收到，谢谢！《奢华之色》恳谈会很成功，只有我的发言语无伦次，导致会议记录既不全也不准，其中有几处，意思满拧，乞为刊正，以免误导读者。

我想讨论的是，名物学的范围到底是什么。我的意思是，我国古代的名物学知识可能有几类不同的东西。比如中国的鸟兽草木之名，还有矿物学知识，很多都来自寻仙访药，与旅行探险有关，地志、本草、志怪、博物是密切相关的四类，如《山海经》即兼而有之。这类知识与达尔文乘"贝格尔号"远航得到的那类知识有相近之处。西人所谓的博物学（Natural Science）就是讲这类知识。我想，扬之水先生的名物学主要不是讲这类知识。我国古代的雅学，固然涉及名物，其中也包含这类知识，比如章鸿钊的《石雅》就是讲矿物。但《尔雅》也好，《广雅》也好，主体是语词。释诂、释言、释训都是讲语词，其他名物，侧重的也是名，而不是物。天地万物，只是当专有名词。我想，扬之水先生的名物学肯定也不是讲这类知识。她要研究的主要是器物，以及器物的定名，出发点是考古文物。

准此，不难发现，记录稿的下述错误很严重：

（1）"雅学实际不属于经学"，应为"雅学附属于经学"。

（2）"它的主体部分是礼俗"，应为"它的主体部分是语词"。

（3）"切入点是用出土文物建筑和印证诗文描写里面的东西"，应为"切入点是用出土文物笺注和印证诗文里面描写的东西"。

这些年，我尽量少讲话，一是害怕自己讲不清楚，我深知自己不善演讲；二是害怕别人记录，我的经验是一记就错；三是害怕改记录稿，等于额外写文章，压力太大。

打印的两份稿子都收到。

祝

好！

李零
2011 年 4 月 3 日

（原刊中华书局编辑部《书品》2011 年第 3 辑）

我对"夏"的理解

"中国"是个历史形成的概念，它是由小到大，越来越大。但轮子再大，也得有个轴心，四裔是围绕中心转。

《三联生活周刊》：请您谈谈对"夏"的理解，以及"夏"与中国之间的关系。

李零：汉学家讲中国，有所谓"早期中国"（Early China），我们习惯叫"先秦"，他们叫"先汉"（Pre-Han）。有人说，商周以上皆史前，"三缺一"，不包括夏；即便有国家，也顶多是酋邦、城邦，只能算早期国家。不但史前无所谓"中国"，历史时期也被解构，只有朝代，没有"中国"。其更极端的定义是，只有说中国话（即汉语）的人才叫"中国人"，不说中国话的人不叫"中国人"。中国被细化，被缩水，乃至取消。这种方法太"公孙龙"。

夏、商、周，古人叫"三代"。从时间上讲，夏是开头。从空间上讲，夏是中心。这个概念，对孔子很重要，有如正、反、合。他说，三代以上，缙绅先生难言之，不敢讲。孔子都不敢讲，司马迁只好承认，他也没法讲。

三代，情况不同。周初，山西还住着唐人、虞人、夏人，统称夏人。刘起釪先生说，《尚书》头几篇讲尧、舜、禹，古人不叫《唐虞夏书》，也不叫《虞夏书》，只叫《夏书》。叔虞封唐，就是把这批夏人，连同当地的戎狄封给他。商克夏，周克商，都要定鼎中原，谁得夏地，谁得天下。西周铜器有祁姓、姚姓、妫姓、姒姓，就是出自唐、虞、夏三族。《史记》有《夏本纪》，有《陈杞世家》。这是西周的历史记忆，不是汉代的历史记忆。

古之所谓"中国"，其实是以夏地为中心的天下概念。尽管周是集大成者，他们留下的三大经典，《诗》《书》《易》，还有古代器铭，总是讲一个意思，甭管你是哪一族，现在住哪儿，谁都乐意说，我们是夏人，我们住在"茫茫禹迹"，就像辽、金、元、清，谁入主中原，都以"中国"自居。"茫茫"当然是形容大。"中国"是个历史形成的概念，它是由小到大，越来越大。但轮子再大，也得有个轴心，四裔是围绕中心转。这就是"中国"的概念。

王国维推崇西周，跟孔子一样，但他并不否定有夏。《古史新证》，一上来就讲这个问题，他是针对顾颉刚。

张光直给《剑桥上古史》写第一章，把夏叫"夏问题"（问题不等于伪命题）。夏既然是问题，当然还没解决。怎么解决？靠考古学。

考古学不光是挖，不光是记录，还靠分析，还靠思考。万事起头难，结束也不容易。考古报告，只是开始，不是结束。

《三联生活周刊》：您怎么看考古学学科的地位、边界与作用？

李零：我曾经是考古学的学生，也参加过一点儿考古发掘。我在社科院考古所工作过七年，现在，我仍然是考古学的忠实读者。谁都是先当学生，后当老师；先当读者，后当作者。你就是当了老师和作者又怎么样？照样要学，照样要读。我最喜欢的身份是学生和读者，一辈子当这个都不丢人。

考古学是什么？什么样的人才能叫考古学家？我一直在思考这个问题，从考古学史想这个问题。这个问题并不简单。考古学家，过去叫考古工作者。学过、挖过，学过多少，挖过多少才能叫考古学家，是不是当了领队、所长才能叫，琢磨去吧。考古学家创造考古，还是考古创造考古学家？这是个"鸡生蛋还是蛋生鸡"的问题。1949年以前，真正到国外取经学过考古的就几个人，多数都是半路起家。西方考古学史也是如此。

考古是一种大规模知识生产，不是一两个人干得了的，李白、杜甫根本用不上。文明，复杂社会，有分工，有协作。知识也有私有制，学术圈也分三六九等，考古并不例外。种瓜的不一定得瓜，种豆的也不一定得豆。白劳的事情很多。

考古学是个综合性的学科，人文、社科、自然科学，什么都跨着，操作性很强，有点像军事学，你无法同其他学科完全切割、把它归入哪一门，各种人都会参与。他们，有些是主力军，有些是后勤保障。比如西亚考古，早期考古队的标配，除发掘人员和技工，还得有建筑学家和铭刻学家。现在，科技考古不得了。"白大褂考古学"，过去认为是辅助性的，现在已经从后厨打下手的上升到颠勺的大师傅，田野考古反而给他们备料。

过去，在我国体制下，考古学是从属于历史学。马克思说，他只知道一门科学，就是历史学，这是指大历史学。人类历史，旧石器几百万年，新石器上万年，有史时期只有几千年。当年，我在社科院考古所做过信访工作，寄来的东西，三叶虫以上的化石寄南京地质古生物所，旧石器寄古脊椎所，所里分三个研究室，一室新石器，二室商周，三室秦汉以下，铁路警察，各管一段。

现在，研究历史的人喜欢讲"宏大叙事"，史料很多，人物很多，故事很多，这只是几千年范围里的事。其实，考古学真正的用武之地，也是公众最不了解的地方，恰恰是故事中止的地方，几千年以上全都拜托考古学，"透物见人"，有如破案。

20世纪是离我们最近的一个世纪，二战把它一劈两半。考古学，前一半是文化—历史考古学的天下，代表人物是柴尔德；后一半是过程考古学和后过程考古学的天下，代表人物是宾福德（汉学的情况与此类似，20世纪前一半是法国汉学的天下，后一半是美国中国学的天下）。"二德"都是理论家，不是整天蹲工地的田野考古学家。他们都已作古，但"二德异同"值得回顾。宾福德说，考古学，除了人类学，什么也不是，非常美国。其实，柴尔德也讲，考古文化，不光是器物、遗址，背后是人。他倡言的两个革命，也都是围绕人。张光直先生说，他从台湾的监狱里放出来，打算到美国求学，目的是解人生之惑，研究"人之所以为人"。后过程考古学有"人文转向"，"人文"是什么东西，当然更是"以人为主"。可见，不同之中仍有共同点。

中国考古，民族主义和历史考古是两顶帽子。这两顶帽子一戴，代表落后。考古学分三个层次：民族主义、殖民主义、帝国主义。这个排序有文明等级。陈胜前说，民族主义、历史考古学，不全是负面，没错。其实，"太阳不是无影灯"，民族主义跟殖民主义、帝国主义是如影随形，不是在前，而是在后。我们不能说，现代中国之前，中国不存在，有也是"想象的共同体"，就跟德国、意大利一样，19世纪才拼凑成国。

研究"夏问题"，疑、信并不是关键。很多人认为，信是迷信，疑是科学，这种二分法不能解决问题。比如，顾颉刚推崇崔东壁，崔的书叫《考信录》，疑是疑其所疑，信是信其所信。他疑了半天，是为了信。中国的辨伪学，出发点是尊经卫道，尊正统，黜异端。顾先生与传统辨伪学的最大不同点是，他不尊这个正统。

中国的历史学之父司马迁，西方的历史学之父希罗多德，他们的方法都是兼存异说，疑以传疑，信以传信。上古荒渺，知之远不如不知为多，既不能证明是，也不能证明不是，既不能证明有，也不能证明没有，比比皆是。事实不明，证据不足，争也徒劳，辩也无益，何妨搁置，我们解决不了，可以留给后人解决。

《三联生活周刊》：可以请您推荐一部或几部关于"夏"的学术书籍吗？

李零：中国考古学界，学出多门，有"夏苏异同"，有"俞张异同"，以及其他许多门派。这些前辈，多已作古。读者要想了解考古学家在吵什么，比如许宏、孙庆伟的打擂，最好先看看他们的老师辈怎么看。

推荐三本书吧。

1.夏鼐先生在《夏鼐文集》（北京：社会科学文献出版社，2017年）中的有关论述。

夏先生叫夏鼐，字作铭。鼐是大鼎，传说禹作九鼎，上面有铭文。他的名字本身就跟夏有关。夏先生对夏比较谨慎，多闻阙疑，慎言其余，话虽不多，还是值得翻一下。

2.苏秉琦《中国文明起源新探》（北京：生活·读书·新知三联书店，2000年）。

1982年，苏先生写过一首《晋文化颂》："华山玫瑰燕山龙，大青山下斝与瓮。汾河湾旁磬与鼓，夏商周及晋文公。"1985年，张政烺先生在山西开会，用篆字写过两份，一份送苏先生，下落不明；一份留山西考古所，运城刻过碑。留在山西的一份，承谢尧廷先生提供复制件，前不久在北大文研院展出。

这首诗，郭大顺先生有文章，《从"三岔口"到"Y"形文化带》（《内蒙古文物考古》2006年第2期），就是图解这首诗。苏恺之《我的父亲苏秉琦》（北京：生活·读书·新知三联书店，

2015年）发了个图，是苏先生自己画的《三岔口图》，不够清晰。

此图现藏陕西省考古研究院，近承孙周勇院长提供，我们终于可以看得比较清楚。苏先生的三岔口，东北一岔标西合营（在河北蔚县），其东有山，标燕山；西北一岔标朱开沟（在内蒙古伊金霍洛旗），两岔会于一岔，从上到下，标白燕（在山西太谷）、陶寺、曲村、侯马，然后往西南拐，止于华县。与图对照，诗意甚明，"华山玫瑰"指庙底沟彩陶，"燕山龙"指红山玉龙，"大青山下斝与瓮"指朱开沟陶器，"汾河湾旁磬与鼓"指陶寺石磬和陶鼓，"夏商周及晋文公"指三代崛起的背景和晋文公对三代文化的绍继。

苏先生喜欢讲大格局（他叫区系类型），他的"三岔口"，讲的是北方，而且主要是西北高地。他认为三代也好，晋文化也好，都是在这个格局下发展起来的。

白鸟库吉讲"东西交通，南北对抗"。南北对抗是高纬度和低纬度对抗，这是个长期对抗。最近，良渚、石家河、陶寺、石峁备受关注，中国南北都有纬度很高的、很早的发现，但三代王都在35°线，晋楚争霸，晋占上风。

司马迁说"夫作事者必于东南，收功实者常于西北"（《史记·六国年表》），这个老生常谈是基于他的历史经验，一是楚汉之争，二是秦取天下，三是周取天下。

3.邹衡《夏商周考古学论文集》（北京：文物出版社，1980年；北京：科学出版社，2001年），又有科学出版社的续集（1998年）和再续集（2011年）。

邹衡先生，专门研究三代。三代格局，他有系统考虑。考古探索，类似破案，一方面靠排除，一方面靠串并，一个萝卜一个坑。愚公移山，子孙无穷，而山不加增；考古不同，新发现总是层出不穷，哪个萝卜插哪个坑，经常要调整。你不知道原来怎么想，就不知道从哪儿调整。邹先生的大局观是我们讨论的起点，无论赞同还是反对。

（原刊《三联生活周刊》2018年第23期）

从"文明"二字想起的
——《了不起的文明现场》引言

文明的概念

"文明"是个文化概念。英语的civilization跟归化有关：词头civil，意思是公民的、本国的、有礼貌的、有教养的；词尾zation，表示"化"，化成本国人、开化人。公民是本国人、开化人，与它相对，是刚刚归化的移民和尚未归化的外国人。比如在机场通关，拿本国护照的公民、持绿卡者和外国人要分开排队。移民局（Immigration Office），有人就译为"归化局"。

希罗多德（Herodotus）把不说本国语言的人，一律叫作"野蛮人"，如希腊人把波斯人叫成野蛮人。希腊语的野蛮人，英语作barbarian，barbarian的本义是外国人、不说本国语言的人。北非有柏柏尔人（Berbers），柏柏尔也是这个意思，它要强调的是，我是我（我者），他是他（他者），我是文明人，他是野蛮人，内外有别。

现代汉语受日语影响，有所谓"讲文明"。讲文明是讲外国礼貌，有绅士风度，甚至把绅士手中的拐棍叫作"文明棍"。日本人用"文明"翻译civilization，然"文明"二字本借自汉籍，先秦古书原来就有这个词。

古之所谓"文明",文指文采,对野而言;明指光明,对暗而言。野虽粗鄙,却有质朴的一面;暗是阴影,却与光明相伴相随。这个词跟"启蒙"(enlightenment)有关。启蒙之义,一是把愚昧变成聪明,二是把黑暗变成光明。

中国古代有"人文"一词。"人文"指人类发明,有别于天地万物、自然界固有的东西。"人文初祖"指人类发明的集大成者,比如黄帝君臣就是这样一种符号。现在,我们把"文史哲"通称为"人文",西方即称为humanity。

西方以"文明人"与"野蛮人"相对,在我国则为"夷夏之别"。夏人住在中心(即所谓中国),是文明人;夷人或蛮夷戎狄住在周边(即所谓四裔),是野蛮人。孟子骂许行,说他是"南蛮鴃舌之人",意思与希罗多德说的"野蛮人"一样,首先看重的是语言的不同。

"化"分两种。古人认为,"以夷变夏"是野蛮化,"以夏变夷"是文明化。如汉晋印章有"率善归义"一词,即指羌胡等族认同和归附汉文化。

语言是文化之一种,衣冠穿戴和饮食习惯也是。文明是文化概念,不是种族概念。

老派的人类学家以欧洲为中心,把地球上的人群分成野蛮、文明两大类,仍然保持着古典时代的基本分类法。摩尔根(Lewis Henry Morgan)则分为蒙昧、野蛮、文明三大类。马克思、恩格斯受19世纪历史学和黑格尔影响,也使用这类词。

文明有等级之分。刘禾开过一个会，专门批判"文明等级论"。当今世界，一个国家属哪一类哪一等级，不光取决于大小、取决于贫富，更重要的是，这个国家跟美国亲疏远近如何。西方现代人类学家说，文明无所谓高低贵贱，这是在按西方的政治正确来讲话，具有欺骗性。

文明的标准

小时候，我们都听说过四大文明：古埃及、古巴比伦、古印度、中国。其实，文明何止四种。欧洲有希腊文明和罗马文明，西亚有两河流域文明（包括亚述和巴比伦）和波斯文明，南亚有印度文明，东亚有中国文明，中美有玛雅文明和阿兹特克文明，南美有印加文明，加起来至少也有十大文明。

这些文明，很多都是失落的文明，失落是常态，不失落是意外。像我们中国，至今在很多方面还保持着与古代的连续性，太不容易了。20世纪80年代，金观涛以"超稳定结构"称之。"超稳定结构"是那个年代主流思潮的评价，这样的评价当然是负面的。其实，失落有失落的原因，连续也有连续的原因，无所谓好坏。

什么叫"文明"？这通常有两套标准。

一套是技术发明的标准，如金属、城市、文字等。研究此类东西，当然离不开考古。文化历史考古学以考古文化为研究目标，文明在考古文化之上，比考古文化大，比考古文化长。这类要素，在有些文明那里是有缺失的，但中国文明是三大要素齐全的文明，在十大文明中，传播范围最广，连续性最强。

另一套是社会组织的标准，如私有制、贫富分化、社会分工、社会分层，以及是否形成复杂社会，特别是有无国家的出现。中国的新石器文化，黄河流域有三大块，长江流域有三大块，外加南北方各有一个大后方，至少分八大块。龙山时代以来，冶金技术出现，普遍有城，各种符号系统也在各地被发现。

过去，中国考古学家还小心翼翼，模仿柴尔德，称之为"文明曙光"。现在，有人主张，良渚文化已经是文明，文明上限不断上推，宋儒和辛亥革命家说的黄帝纪年（中华五千年）已经打不住了。

研究"国家"，西方把前现代国家叫state，现代国家叫nation。塞维斯（Elman Service）的band—tribe—chiefdom—state四阶段说，其实只是讲state的起源，即州县规模的小城小国的出现。前面有游团、部落、酋邦三阶段。欧洲传统是小国寡民的自治传统。希腊的国只是一城一邦，所谓雅典帝国，只是城邦联盟，没多大。

历史上的大帝国多在东方。欧洲大帝国只有马其顿帝国和罗马帝国。马其顿帝国接收了波斯帝国，昙花一现。罗马帝国幅员广大，分崩离析。中世纪以来，欧洲一盘散沙，全是小国。即使现代国家，靠战争打乱重组，也大不到哪儿去。最大的是横跨欧亚的俄国。而今天的申根二十六国，仍叫Schengen States。真正另起炉灶的大国全是地理大发现后的殖民地，如美国、加拿大、澳大利亚。所以本尼迪克特·安德森（Benedict R. O. Anderson）说，最早的nation，不在欧洲，而在美洲，nation是"想象的共同体"。

中国的国家，从起源到发展，苏秉琦有"古国—王国—帝国"三部曲。很多人都以为，龙山只有酋邦（chiefdom），三代只有王国（kingdom），秦汉才是帝国（empire）。我理解的所谓三代，其实是夏人、商人和周人居住活动的三大地理板块。夏、商、周三分归一统，由西周建立的天下，规模同东周列国差不多大。这样的大脚根本就塞不进state的小鞋。硬塞，只能"削足适履"。

西周有天下共主，不是城邦国家。我们从西周封建的范围、从西周铜器出土的地点、从西周铜器铭文的内容看，西周绝不是kingdom，至少也是united kingdom。现在的英国（不列颠王国），就叫United Kingdom。西周再小，也比英国大。

秦汉帝国以西周疆域为铺垫。西方使用empire，如亚述帝国、波斯帝国，比较大，但无严格标准（如雅典帝国就很小），我们把西周叫成帝国也未尝不可（美国汉学家贝格立有二里岗帝国的说法）。

现代中国是西方所谓的nation。国民党建立中华民国，共产党建立中华人民共和国，都属于nation。美国教科书把中国近代史统统归为民族主义史，民族主义的民族就是nation。周锡瑞（Joseph W. Esherick）编过一本书，叫*Empire to Nation*，主题就是帝国解体转变为现代国家。我理解，即使是现代中国，也不是按欧洲模式或美国模式重组，更不是按照奥斯曼帝国解体的模式，大卸八块，彻底缩水。现代中国，除了推翻帝制、走向共和，无论国土规模，还是民族构成、政区结构，都是继承古代中国，特别是大清帝国。现代中国是历史形成的中国，并不完全是人为建构。

中国考古的重要性

1949年后，中国的考古发现，年年大丰收，就连人称"文化浩劫"的十年，都是大丰收，不仅我们自豪，世界上的考古学家也刮目相看。

于是，中国考古界便有了"中国学派"崛起的呼声。什么叫"中国学派"？主要是两条，一条是马克思主义指导，一条是中国特色。20世纪下半叶，美国考古学独步天下，无论"过程考古学"，还是"后过程考古学"，都是非马克思主义指导、带有美国特色的考古学。后过程考古学虽有马克思主义考古学的一支，但美国的马克思主义并非中国的马克思主义。

美国考古学的特色有二：

第一，美国远离欧亚大陆，跟古典学、艺术史、近东考古扯不上，它以美洲印第安文化为对象。美洲考古是在地理大发现和殖民主义背景下发展起来，它与非洲、大洋洲的考古更接近。它的参考书，不是历史文献、铭刻材料，而是民族调查、民族志，考古属于人类学。

第二，美洲考古以史前为主，而史前考古，无书可读。考古学家更热衷于大胆假设、小心求证，玩理论、玩方法。认为考古不光是挖、不光是记录、不光是编年排序，重在思考，重在阐释，重在人类行为和社会生活的复原。这种风气是在美国特有的环境下被逼出来的。

丹尼尔（Glyn Daniel）《考古学一百五十年》一书提到，这一百五十年是从1800年到1950年。第二次世界大战后的1945—1970年是后来补写的。西方考古学家说中国考古落后，主要是指1949—1979年，他们不来，我们不去，没有沾上美国考古学的"仙气"。但这一时期恰好是中国考古的黄金时代，他们也同样错失了研究中国考古的机会。

我们到底落后了西方多少年，有人说是一百年，这未免有些夸大。我国的考古，跟在他们后面，亦步亦趋，从1926年李济发掘西阴村算起，到今年为止，总共只有九十六年。落后一百年，岂不等于零？

他们说我们落后，其实不在于田野技术，甚至也不在于科技手段，更主要是说，我们没有理论，即便有，也是坏理论。

美国考古学的理论，经张光直介绍、俞伟超宣传，现在如日中天。马克思主义是个好理论，非常前卫的理论，但在我国，有着颇多曲解。恩格斯说，马克思一生有两大发现，一个叫唯物史观，一个叫剩余价值学说。马克思主义史学以立足经济学研究的唯物史观为指导。阿尔都塞说，马克思主义哲学并非直观唯物主义，其特点是强调行动，在实践中认识问题，与经济、政治、意识形态密不可分。

此外，它也不是"五种社会形态说"，马克思没有发明过五种社会形态。亚细亚—古代（希腊、罗马）—日耳曼（包括民族大迁徙、中世纪和现代）是19世纪历史学的"老三段"，三段即代表三种历史文化。黑格尔的《历史哲学》就是按这个"老三段"组织他的正反合。马克思只是把这个"老三段"视为社会经济形态演变的几个阶段，并没有说全世界都得按这个模式发展。

唯物史观之长在于宏观大视野和社会史研究。20世纪的考古学，上半叶是以柴尔德为代表的文化历史考古学，下半叶是以宾福德为代表的过程考古学和后过程考古学。柴尔德就深受马克思主义启发，他的两个革命说（农业革命、城市革命），至今颠扑不破。新考古学未必全新，旧考古学也未必一无是处。

至于民族主义，老一代的中国学者要重修国史、续写家谱，恐怕也不能按美国的政治正确性一概来从负面理解。1949年以前，中国备受欺凌，任人宰割，反抗一下有什么不对？被压迫民族以斗争求解放，反抗殖民统治，反抗帝国主义，有十足的正当性。中国，地上史料那么多，地下史料那么多，不想求外国人帮我们修古史，像埃及、伊拉克、伊朗那样，打算自己动手动脚找材料，何足怪哉？1949年以后，中国被列强围堵制裁，民族主义也是必然反应。我们对中国近百年来的民族主义应抱"了解之同情"。

研究世界文明，欧亚大陆是"重头戏"。欧亚大陆，亚大欧小。欧洲面积只有亚洲的四分之一。古典作家说的亚洲，包括两河流域、埃及、小亚细亚、伊朗高原。殖民时代，亚洲的概念东扩，进一步分为西亚、中亚、南亚、东南亚、东亚、北亚六大块，每一块都很重要。

欧洲人对亚洲的认识是由近及远的，西亚考古、中亚考古、南亚考古、东南亚考古，他们很熟悉；但东亚考古、北亚考古却在中、蒙、俄三国外加韩、日两国的范围内，这一范围占了亚洲的一半多，他们对此领域相对隔膜。

罗森（Jessica Rawson）教授经常跟西方学者讲，中国太重要。这个重要是对世界重要。我们要知道，欧亚大陆东半，中国是文明气旋搅动天下的风暴眼。张光直说，中国考古的重要性在于，它对改写世界史有举足轻重的作用，它应该对世界历史做出贡献，也能够对世界历史做贡献。我非常赞同他对中国考古的历史定位。

中国考古是世界考古的一部分。我们做中国考古，其实也是在做世界考古。用中国眼光看世界，用世界眼光看中国，一定前途无量。

（原载《了不起的文明现场》，
北京：生活·读书·新知三联书店，2020年）

西高泉秦墓发掘记
——我的点滴回忆和感想

我与考古所

我是1977年进中国社会科学院考古研究所工作，刘仰峤同志推荐，夏鼐先生批准，安排我在图书资料室整理金文资料，为《殷周金文集成》做准备。王世民先生领导我、刘新光和曹淑琴，在小院南面的房子（今小白楼处）工作，隔壁住着莫润先。当时，刘雨、张亚初还没来，陈公柔还没解放。

我在所里，连学习带干活，前后七年。大量工作是核著录，对拓片。此外，还跑各大图书馆，核对《中国考古学文献目录》，负责处理人民群众来信。刚到所，头一年，我通读"三大杂志"（《文物》《考古》《考古学报》），做了两箱卡片，后来成为《新出金文分域简目》的素材。

我进考古所那阵儿，考古所刚从中科院划归社科院。所里的年轻人有北京大学毕业的刘忠伏、缪雅娟、杨焕新、吴加安、冯浩璋，山东大学毕业的白云翔、王吉怀，四川大学毕业的王仁湘、朱乃诚。这些人，当时是"小萝卜头"，想不到，后来成了"老同志"，有些还担任领导。

1978年和1979年，考古所招过两届研究生（硕士生，当时还没有博士生），所里又来了一批年轻人。

1978年，第一批硕士生，六个人，金则恭、黄其煦跟安志敏，吴耀利、王仁湘跟石兴邦，靳枫毅、马洪路跟佟柱臣。研究方向以新石器为主。

1979年，第二批硕士生，五个人。陈平、李零跟张政烺，研究殷周铜器。赵超跟孙贯文，研究石刻。熊存瑞跟夏鼐，研究唐代金银器。安家瑶跟宿白，研究中国早期玻璃器。我是班长。

我们的领导，安志敏是一室主任，张长寿是二室主任，苏秉琦是三室主任。安志敏是研究生院考古系的主任。前两位室主任有学生，苏秉琦没有。王世民、陈公柔、张长寿是我们的所内指导老师。郭振禄负责研究生，今已去世。

北大招研究生，俞伟超先生曾动员我考北大，给我讲了很多故事。考古所让刘仰峤同志给我做工作。他劝我说，夏先生对你的工作很满意，考古所已答应为你转正，明年所里招商周汉唐的研究生，你还是报考所里的研究生吧。

当时的考古所，对我来说，像诗一样浪漫、画一样美丽。每天挤公共汽车，从中关村到美术馆，路很长，我会找个地方靠，把书掏出来，站一路，读一路。从办公室到图书室，我都是跑步。我非常珍惜我在考古所的工作。

夏先生留学英国，学埃及考古。埃及考古属近东考古。近东考古最重视铭刻学。他把铭刻学定位为特殊考古学，属于考古学的一部分，并不歧视铭刻学。

建所初期，夏先生就有个庞大计划，想由考古所系统整理甲骨、金文、简牍、石刻。为此，他请徐森玉为考古所主编《历代石刻图录》（后辞去主编），调陈梦家来所筹划《甲骨文集成》《殷周金文集成》（见夏鼐前言）。陈梦家去世后，他还考虑往所里调人，重启原先的计划。当时，小屯南地甲骨是一组，金文是一组。我在金文这一组，李学勤是我们这组的顾问，经常来所指导工作。我跟他合写过《平山三器与中山国史的若干问题》，发表在《考古学报》1979年2期。

为第二届硕士生招生，1978年10月6日，孙贯文见夏先生。夏先生拟请他任考古所特约研究员，主持历代石刻整理（《夏鼐日记》卷八）。1979年1月9日，夏先生与王世民到三里河访故宫的吴仲超院长，请唐兰出任考古所殷周铜器方向的研究生导师。想不到，唐先生刚答应，三天后去世。不得已，夏所长又请张政烺当这一方向的导师。这都是为了学科建设。我和陈平跟张先生，培养计划写得很清楚，为《殷周金文集成》培养人。赵超跟孙贯文，也是为考古所整理石刻的计划留人。

西高泉发掘

研究生三年，课很少，主要是为《殷周金文集成》打工，核著录，对拓片，到各大博物馆拓铜器，继续过去的工作，我为《殷周金文集成》整整干了六年，陈平也干了三年。

西高泉发掘是考古所为我和陈平安排的考古实习，卢连成是发掘主持人。

老卢是陕西师范大学毕业，有很好的史学训练基础和地理眼光。他参加过周原考古大会战和宝鸡弲国墓地的发掘，对宝鸡地区的考古了如指掌，有丰富的田野经验。我还记得，他来考古所前，曾来所介绍宝鸡地区的新发现，历史所的人也来听。1978年5月，考古所调他过来，就是为了加强陕西的工作。他是我学考古的老师，真正的老师。

从前，干西周考古，大家都看《沣西发掘报告》。《沣西发掘报告》后，有两个报告最重要，一个是《宝鸡弲国墓地》，一个是《张家坡西周墓地》。这两个报告，老卢贡献最大。我毕业后，在沣西干过，还是跟老卢、陈平一起。他做过什么，我非常清楚。

1981年，我们去宝鸡，先到西安，住考古所西安研究室。我和陈平在小饭堂吃饭。陈平跟研究室主任马得志唠嗑，东北话，你来我往，谈得十分热闹。饭后，陈平问，刚才那位是谁，我说，你的顶头上司。

西安，到处是"露布"（即广告），广告新到的"石头眼镜"。陕西的老农民特别喜欢这东西，戴上跟熊猫似的。

我们的实习地点为什么选在西高泉，原因是1978年初，这里有两处重要发现。一是宝鸡杨家沟公社太公庙村出土秦公钟五件、秦公镈三件（卢连成、杨满仓《陕西宝鸡县太公庙村发现秦公钟、秦公镈》，《文物》1978年11期）；二是太公庙西南一公里的西高泉村发现三座秦墓，出土铜器二十二件（卢连成、杨满仓《宝鸡县西高泉村春秋秦墓发掘记》，《文物》1980年9期）。两次清理，发简报，都是老卢经手。秦公钟镈，我写过文章，《春秋秦器试探》，发在《考古》1979年6期。老卢送过拓片给我。

　　去工地。车出西安，路难行。咸阳、兴平、武功、扶风、岐山、凤翔，沿途是熙熙攘攘的农村集市，一步一步往前挪。那年雨大，宝成铁路断路。我们到周原，正好看见倒塌的法门寺塔。想不到如今，佛门圣地，红尘万丈。

　　韩伟、尚志儒他们在挖南指挥大墓。韩伟去过我们的工地，我们也去过他们的工地，巨大的墓坑，每年只能挖一层。陈平想看八旗屯的东西，我们去站上看过。韩、尚二位，现在都不在了。

　　我和老卢住一块儿，陈平单住。西高泉就在凤翔原下。泉水流过村子，哗哗作响。陈平嫌吵，夜里睡不着，叫人把水引到别处。

　　工地上，有个喇叭放秦腔。秦腔和秦墓很搭调，高亢，苍凉。老卢把七十多座墓一分为三，一人管一摊。晚上，我们一边粘陶片，拼器物，画平面图、剖面图、器物图，为每件器物做卡片，一边海阔天空聊大天。干到后来，老卢说，你图画得不错，剩下的平面图，你就包了吧。有些不归我管的墓，平面图也是我测我画的。

　　村里，上上下下，全靠老卢打点。有一天，老卢说，队长有个闺女，想叫你引上，我说我一个儿子就够了，哪能再添闺女。

从工地回北京，我才知道，宾努亲王的女婿把我儿子打了，鼻青脸肿。

队里请了个妇女为我们做饭，每天每顿一模一样：芹菜油泼辣子面。芹菜、辣子，我从小最怵，不吃没得吃。熬到快回家了，老卢说，咱们改善一下吧，买了只羊。陈平准备大显身手，为大家做葱爆羊肉。

那是我们的开斋节。我在墓坑里，很深，墓口好像井口，井口突然冒出一张脸，"李零同志，干得不错嘛"，原来是石兴邦先生。那时，工地没有梯子，都是踩着脚窝上下。我爬上来，陪石先生回家吃饭。陈平的葱爆羊肉，让他赶上了。

后来，二室主任张长寿也来了。他赌气不用研究室的吉普（我们下工地是他派的车，给他惹祸了），独自一人，骑个自行车，从西安骑到宝鸡，前来视察。队里的场院，陶器摆了一地，陈平跟他讲排队，挨了一顿训。

最有意思的是，墓地最后一座墓是汉墓，土堆得像座小山。三线工厂的工人骑着摩托打兔子。深秋的旷野，没处躲，没处藏，可怜的兔子，慌不择路，从墓口一头栽下，正好掉在民工怀里。他说，他不吃兔肉，只要兔皮。晚上，我们在炉子的铁盖上烤兔肉，倍儿香。

我终于相信，宋人不愚，守株待兔，不是不可能。后来，我的斋号就叫"待兔轩"。

秦文化的再认识

我和陈平有分工，陈平搞秦，我搞楚。后来，他成了秦专家。我们在工地，经常讨论秦。

春秋时期，秦的东西，序列最完整。多年来，我一直关注秦的研究，从老卢和陈平那儿学到很多东西。这里讲一点感想。

秦是嬴姓国家。《史记·秦本纪》说，嬴姓分十四支：

> 太史公曰：秦之先为嬴姓。其后分封，以国为姓，有徐氏、郯氏、莒氏、终黎氏、运奄氏、菟裘氏、将梁氏、黄氏、江氏、脩鱼氏、白冥氏、蜚廉氏、秦氏。然秦以其先造父封赵城，为赵氏。

司马迁说的"以国为姓"是以国为氏。这十四支，有些在山东，如运奄在曲阜，菟裘在新泰楼德镇，莒在莒县（初在胶州，后迁莒县），郯在郯城；有些在苏北和皖北，如徐在泗洪，终黎在凤阳；有些在河南，如江在正阳，黄在潢川，脩鱼在原阳；有些在山西，如蜚廉和赵在洪洞赵城；有些在陕西，如秦在宝鸡。将梁、白冥不太清楚。此外，葛在宁陵，樊在信阳，养在沈丘，属于豫东；梁在陕西韩城；大骆之族在甘肃礼县。这五族也是嬴姓。武王克商后的东夷、南淮夷（徐为大），平王东迁后的秦，战国时期的赵，皆其著称者。秦只是嬴姓各支中偏西的一支。

考古发现，同是嬴姓，物质面貌，差距很大。器物什么样，跟族的关系远不如与地的关系大。如徐近群舒，黄近楚，秦近周、戎，彼此通婚，器物难免混杂邻居的特点。地域好比酒杯，族群好比酒水。人是活的，地是死的。酒是鸡尾酒，分别盛在一个个杯子里。我们是从遗迹遗物的区域特征认识物质文化。

以往，学者研究秦，往往把陇西的西犬丘和陇东的秦混在一起，统称"秦文化"，并把非子邑秦的秦定在清水，这是不太妥当的。司马迁的记载讲得很清楚，非子邑秦的秦在汧渭之会，即宝鸡，时间在周孝王时。礼县的秦公大墓是庄、襄二王的遗存。陇西早于庄、襄二王的类似遗存是大骆一族的东西，不能叫"秦"。

宝鸡地区的秦是"周人分土为附庸"，属于"岐以西之地"（见《史记·秦本纪》），与周关系更密切。礼县的类似遗存与戎关系更大。

文公重返秦地，居邑应在陈仓北阪城一带。葬地，陵随邑转，也在附近。文公、宪公葬西山，应是宝鸡西山，而非礼县西山。具体地点曰衙，唐代叫秦陵山。我怀疑，这个有待探索的地点可能在陵原一带。秦四畤，除密畤在渭水南，鄜畤、吴阳上下畤也在宝鸡西山。

宪公、武公迁平阳，葬平阳。平阳是凤翔原下的平地，为秦、雍之间的过渡地点，既平且阳。雍的意思是高起的地方，正好相反。

太公庙即秦武公的大墓所在，大墓配车马坑和乐器坑，与大堡子山相似。乐器坑即1978年出土秦公钟镈的地点。

大堡子山乐器坑出土秦子镈,秦子是谁?或说秦子即静公,被盗大墓的墓主是文公或静公,我觉得不太合理。我认为,文公重返秦地,死葬秦地,秦子镈是助葬之器,墓主是他的先人。秦子是襄公太子,即尚未即位的秦文公。文公、静公的墓应在宝鸡。

西高泉墓地距太公庙只有一公里,应属平阳邑的范围之内。墓地发掘,意义不光在器物排队,更重要的是,它是文公返秦后、德公迁雍前秦人自西向东迁徙的过渡环节。

重返西高泉

三十八年,弹指一挥间。

老卢长我三岁,陈平长我两岁。如今,我们都老了。我都七十一岁,朝七十二岁奔,更不要说他俩。

我的同学,除安家瑶,全都离开了考古所。赵超不能留所,直接去了国家文物局古文献研究室(1991年,他回考古所,是徐苹芳先生当所长时调他)。我留所里,一年后,去了社科院农经所,又一年调到北大。熊存瑞去了美国。陈平去了北京市文物研究所。老卢比我们走得晚(1996年),也去了美国。

记得当年,我跟老卢上胡智生家,宝鸡市的楼房破破烂烂。有一回,为了体会德公迁雍的空间感,我们夜游,顺着今天上凤翔原的那条路往上走。回头看脚下的宝鸡市,灯火星星点点、稀稀拉拉。想不到,如今的宝鸡市,高楼大厦、灯火通明。

左起：陈平、李零、卢连成，1981年摄于宝鸡金台观

胡智生病逝。老卢多年未见。

我们发掘那阵儿，老卢带我们看过宝鸡的山山水水，如太公庙出秦公钟镈的地点、茹家庄墓地、汧渭之会和金台观的宝鸡博物馆，我们在金台观合影，照片还在。

这以后，我多次到宝鸡，看这看那，一直没有回过西高泉。

2016年8月26日，借便开会，故地重游。董卫剑陪我去西高泉和太公庙。当年的西高泉墓地，现在是幼儿园，旁边盖了很多房子。门口的水渠，泉水依旧，水还是那么清，静静地流淌。

逝者如斯，青春不再，别有一番滋味在心头。

2019年11月18日写于北京蓝旗营寓所
（为西高泉秦墓发掘报告而作，原刊《读书》2020年6期）

送鼠迎牛
——我的贺岁书

今天三联书店安排我介绍我自己的这本小书,我很高兴。但更重要的是,这本书是我给大家的一个贺年礼物。大家都知道电影有贺岁片,但是好像还没有什么贺岁书,《十二生肖中国年》就是我的贺岁书。这是去年(2020年)写的,从封面,大家可以看到,除了题目以外,还有个十二生肖的大钟,我们每个人的生肖在这个钟上都有自己的位置。这个大钟转不了多少圈,我们的一辈子就完了。

刚刚过去的这一年,将以"新冠、特朗普年"载入史册。去年开头是新冠肺炎全球大流行,今年过不了多久,这个月20号,特朗普就要下台了。中国古代有一种纪年方式叫"以事纪年",如果用大事纪年的话,去年最突出的就是这两件事。过去这一年,真是让人思绪万千,五味杂陈。怎么说呢?我有一个感想,"这个世界有病"。这是一个简单事实,确实这一年就是以"有病"载入史册的。

过去,司马迁在《史记·货殖列传》里说过一句著名的话:"天下熙熙,皆为利来。天下攘攘,皆为利往。"这是大家都很熟悉的话。话是出自《太公六韬》。我说"这个世界有病",得的什么病？文明病。我用十个字来概括：要钱不要命,顾头不顾腚。

1983年,三联书店出过一本书,托夫勒的《第三次浪潮》。那个时候,各单位还组织大家看电影《第三次浪潮》。电影里面说,大人都在家上班,小孩都在家上学,任何扎堆的事都没有了,不但告别革命,就连足球都没有了,扎堆的体育活动都没有了。当时我根本不信。大家都在家上班,谁知道你是在工作还是在睡觉？老板会同意吗？想不到,去年发生的事,眼前还真是这个样子。这种生活,很多人受不了,对我来说,倒是比较习惯,因为长期以来我就是猫在家里写作,写作是不需要扎堆的。疫情期间,我的生活就是读书,主要读两类书,一类是考古学史,这是主要的,另一类跟动物有关。我写东西,经常需要一点"调味品",只读一种书,太累。《十二生肖中国年》是"调味品"。我把它当礼物送给大家。希望新冠早日结束,生活重归正轨。但问题是,什么叫作"生活正轨"？我们以往的生活正常吗？是不是过一段,疫情结束,我们就又折腾起来,比过去更欢？那么会不会又有新的疫病发生？所以去年这一年是值得反思的一年,特别是这个病和特朗普造成的政治影响,恐怕是全球性的。

所以我说"环球同此凉热",太值得反省了。

大家在这段时间都很闷,有各种打发日子的办法。我呢,主要是读书。我经常说"何以解忧,唯有读书"。疫情让我想起一个人：永不满足的浮士德。他的最大特点是什么呢？"永不满足",人跟魔鬼打赌,最后人输了。另一个人是马拉多纳,他刚刚去世，就在11月25日。小时候我是个足球迷，现在很多球我不看了，只看世界杯，"欧冠"都不一定看。有一回我的一个学生说："哎呀，我的老师太保守，太落伍，你看他喜欢的都是什么人呀？全是马拉多纳呀、罗马里奥啊、斯托伊奇科夫这一号人。这不是足球的主流。"但什么是"足球的主流"？足球和电影已经变成一种工业。有个电影，叫《中锋在黎明前死去》。有人说，"服从、速度、力量和毫无想象力，这就是全球化给足球注入的模式"。其实，这也是所有创造性活动面临的问题。刚才我已经说了，《第三次浪潮》预言足球将消亡，可事实上呢，足球并没有消亡，消亡的是什么呢？是马拉多纳式的足球，有天才气的足球。

这一段我主要读考古学史。什么是考古学？袁靖老师是科技考古的代表人物，下面可以听他多给大家讲一下。有人说，考古学属于历史学，特别是在咱们中国；有些美国考古学家说，"考古学除了是人类学，什么也不是"；还有一种说法，"考古学就是考古学就是考古学"。这是戴维·克拉克的说法。罗泰先生告诉我，这是模仿格特鲁德·斯泰因的诗句，"玫瑰就是玫瑰就是玫瑰就是玫瑰"。

戴维·克拉克写过《考古学：失去童真》（*Archaeology: The Loss of Innocence*）。他说："考古学学科意识的扩展是以学科纯洁性的丧失为代价的。"这类说法源自《圣经》。《圣经》讲人类走出伊甸园。考古学就是研究人类怎么走出伊甸园的。柴尔德是20世纪上半叶最著名的考古学家，他这一辈子就是研究这个问题。他研究"来龙",马克思研究"去脉",其实是同一个问题。我们要想知道什么是"伊甸园",最好到周口店遗址、自然博物馆、中国古动物馆去看看。古脊椎动物与古人类研究所研究人类,人跟动物是放在一块儿研究,当动物来研究。

所以动物跟考古有很大关系。过去我开玩笑,说很想写一本书,叫《畜生人类学》,因为我们不但生活在动物界,而且把动物改造了,变成"人化"的动物世界。动物就像一面镜子,可以照见人类自身。其实,我们谈论动物,怎么也无法摆脱从人类视角看动物。这是我的开场白。

关于十二生肖,我这本书里,该说的都说了,今天不想占用大家太多的时间,只谈几个小问题吧。

一个问题是,十二生肖是从哪些动物里选出来的?起码中国的动物有很多都有资格入选,大家可以想一想,假如你是古人的话,你可能选什么动物,为什么中国人最后选了这十二种动物,而不是其他?过去我曾以为,三十六禽是十二生肖的扩大,现在看来不对。我们从出土竹简看,十二生肖是从很多动物里选出来的,三十六禽也是从很多动物里选出来的。

有个考古发现,海昏侯墓竹简,最近北大出了本论文集,我负责整理《易占》,大家可以看照片,里面是《易占·晋卦》,晋卦属于《易经·下经》第五卦,简文说:"中秋虎吉春凶"。其实每一个卦都配动物,有的时候还不止一种动物,六十四卦配很多动物,里面有些动物,在我们的想象中,似乎不会入选,比如说各种虫子,什么蟑螂、蜈蚣啊,但简文中有这类动物。所以我们知道，古人是从很大范围里把十二生肖选出来。

下面简单说一下十二生肖的入选。

首先，这十二种动物，有六种是"六畜"，大家最熟悉，是家养的。还有六种是野生动物，其中有一种野生动物变成了想象的动物，就是龙，其实它的原型也是野生动物。所以十二生肖，古人选得很好，一半是野生动物，一半是家养动物。

第一个动物就是老鼠。《尔雅·释兽》，兽分两类，一类是地上的，一类是地下的，地上的叫寓属，地下的叫鼠属。地下王国主要是老鼠的王国。鼠是一种很重要的动物，六十甲子从它开头。说起鼠，我会想起毛主席说的"深挖洞，广积粮，不称霸"，因为上世纪六七十年代，中国的考古大发现多半都跟"深挖洞"有关。

再看牛。我们平常说的犀牛并不是牛。从动物进化谱系上看，犀牛反而跟马近。我们中国的牛有好几种，黄牛、水牛、牦牛、瘤牛，我在书里都讲到了。我说犀牛不是牛，但古人确实可能会把犀牛和水牛混为一谈。甲骨文的"兕"字也有可能是犀牛。

牛是六畜之一，照理说，马、牛、羊、鸡、犬、豕，马应排在前头，但马跟游牧民族和草原地区的关系更大，对于以农业、种植业为主的民族来说，牛最重要。六畜，它才是老大。

中国，食肉动物虎为大。欧亚大陆，狮子在西边，老虎在东边。老虎有九个亚种，主要在中国和中国周边。中国是老虎分布区的中心。中国纹饰，龙、凤、虎最重要。我对虎纹的讨论有点心得。这一讨论与考古分期有关。

兔子也是野生动物，中国壁画墓，太阳里面有金乌，月亮里面有玉兔、蟾蜍，而且还住着两个人：一个是嫦娥，一个是吴刚。嫦娥经常让我浮想联翩，有人说过的一句话，"我得到了天空，却失去了土地"。广寒宫里冷冷清清。我的书房叫"待兔轩"。我的学生不是说我很保守吗，我确实是"守株待兔"。我经常跟人讲我在宝鸡"守株待兔"的故事。

野生动物中有一种变成了想象的动物。中国把想象的动物叫瑞兽，中国古代的动物分类学有所谓"羽、毛、鳞、介、臝"五虫，五虫为首的动物是所谓"灵"。龙、凤、龟、麟是羽、毛、鳞、介之首，人是臝（或倮）虫之首，臝虫是赤裸无毛的动物。古人居然把我们跟肉虫子归为一类，而且人还是"众灵之首"。人在五灵中地位最高，动物分类学上，我们属于灵长目。灵长是众灵之长。确实，我们是食物链上最顶端的动物。

龙在中国文化里太重要了，这是个说不尽的话题。铜器上的饕餮纹是什么？其实是龙首纹。龙是对鳄鱼的想象。我专门写过一篇文章，讲饕餮纹是以鳄鱼为原型。鳄鱼很贪吃，什么东西都往肚子里吞，消化能力极强。我们把美食家叫老饕，老饕像鳄鱼一样。扶风县海家村出土过一件铜爬龙，它应该是一件青铜器的器錾。器錾都这么大，你可以想象，这个青铜器该有多大。这是最形象的龙。它和甲骨文里面的"龙"字非常像。

当然我们比较熟悉的龙是W形，身体三道弯儿，古人叫"三停"。颐和园仁寿殿前的铜龙，应该算是龙的标准形象。那么龙

颐和园仁寿殿前的铜龙

4.57米长的津巴布韦大鳄

的原型是什么呢？是很大的鳄鱼。津巴布韦发现的大鳄，已经有4.57米长，但这个鳄鱼还不是最大的，目前人们见到的最大的鳄鱼是6.17米（洛龙）。但就是这么大的鳄鱼，也不是最大的。鳄鱼在地球上已经生活了上亿年，出土化石，鳄鱼可以长达8米，

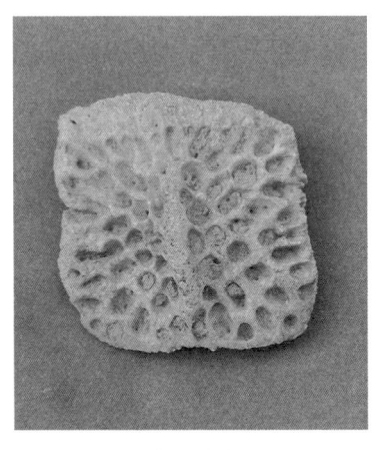

陕西神木石峁遗址出土的鳄鱼骨板

汉代蛇形镂孔铜器，云南江山李家山考古工作站藏

甚至11.65米。

大家一般认为，鳄鱼都是南方的，北方好像没有鳄鱼，是吧？但是现在考古出土发现越来越多，北方很多地方都出鳄鱼骨板，比如石峁遗址出土的鳄鱼骨板，另外在王因遗址、陶寺等地，也出土过。古人还经常用鳄鱼皮制作鼍鼓，所以在铜器里也有用鳄鱼皮做的鼓。

蛇，也是一种野生动物。当然，这件汉代蛇形镂孔铜器，蛇的形象太夸张，它的牙太多了，蛇没有这么多牙。蛇，也叫小龙，它确实跟龙有关系。西方语言，一说蜥蜴，就是指龙。如各种巨蜥，他们就叫"龙"。所谓"恐龙"，实际上是日本人翻译的词，原来的意思是"恐怖的蜥蜴"。蛇也是龙的原型。十二生肖里，龙之后就是蛇，古人经常以龙、蛇并称。

甘肃武威擂台汉墓出土的马　　　　霍尔木兹二世《克敌图》，纳克什·鲁斯塔姆

下面是六畜的第二种，马。中国有马，但最神奇的马是"天马"。古人说："天马出西极，神龙不能追。"马这种动物跟草原民族关系更大，跟战争关系更大。我曾经把它叫"国际动物"。这种"国际动物"属于战争文化，是随战争播散于整个世界。大家可以看到，这是甘肃武威擂台出土的马，我们现在的旅游标志，马踏飞燕的马就是这样，它的特点是头上有向后弯曲的额髦。非常有意思，伊朗萨珊时期的浮雕，霍尔木兹二世的《克敌图》，霍尔木兹二世骑着匹马，一枪把对方从马上戳下来。这匹马的额髦，恰好也是这样。

六畜的第三种是羊。我书里对羊也有很多讨论，但是我觉得跟我们关系最密切的，首先是吃。"鲜"字，一边是鱼一边是羊，就是最好吃的东西。南方人喜欢吃鱼，我是北方人，我更喜欢吃羊肉。羊对我们来说，和六畜中的马、牛不一样，主要不是让它卖力气，而是养肥了吃肉。在匈奴的文物中，当卢和马珂上，经常有独角羊。我们在蒙古国匈奴遗址出土的东西上经常发现。像

海昏侯墓出土银当卢

这件,这是海昏侯墓出土的,上面也有独角羊。它到底应该叫马珂还是当卢呢,我们看唐墓出土的三彩马,圆一点的,放在额头上的,应该叫当卢,长一点的,系在腰带和胸带上的,那是马珂。

野生动物的第五种是猿或猴。猿,中国诗文描写很多。高罗佩写过《长臂猿考》,他有个花园,里面养着长臂猿。他把猿啼灌成唱片。《长臂猿考》,原书附个纸袋,里面插着猿啼的唱片。中国文人为什么喜欢猿呢?因为它最像文人的理想,就是隐士。猿的隐居是因为怕人,人进猿退,居住地不断向南退缩,最后退到东南亚去了。

猴和猿不一样,猴会跟人搞关系。它跟人走得近,不是跟人亲近,而是瞅着你手里有什么好吃的东西。人会耍猴,猴也会耍人。猴的文学形象是孙悟空。我开玩笑说,孙悟空是中国的自由神,这是我从小就非常喜欢的文学形象。

汉代绿釉陶狗，山东博物馆藏

六畜的第四种是鸡，古人说的羽虫，十二生肖只有鸡。他们说的鳞虫，十二生肖选了龙和蛇，但是没有鱼，鱼和爬行动物都属于鳞虫，古人为什么不选鱼？

六畜的第五种是犬或狗，出土日书讲十二生肖，经常叫犬，不叫狗。犬和狗的区别到底是什么？王世襄先生说，《说文解字》说犬是"狗之有悬蹄者也"，所以他认为，犬的标志是后腿上比狗多出两个"撩儿"。这个说法恐怕有问题。其实，狗是专称，犬是全称，它们的区别只是大小，大狗小狗都是犬，但只有小狗才叫狗。这就像小马叫马驹，实际上是从"句"得声。《尔雅》讲了，小老虎、小豹子也叫"狗"，狗是小兽。如这幅图中的狗，汉代绿釉陶狗，才是名副其实的狗，我们叫"狗狗"，英语叫puppy。

有一个现象很有意思，世界各国都用狮子看门，这是西方文化，不是中国文化，中国没有狮子。但战国以来，中国人已经听说狮子，汉以来从外国进贡狮子，中国才知道狮子长什么样。他们以为这是一种没有条纹颜色灰不溜秋的老虎。中国有狮子舞和看门的铜狮子、铁狮子、石狮子。狮子的形象被中国化，但它不是中国动物，中国没有狮子。中国的看门狮子逐渐被"狗化"，越来越像看门狗。"狗化狮"，埃及就有。他们把狮子做得越来越像狗，或越来越像猫。大家都知道，狗主要是看门的，现在让狮子看门，多威风。现在，我们到故宫或颐和园，到处都能看到卷发的狮子。这种狮子还传到日本，传到越南，日本叫狛犬，狛犬就是高丽犬，其实是中国传朝鲜，朝鲜传日本。所谓狛犬，就是朝鲜半岛的狮子狗。这是狗文化里一个很重要的现象。

另外，以前我写过一篇杂文《大营子娃娃小营子狗》，这是内蒙古老百姓教给我的一句话，意思是，娃娃是大村子里的厉害，狗是小村子里的厉害，它越见不着人越凶。我就养过一只小营子狗。

最后一种就是猪了，它也有两个叫法，一个是豕，一个是猪。豕是野猪，野猪是猪的本来面目，而猪是家猪，这是它们的一个基本区别。"猪"这个字，与"潴留"有关系，古人把水潭、脏水、污水都叫潴，有些湖泊就叫什么什么潴。因为家猪生活在屎尿之中，人才把它叫猪。野猪是不会生活在屎尿之中的，只有家猪才叫猪，所以它还跟中国的厕所有关，跟溷或厕有关。我在书中也做了一点讨论。

十二生肖在咱们中国，是汉族、汉地流行的文化，但传播范围非常广。北大的林梅村老师写过一篇文章，讲十二生肖的传播范围。它们不仅见于印度、楼兰、疏勒、于阗、龟兹、焉耆、粟特等地，也传到东南亚，越南、老挝、柬埔寨、缅甸，以及日本，还有中国民族古文字，像突厥文、回鹘文、蒙古文、藏文、彝文，里面也都有十二生肖，但不一定用汉字的读音，有些换了梵文、突厥文、蒙古语的词汇，但几乎可以说，欧亚大陆的东半部全部都是十二生肖的传播范围。

现在年轻人喜欢讲黄道十二宫的星座，不讲咱们自己的十二生肖。它们的功能可能有点相似，但属于不同的天文体系。十二生肖跟天文有很大关系，跟历法也有很大的关系。中国和西方是半分天下，欧亚大陆的西边是黄道十二宫的天下，东边是中国十二生肖的天下。

近年，十二生肖的传播更广，比如1992年是鸡年，我在美国买过他们的鸡年邮票，博物馆有十二生肖展。我说十二生肖是中国最具世界影响力的文化现象，这并不是夸大。上面我只是把十二生肖浮光掠影地讲了一下，大家还可以看书，书里的讨论内容更多。

阴历鼠年还没过去，我在这里预祝大家牛年大吉，希望大家早日摆脱疫情，谢谢大家！

讨 论

袁靖：李零老师给我们做了一个非常精彩的讲演。我是李零老师的粉丝，他的书我都要读，这本《十二生肖中国年》，我特别关注。李老师在这本书里讲十二生肖，十二生肖就是十二种动物，我特别关注此书，因为我是做动物考古研究的，研究考古遗址出土的古代动物遗存。古人利用这些动物，吃它们的肉，敲骨吸髓，然后废弃，或用动物祭祀、随葬，埋藏在古代的坟墓里或某些特定的地方，那些动物可能是比较完整的。

李零老师讲到的这十二生肖是十二种动物，在我几十年的研究生涯中，除了龙这种瑞兽见不着，剩下的十一种在考古遗址里都出土过，当然出土最多的还是家养动物，就是刚才说的六畜。今天的题目是"送鼠迎牛"，鼠年还没过去，牛年马上要来了。那就先说说鼠，我想到了河北的满城汉墓。

满城汉墓是西汉中山靖王刘胜夫妇的墓，这里边就发现了老鼠，特别有意思的是，刘胜墓里发现了两个陶瓮。里面有岩松鼠，发现的两个陶瓮中每个陶瓮里出130只，加起来就是260只。除了陶瓮里的岩松鼠外，陶罐里还有褐家鼠，还有麝鼠，都是几十只几十只地出，而且每一对陶罐中的鼠，数量都差不多。刘胜夫人窦绾墓里的陶罐，没有出岩松鼠，但出了褐家鼠，出了麝鼠。发掘的时候，请了动物学家做鉴定，这个鉴定应该是没有问题的。他们写报告的时候说，刘胜夫妇喜欢吃这些小动物，所以死了以后作为随葬品，就把这些鼠跟他们埋在一起了。但我想着，总觉得比较奇怪，文献里没有吃鼠的记载，我们在其他地方也没发现过这种现象。

还有一种说法，老鼠是后来钻进去的，不是当时埋的。当时陶瓮、陶罐里边放的可能是粮食，老鼠后来钻进去吃，吃了以后不知道怎么就死在里边了。这又是一种解释。但有一点不太好理解，老鼠很多，繁殖很快，但岩松鼠一年只生一次，怎么有这么多岩松鼠葬在墓里边，而且两个陶瓮里的数量也差不多？这就不太好理解。去年是鼠年，我在《中国文物报》上做一个专版写鼠（这几年谈生肖每年都写一版），我就把这个写进去，当然也是作为问题提出来，到底是什么原因？李老师，您觉得哪种可能性更大？

李零：我觉得是人为的吧？可能是随葬时准备好的。

袁靖：动物考古学从上个世纪90年代以后，一直在努力做，培养的学生队伍也越来越大。考古遗址里面，现在只要出了动物，尤其是有这种发现，我们马上就到现场了。所以记录都比较原始，当时出土是什么样子的，我们的记录就是什么样子。但是满城汉墓发掘的时候（1968年），情况就不怎么清楚了。也就是说，不清楚从发现一直到动物学家去做鉴定，这个过程中到底是什么情况。假如是把老鼠放进墓里作为随葬品，可能摆得会比较规整一点儿。我们看骨头，皮、肉、毛都烂掉了，骨头的形状应该比较规整，但现在没记录，被动过以后，就乱了，就有点杂了。我自己也是倾向于这是有意识地放进去的。

老鼠是一个很有意思的对象，对于我们来说，现在越来越重要了。为什么？现在动物考古、科技考古越来越多地利用自然科学的方法，我们重视老鼠，是因为在考古遗址里发现了动物，比如说发现了牛、马，我们都会问一个问题，就是这些动物是当地的还是通过文化交流，从外边传过来的？我们想要判别这个问题，光看动物骨头是看不出来的。但是我们有依据，依据是锶同位素，它有当地的特征性标志。不同的地方，骨头的锶同位素不一样，骨头化为土以后，土壤里面就有它的锶了，植物从土里长出来，然后动物去吃，人又去吃，只要是出生在这个地方、土生土长的，就会从那里的锶测出来，就有那个地方的标记。

我们要做当地标记的话，老鼠是很有用的动物，因为拿其他东西讲可能不好说，一个人的话，那这个人本身可能是外地来的，不是当地的，拿他做标记就不对了。其他动物也是这样，动物也可以交换、交流。但老鼠一般是土生土长的，所以在国际上，包括现在我们国内，都是这么做，把老鼠作为当地锶同位素的特征，先把它做出来，确定当地的特征，然后再做其他的、人、动物，来看他们是当地的还是外来的。

比如说在河南偃师的二里头遗址。二里头可能是夏都。二里头遗址里就发现牛啊、羊啊，主要是当地的，但也有外来的。二里头作为一个都邑，牛、羊可能是从各地贡来的、征集过来的。我们能够给出科学的证据，用以探讨当时的文化交流。

我们现在发掘都要浮选，土都要筛过，从里边把小骨头拣出来，老鼠的骨头都能采集到，就能给我们后续的研究保留比较科学的资料。

再说牛年。河南的平粮台遗址，去年是全国的十大考古发现之一。平粮台遗址里原来就有发现，这次又发现了牛，一头牛埋在那儿，是黄牛。这两个遗址都是龙山时代的，也就是距今四千多年。对牛的研究，应该是21世纪以来的进展。因为过去没有做深入研究，材料又少，按照原来学者的看法，就说咱们是"六畜兴旺"。中国新石器时代有牛，这是肯定的。但再深究一下，牛是怎么来的？牛是不是跟猪一样，原来是野猪，然后被驯化，变成了家猪？牛是不是原来的野牛，然后被驯化为家养的牛？经过我们现在的研究，发现这里面有很多故事，牛不是我们土生土长的家养动物，是通过文化交流传过来的。

  距今快九千年的时候，家养的猪出现了。然后有八千年前的、七千年前的、六千年前的发现，猪的数量越来越多了。我们在考古遗址里面发现，最早有家猪的时候，当时食用的主要还是野生的鹿科动物，我们从当时废弃的骨头里边看，当时人们获取肉食资源，主要还是靠狩猎活动、渔猎活动，但是他们也养猪了。然后随着发展，猪的数量开始慢慢增多，到后来就占到多数了，六千年以来在黄河流域，动物遗存里猪的数量最多。但是有一个有意思的现象，就是从九千年前到六千年前，都没有发现牛，一万年以前没有，九千年以前没有，八千年以前没有，七千年、六千年以前没有，到了五千多年前，牛突然就出现了。这肯定不是我们鉴定的原因，因为这是能鉴定出来的，只要真的有牛，就能把它鉴定出来。没有鉴定出来，或是我们没有挖到，或是当时就没有，那么现在这么多遗址都没有的话，应该就是当时没有。但也不能说绝对，万一哪天又出来了呢，考古是一定要相信事实的。

  所以牛很可能是通过文化交流传过来的。家养的牛最早在西亚，一万年以前就在西亚起源。十二生肖里有六个家养动物，这六个家养动物又可以分两类。一类就是远古人类在与野生动物相处的过程中，了解到它们的习性了，然后把他们驯化为家养动物，最典型的就是狗和猪。还有一类就是通过文化交流，从中国境外传来，这些动物很早就在其他地方被古人驯化为家养动物了。很有可能，牛就是其中之一。

（2021年1月17日北京三联韬奋书店讲座）

百年高罗佩
——谈《中国古代房内考》

《中国古代房内考》的中文译本，前后出过两个本子，每次都很不容易，每次都留下遗憾，个中甘苦难为外人道。

第一个本子是上海人民出版社1990年版（内部读物）。稿酬千字24元，合同十年，一笔买断。此书铺天盖地，有无数盗印本，错字很多（因为不给看校），如"图版"印成"版图"，"那话儿"印成"那活儿"。这个本子，还被转让版权给台湾桂冠出版社，后者错得离谱，没有机会改。

第二个本子是商务印书馆2007年版。我们苦苦等了十年，本来取得Brill授权，打算在三联书店出版，希望出个修订本，流产，这才转到商务印书馆，版税率8%，又是一签八年。这个本子是正式授权本，经过全面修订，增加了六个附录，印得很漂亮，但也有遗憾。一是图版纸挤进了前言，二是作者介绍有误。他们在付印前让我看过，然而奇怪的是，我指出的问题，他们坚决不改，理由是编辑管不了印制。还有，就是没有印数。

关于高罗佩，在商务版中，我已经说得太多。我很久没有回到过这个话题，没有这个会议，我还转不回来。1992年，中国社会科学院历史研究所和荷兰大使馆筹备过一个会，纪念高罗佩逝世二十五周年，文章我都写好了，不知怎么回事，会没开成。我没留心，今年是何年，想不到，高氏如果活到现在，已经整整一百岁了。

高罗佩是我老师那一辈人。他这一辈子，人只活到五十岁，但写了十九本专著，三十六篇文章，十七本小说，真不容易。

《中国古代房内考》是高氏的传世之作，在他的十九本专著中名气最大。这书是1961年出版，当时我才十三岁。马王堆帛书是1973年发现，比它晚了十二年。他看不到这么重要的发现，但他的书好像是为这一发现做准备。我在考古所（中国社会科学院考古研究所）那阵儿，所里进过这本书。我见此书，如获至宝，复印过一份。我们的翻译就是利用复印本。

高氏对中国性文化的研究，从深度和广度上讲都是开创性的。此书从上古讲到明清，跨度很大，但作为支撑的东西，主要是三大块：房中书、内丹术和色情小说，其他，大多是点缀。这三个方面，过去是"三不管"。第一个方面归医学史管，医学史不管；第二个方面归宗教史管，宗教史不管；第三个方面归小说史管，小说史也不管。专业人士没人搭理，非专业人士又不得其门而入。你只有理解这种困境，才能理解他的贡献有多大。

他的书并非十全十美。我们很容易给他挑毛病，每个方面都可以挑点毛病，但到目前为止，还没有一部书可以取而代之。

高氏的学问有两个特点，常人不具备。

第一，他是个外交官，但肩无重任，衣食无虞，有的是时间。他是把主业当副业，副业当主业，兴趣广泛，一个问题牵出另一个问题，每个问题都很投入，不玩则已，玩，就玩到很高水平。他不是学界中人，自然不受学科限制。"避席畏闻文字狱"的问题，他没有；"著书都为稻粱谋"的问题，他也没有。

第二，他是个大玩家，一切跟着兴趣走。他懂多种语言、多种文化，走哪儿玩哪儿，玩哪儿算哪儿，并没有特定的学术目标。这种研究既不同于早期的传教士汉学，也不同于法国的学院派汉学，更不同于二战后兴起、配合地缘政治的美国汉学或所谓中国学（China Study）。他就一个人，寓学于乐，寓乐于学，自娱自乐。

这种研究很奢侈。

高罗佩是职业外交家，他在五个国家当过驻外使节。五国中，他在日本待得最长，前后三次，长达十三年，在中国只待过五年，但对中国可谓情有独钟。他太太是中国人，她说她的丈夫简直就是中国人。他吃中国饭，说中国话，研究中国文化。很多人都觉得，他比中国人还热爱中国。杨权先生说，他对中国的赞美，真让我们受宠若惊。

外国人夸中国，李约瑟是代表。他的研究，对纠正西方人的偏见有很大贡献。"此丈夫兮彼丈夫"，大家彼此彼此，扯平了。但我们不要忘了，他到中国找科学，标准却是现代科学的标准，非常西方的标准。

外国人爱中国，可以有各种各样的爱。爱或不爱，用不着大惊小怪。日本人，对唐代，很佩服，但现代不一样，谁把它打败,它才佩服谁。欧洲人的爱,是博爱。殖民时代,普天之下,莫非王土,王对王土上的一切都很爱。

陈珏先生谈《长臂猿》,让我浮想联翩。人对动物的态度可以折射人。殖民也好,奴隶制也好,人和动物的关系也好,都不是近五百年的事。现在,埃及考古,发现修金字塔的人吃面包、喝啤酒,所以说他们不是奴隶,而是工人,但工人和奴隶怎么定义,吃好喝好,是不是就不是奴隶?奴隶也不都是关在笼子里。

人类对动物的慈悲心从来就不曾彻底过。他们的爱,从来都是以人为中心。再爱,也断不了口腹之欲,不吃牛羊猪,就吃鸡鸭鱼。猫狗不能杀,行。苍蝇蚊子要不要保护?普适的标准不可能有。

高罗佩写这本书,结论很简单:中国人的性生活很正常,不但正常,还很高尚,这个结论有点"李约瑟"。

美国有位女学者批评高氏,认为他的书是个大阴谋,他把中国写成男性的理想国,是为了抵制女权运动。这么讲,当然很过分。但高书的主旋律是赞美,这点没错。他的褒是针对贬,不是贬男或贬女,而是贬中国文化。

高罗佩对中国文化的认同,主要是文人士大夫的风雅生活,如笔墨纸砚、琴棋书画,他对房中术这么"低俗"的问题感兴趣,主要是缘于画,缘于明代的"春意儿"(春宫画)。他是从"春意儿"顺藤摸瓜,摸到上述三大块。

高罗佩的《秘戏图考》是此书的准备,他的基础材料是收在《秘戏图考》里。《秘戏图考》是他第二次出使东京时所写,《中国古代房内考》是他第三次出使东京时所写。两本书都是他在日本利用收集到的材料写的。《秘戏图考》附有《秘书十种》，就是基本的文献素材。其中有房中书，有明清小说摘抄，有春画题词。

高氏研究房中书，主要是追随叶德辉。他对叶德辉的死深抱惋惜。叶德辉在《双梅景暗丛书》中辑过《素女经》《素女方》《洞玄子》《玉房秘诀》，主要来源是《医心方》。《医心方》是日本的医书，里面抄了不少失传的中国古书，很宝贵。高氏讲房中书，主要是利用叶氏的辑本，叶氏错，他也错，在考镜源流和文献校勘上没有太多贡献。但他指出，这些书还有更早的背景和更晚的延续，却很有眼光。

中国的房中书，我做过系统研究。《医心方》的引书，主要来源是道教的房中七经，房中七经前有《汉志》六书，《汉志》六书前有马王堆七书，可谓源远流长。我从我的研究发现，它们代表的传统是个绵延不绝的传统，即使传到明代也没有断绝。例如高氏搜集的明抄本《素女妙论》就是解读马王堆房中书的钥匙。

关于内丹术，高氏的讨论相对薄弱。最初，在《秘戏图考》中，他把中国的采战术看作性榨取。蒙克（Edvard Munch）的画就经常把女人画成吸血鬼。后来，他接受了李约瑟的批评，在《中国古代房内考》中，他又强调，这是一种"水火既济"之道，不是两伤，而是两利，对女性有利。其实，对采战的评价，还是要从多妻制的背景来考虑，中心还是男性。高书对中印房中术的比较研究，很有意思。它们到底是谁传谁，高氏说中国传印度，只是假说，但他说，中国的房中术年代早，有自己的独立起源，没错。中印房中术有相互影响，也值得研究。我写的《昙无谶传密教房中术考》就是对高书的补正。

小说这一块，主要反映的是明清时期的传统。小说中的房中术并不神秘，主要是"顺水推舟""隔山取火""倒浇蜡烛"这一套，很容易懂。大家读不懂的，主要是淫器和春药。这次，我的论文《角帽考——考古发现与明清小说的比较研究》，就是研究出土的淫器。这篇文章本来是应曹玮先生邀请，就秦帝陵博物馆的文物讲几句话，因为开这个会，我就拿它来凑数。杨权先生在会上说，我应该写一部《中国淫器考》。其实，我早就从这个阵地上撤下来了。

（2010年10月25日"高罗佩百年诞辰学术研讨会"上的发言，原刊《读书》2011年1期，题目作《读〈中国古代房内考〉》）

同一个中国，不同的梦想
——我对法国汉学、美国中国学和所谓国学的点滴印象

2008年，奥运会在北京举办。当时有个口号，叫"同一个世界，同一个梦想"。

中国人有个非常古老的梦，这个梦叫"大同世界"（见《礼记·礼运》），谁都希望朗朗乾坤，天下为公，天下大同，没有剥削，没有压迫，没有战争。但《圣经·旧约》上不是有个故事吗，上帝害怕人类齐心合力造巴别塔（Tower of Babel），上出重霄，扰乱了天上的安宁，故意制造了语言差异，让大家说不到一块儿。我们这个世界被两大主义（社会主义、资本主义）、六大宗教（犹太教、基督教、伊斯兰教、印度教、道教、佛教）分裂，每个国家有每个国家的梦，每个人有每个人的梦，哪怕夫妻，两人就是睡在同一张床上，都没法做同一个梦，中国话叫"同床异梦"，无可奈何呀。

汉学（sinology），本义是中国学。中国只有一个，但研究中国者，看法未必相同。不一样没关系，重要的是，我们是不是想

了解对方，了解彼此的差异到底在哪里。我相信，自外观之有自外观之的好处，自内观之有自内观之的好处，尺有所短，寸有所长，取长补短，才有比较完整的认识。当然我理解的交流是平等的交流。

今年是法国汉学二百周年纪念。这二百年怎么算？现在是从1814年雷慕沙（Abel Rémusat）在法兰西学院开设汉学讲座开始。如果加上传教士汉学的历史，有人说，何止二百年，恐怕得三百年。[1]当然，法国汉学的黄金时代还是20世纪上半叶，特别是第二次世界大战前，沙畹（Édouard Émmannuel Chavannes，1865—1918年）和沙畹弟子的时代。沙畹是法兰西学院汉学讲座的第四位教授。伯希和（Paul Pelliot，1878—1945）、马伯乐（Henri Maspero，1883—1945）和葛兰言（Marcel Granet，1884—1940），都出自他的门下。

中国有个词叫"泰斗"。什么叫"泰斗"？"泰"是泰山，"斗"是北斗。泰山是五岳之尊，北斗是众星所拱。前两年，我上泰山，在山顶过夜，等待看日出。夜里，抬头一看，繁星密布，北斗横陈。我看见的北斗是泰山上的北斗，真正的"泰斗"。

当时，我想起一个名字，这就是沙畹。法国汉学，沙畹是真正的"泰斗"。他读中国古书，迷上的是《史记·封禅书》；壮游

---

[1] 如许光华就是加上这一段，叫"法国汉学三百年"。见氏著《法国汉学史》，北京：学苑出版社，2009年，第一章。

中国，迷上的是泰山。他是把泰山当中国早期宗教的象征。[1] 泰山博物馆的馆长跟我说，法国给泰山博物馆送去一套老照片，希望他们按照片上的景点拍一套新照片作为回报。这个想法很有意思。

沙畹写过很多东西，其中最吸引我的一篇，是他留下的最后一部著作，《投龙》。[2] 投龙是一种非常重要的道教仪式。在他之后，中国出土了很多新资料，泰山出过唐宋两代的封禅玉版，嵩山、衡山、武当山，还有太湖、西湖、济渎祠，很多地方都出土过投龙简。特别是华山脚下出土了一件战国时期的秦骃玉版。这一发现一下子把这类活动与它的先秦背景连在了一起。秦骃玉版是秦惠文王占领华山后祭祀华山的遗物，年代在公元前4世纪，铭文将近300字，样子跟投龙简很像，功能也很接近。出土地点，我调查过，就在华山脚下的那个停车场。这个地点是战国秦汉太华山祠的故址。[3] 1999、2000年和2010年，我在三篇文章中特意提到他的著作，[4] 感谢他对我的启发。

法国人曾经做过中国梦。18世纪是大帝梦。19世纪，拿破

---

[1] Édouard Chavannes, *Le T'ai-chan, Essai de monographie d'un culte chinois*, with an appendix "Le Dieu du Sol dans la Chine antique", Editions Ernest Leroux, Paris, 1910.

[2] Édouard Chavannes, "Le jet des dragons", in Emile Senard and Henri Cordier, ed., *Memoires concernant l'Asie orientale*, vol.3, Editions Ernest Leroux, Paris, 1919, pp. 53–220.

[3] 李零：《西岳庙和西岳庙石人——读〈西岳庙〉》，《秦始皇帝陵博物院》2011年总壹辑，西安：三秦出版社，2011年，99—118页。

[4] 李零：《秦骃祷病玉版的研究》，《国学研究》第六卷，1999年11月；《入山与出塞》，《文物》2000年2期；《古人的山川》，《华夏地理》2010年1月号。

仑之后，这个梦好像没人做了。20世纪的梦是什么？21世纪的梦是什么？施舟人（Kristofer Schipper）教授说，欧洲宗教没意思，中国宗教好玩。我的法国朋友，远东学院北京站的朋友，他们迷上的主要是中国的传统宗教，我没说错吧？

现在，法国汉学已经衰落，无可奈何。美国芝加哥大学的夏德安（Donald Harper）教授说，美国学生已经不读沙畹及其弟子的书，令人痛心。中国人呢，懂法语的人本来就少，懂法语又通汉学的人更少。我学过五年俄语，忘了，又学英语，也没学好，法语一点不懂。

不过，我很幸运，我的法国朋友，他们不但喜欢中文，而且喜欢住在中国，特别是住在北京的胡同里，一住好多年，真心跟中国人交朋友，既不拿糖端谱，也不吃拍受捧，用我们的政治语言讲，就是"长期蹲点，跟当地群众同吃同住同劳动，打成一片"。他们非常看重与中国学者做面对面的直接交流，愿意在我们这里用中文出书，包括《法国汉学》，这多好呀！看不懂的东西，我们也看懂了。

法国远东学院在远东设站，这是殖民时代的遗产。殖民时代已成历史，但入乡随俗、脚踏实地是人类学的基本精神，这个精神还是很重要。

我看，在文化交流方面，法国远东学院为我们树立了一个很好的榜样。

现在时移世易，有人说，不用英语发表，就是自绝于国际学术。施舟人教授不服气。1998年，我请施舟人教授在北大讲过一堂课，他说汉学的工作语言应该是汉语。这话我爱听，但汉学家未必同意。很多汉学家宁愿用英文发表，也绝不愿用中文发表。他们觉得，英语才是真正的国际语言。英语对他们还是更亲近也更方便，汉语太麻烦。

法国远东学院大概是个例外。他们每次活动都请中国学者和法国学者直接对话。活动地点在中国，规模不大，但主题集中，每年有个重点。讨论就是认真讨论，没有虚头巴脑的仪式，工作效率很高。对话者，中国学者不懂法语，法国学者不懂汉语，没关系。这并不妨碍双方在学术层面上进行交流。他们请了很好的翻译。除了口头交流，每年还结集出版，用中文发表。沟通中国与世界，法国汉学曾经起过很大作用，我希望，今后也能如此。

我喜欢这样的活动，给过报告，[1]做过评论，为《法国汉学》第14辑写过代序。[2] 我认为，《法国汉学》是个创举。我很荣幸能够参加这个刊物的编委会。在这个编委会里，中法学者坐一块儿，一边工作，一边聊天，大家很轻松，也很愉快。

这种气氛很难得，怎么说呢？四个字，古风犹存。好就好在古风犹存。法国汉学二百年，我更喜欢这种老派的汉学。

美国的中国研究，跟法国不一样，它有三大特点，一是美国

---

[1] 李零：《绝地天通——研究中国早期宗教的三个视角》，《法国汉学》第6辑，北京：中华书局，2002年，565—580页。
[2] 李零：《秦汉罗马：一场时空遥隔的对话》，《法国汉学》第14辑，北京：中华书局，2011年。

中心，二是非常国际化，三是厚今薄古、学以致用。归齐了，就是一句话，气魄很大。

这种研究是第二次世界大战后才发展起来。战后的美国，财大气粗腰杆壮。传统汉学不得不让位于一门新的以美国为中心、延揽天下英才、通吃天下、包打天下的学问。其服务对象是美国的全球战略，好像他们的"全球鹰"（Global Hawk），完全可以坐在家里，居高临下，从天上看这个世界，从网络看这个世界，所有事情，一览无余，全在他们的眼皮子底下。

有一次，我和夏德安教授在华盛顿看他的朋友。他的朋友是个语言学家，据说给《星球大战》配过"宇宙语"。这位先生说，我们的语言学家本来都是研究印第安方言的，第二次世界大战后，由政府导向，全部转向东亚，改行研究日语、韩语和汉语。我们中国也有类似情况，1949年后全学俄语，1959年后发展西班牙语，1980年以来是如火如荼的英语热。

现在，我的美国同行，人们仍然称他们为汉学家，但大学里却没有汉学系。美国人，真是气魄大呀。中国太小，已经不够一盘菜，只能跟日本、韩国搁一块儿，才够一盘菜。他们只有东亚系或亚洲系。中国这颗松花蛋是搁在东亚这个盘子上。

汉学家人少，"十几个人，七八条枪"，跟China study（中国研究）的队伍根本没法比。美国研究中国，重点是海禁初开以来的中国，特别是近现代千变万化的中国。研究Early China（早期中国），在很多人看来，最没理论，最保守，也最没用。美国的时髦理论，很多都从法国进口，不是来自老气横秋的法国汉学，而是来自非常时髦的"后现代"。法国时髦是时髦在这里。

中国太小了吗？好像也不对。美国汉学家说，中国块头太大，简直是个"混沌"。他们开过一个会，用公孙龙先生的方法（"白马非马"论），把中国大卸八块，号称"解构永恒中国"。他们有个定义，"只有说汉语的才是中国人"。他们手拿一把快刀，顺手一切，四大边疆没了，再切，中国史也没了。结果怎么样？中国史只剩下汉族史，汉族史只剩下朝代史，没有中国，没有中国史。

2000年5月29日—6月2日，我在香港中文大学祖尧堂参加法国远东学院组织的国际讨论会，讨论"宗教与中国社会"，有个美国学者说，你们怎么这么糊涂呀，居然还讲"中国"，以后不要再讲了。中国学者听了，都丈二金刚摸不着头脑。

当时，罗泰教授就坐我旁边，别提多着急。你瞧，咱们研究中国，中国都没了，这叫怎么闹的？他是替汉学家急呀。

现在，中国是什么？理解有点乱。但有一点我还明白，我是待在中国用中国语言研究中国，老土老土。维基网站说我是汉学家，不对。其实，我哪儿是什么汉学家呀。

汉学，本来类似埃及学、亚述学、赫梯学和印度学，是东方学的一个分支。研究者都是受过专门训练的欧美学者，我们是被研究者。两者的位置不一样，就像花鸟虫鱼不等于植物学家或动物学家。我想，几乎没有哪位中国学者乐于说自己是这样的汉学家，哪怕他负笈海外受过系统的汉学训练。

不错，我说过，至少到目前为止，中国人研究中国的学问和汉学研究还不是一码事，更不同意说，我们的研究就是汉学的一部分。这里既包括文化背景、学术训练、工作语言和研究方法的不同，也包括观察角度、文化立场甚至政治立场的不同。这些不同是一些实实在在的不同。[1] 不同才需要交流，才需要相互学习。这里根本不存在领导和被领导的关系。

既然不是汉学家，那你就是国学家了。有人推论，事情只能如此。但我说，不。我也不是什么国学家。

国学是什么学？有人长篇大论，云山雾罩，越说越玄。我的理解很简单，国学就是"国将不国之学"。中国，这一百年变化太大，国早就不是原来的国，学也不是原来的学。如果非叫"国学"，那也是一门土洋并举、中西合璧、带有过渡性质的学问，有人叫"新国学"。但语言学是新小学吗？考古学是新金石学吗？哲学史是新子学吗？文学史是新集学吗？怎么听怎么别扭。

有人说，国学是中国人用中国方法研究中国传统的纯之又纯的学问，好像国学在中国从来就有。其实，中国虽有自己的学术传统，却从不以国学自居。

中国也当过老大。老大都是"不拿自己当外人"。只有"外人"（others），才入于蛮夷列传诸番志。殖民时代，东方学就是西方人的蛮夷列传诸番志。自己，那是另一回事，什么你的我的，全是我的，我的还不就是你的。如果自己就是一切，当然没

---

[1] 我知道，这话让一些海外同行颇为不快，甚至大为光火。

必要另立名目。这就像欧洲只有东方学，没有西方学。西方学，我们叫西学。这是我们给它起的名字。明代晚期以来，西方人打西边来了，他们带来了最早的西学。其实，只有我们从我们的角度讲，才有所谓西学。

西学和国学是欢喜冤家。我理解，国学是西学东渐，被西学逼出来打出来的学问。西学未入，无所谓国学。国学是对西学而言，以前没这个叫法。有这个叫法，是为了强调中国有自己的传统，不甘做西学附庸。不但不甘，还想反客为主，重当世界文化的老大。

人都是没啥想啥。我觉得，"老大"是个很无聊的想法。

国人倡言国学久矣，但什么叫"国学"，谁也说不清，没法说清。前些年，国学网选"国学大师"，什么叫"国学大师"，根本没标准。

鲁迅说："中国有一部《流沙坠简》，印了将有十年了。要谈国学，那才可以算一种研究国学的书。开首有一篇长序，是王国维先生做的，要谈国学，他才可以算一个研究国学的人物。"[1] 其实，王国维是靠西学起家，《流沙坠简》是利用沙畹的考释。他是一位文化保守主义者。他有一个梦，将来的世界还归孔子领导，"东方之道德将大行于天下"。[2] 但就连他老人家都主张"学

---

[1] 鲁迅：《不懂的音译》，收入《鲁迅全集》，北京：人民文学出版社，2005年，第1卷，419页。
[2] 王国维致狩野直喜信（1920年8月），收入刘寅生等编：《王国维全集·书信》，北京：中华书局，1984年，311页。

无古今中外"。[1] 我不信，中国学问只能按纯之又纯的传统方法研究。

"学无古今中外"是我的一个梦。承认差异，理解差异，相互交流，相互学习，才能实现这个梦。

中国有取经传统，只取经，不传教。早期留学海外者，都是为了取经。他们差不多都有雪耻争胜的冲动，但学成归来，毕竟无法画地为牢、固守藩篱。比如傅斯年，他是个"汉胡不两立"的强烈爱国者，有人称他为"义和团学者"。他的口号是"我们要科学的东方学之正统在中国"。[2] 但怎么才能做到这一点呢？他领导的中央研究院历史语言研究所是以philology改造中国的经学、小学，以archaeology改造中国的史地之学。

中国现代学术，什么都师法外国。取经回来的人，个个是祖师爷。如考古从美国学（李济、梁思永。但夏鼐从英国学），语言学从美国学（赵元任、李方桂），思想史从美国学（胡适、冯友兰），艺术史从日本、德国学（滕固），汉学从法国、德国学（陈寅恪、傅斯年）……

中国学术与法国汉学有缘，两者的缘分是什么？是王国维说的"五大发现"。[3] 19世纪和20世纪之交，世界各文明古国都遭遇

---

[1] 王国维：《国学丛刊序》，收入《王国维遗书》，上海：上海古籍书店，1983年，第四册：《观堂文集》卷四，6页背—9页背。
[2] 傅斯年：《历史语言研究所工作之旨趣》（1928年10月），《中研院历史语言研究所集刊论文类编》考古编一，北京：中华书局，2009年，1—3页。
[3] 王国维：《最近二三十年中国新发现之学问》，收入《王国维遗书》，上海：上海古籍书店，1983年，第五册：《静安文集续编》，65页正—69页背。

"探险式考古"。这五大发现,至少有三大发现是中法学者共同关心,既和罗王之学有关,也和法国汉学有关,双方是借发现连在一起。一是"敦煌塞上及西域各地之简牍",二是"敦煌千佛洞之六朝唐人所书卷轴",三是"中国境内之古外族之遗文"。

和三大发现有关,简牍学、敦煌学、金石铭刻、西域南海考证(方言考证、史地考证和名物考证),以及中国传统宗教(道教)和外来宗教(佛教、祆教、摩尼教、景教、伊斯兰教、一赐乐业教),还有蒙元史、突厥史,一直是法国汉学的强项。

对中国学者来说,法国汉学的吸引力主要在两个方面:

第一,中国重经史考据,对法国汉学擅长的philology(西方的考据学)情有独钟。中国的边疆地区,与周边地区有很多陆路往来和海上往来,文化背景很复杂,没有语言上的功夫,很难有深入了解。此学是汉学基础,最难,陈寅恪学了半天,回国后,"自审所知,实限于禹域之内",比起法国学者,毫无优势而言,不得不"捐弃故技",还是缩回到他更擅长的本土之学。[1]

第二,法国汉学以西域探险为背景(这种探险到处都是考古学的先声)。这一背景当然有殖民时代的历史印记,和中国学者的感受不一样(何止不同,简直相反)。晚清以来,中国人有强烈的危机感,他们对内的感受是"瓜剖豆分",对外的感受是"虎视鹰瞵"。四裔之学,因而成为经世之学。冯承钧编译的《西

---

[1] 陈寅恪:《朱延年突厥通考序》,收入《寒柳堂集》,北京:生活·读书·新知三联书店,2001年,162—163页。

域南海史地考证译丛》,[1]主要就是介绍法国汉学对中西交通和边疆史地的研究。冯氏是伯希和的学生,对介绍法国汉学有大功。[2]我们都很感谢他。

同样,法国汉学对中国学术看重什么,也很说明问题。

1933年,伯希和访华。他说,在他心目中,中国学者真正够得上世界级水平的,只有两人,不是胡适,不是陈寅恪,而是王国维和陈垣。[3]伯希和为《王国维遗书》写过书评,[4]他看重的不是王氏的古史研究,而是他对边疆史地和蒙古史的研究。陈垣也是以宗教史研究被他看重。他看重这两个人,并不是因为他们外语有多好,对西方研究多熟悉,而是因为有共同兴趣,双方都有可以取长补短的地方。

我认为,中国人研究中国,没必要跟西学抬杠。土有土的好处,也有土的坏处;洋有洋的好处,也有洋的坏处。重要的是互补,而不是抬杠。中国,不光中国人可以研究,谁都可以研究。你研究你的,我研究我的,不必争高下。汉学家研究中国,特点是由远及近,由表及里,跟我们相反。他们掌握的语言多,对中国四周的邻居了如指掌,比我们有世界眼光,这些都是我们所不

---

[1] 冯承钧:《西域南海史地考证译丛》,三卷本,北京:商务印书馆,1962年,第一、第二卷印于1995年,第三卷印于1999年。
[2] 中国到法国取经的还有好几位,除了冯承钧,还有蒙古史专家翁独健。徐炳昶在法国学哲学,后来成为考古学家。
[3] 桑兵:《晚清民国的国学研究》,上海:上海古籍出版社,2001年,192—221页。
[4] 伯希和:《评王国维遗书》,收入冯承钧《西域南海史地考证译丛》,第一卷,52—71页。

及。我们学不了，可以让孩子们学。

现在，美国是国际学术中心，很多人都把美国当作梦。

有一位中国流亡者说过一句话，刻骨铭心，我印象很深，一直忘不了。

他说，他到美国的最大感受是：我得到了天空，却失去了土地。研究中国，一定要居高临下从天上研究吗？不一定吧。

太阳挂在天上，月亮挂在天上，我们住在地上。

地上很好玩。从地上看天上，很好玩。

中国道教，最高理想是得道成仙。古时候，很多人都希望，服食金丹大药，最后两臂生羽，身轻飞举，岂不快哉！但《彭祖经》的建议是，天仙固然很好，但如果你耐不住天上的寂寞，最好还是留在地上做地仙。

苏东坡说得好，月亮看着漂亮，其实冷冷清清。"我欲乘风归去，又恐琼楼玉宇，高处不胜寒。起舞弄清影，何似在人间"（《水调歌头》）。他没上过月亮，但事情还真让他给说着了。那地方温差太大，白天127摄氏度，晚上零下183摄氏度。

我以为，研究中国，离不开中国。土地很重要。对我重要，对汉学家也重要。

我们还是待在地上，脚踏实地地研究中国吧。

2014年1月27日写于北京蓝旗营寓所

（原刊《十月》2015年第3期）

沙畹
——从《泰山》到《投龙》，一个没有讲完的故事

各位下午好。今年是中法建交五十周年，我来参加这个中法文化高峰论坛完全是个意外，因为我来巴黎，本来是参加法兰西学院纪念法国汉学二百周年的研讨会，今天的演讲是行前突然加进来的活动，时间正好在这个纪念会之前。因为来不及准备，我想讲一点相关的内容。两个演讲有关，但又不太一样。

我今天要讲的是沙畹教授，是法国汉学界的一位泰斗级人

沙畹（Édouard Chavannes．1865—1918）

物。法国汉学在20世纪前半叶，也就是头五十年，曾经是世界上最完美的汉学研究。但我在美国却发现，很多美国同行已不太熟悉沙畹，特别是他们的学生，当然中国也是这样。今天我的话题是从沙畹的两本书谈起，一本是他早先写的书，叫《泰山》，一本是最后一本书，叫《投龙》。他曾经做过的工作对我启发很大。实际上，我们中国有许多新发现，仍然沿着他的思路在前进。

我们都知道，中国人的宗教信仰很复杂。我们中国人，家里面供的是"天地君亲师"，一拜天地，二拜父母，还有皇上和老师。天地很重要，我们都生活在同一片蓝天下，这个蓝天下是我们人类生活的大地。我们中国人，本来是把我们周围的世界叫作"天下"。"世界"是佛教术语，并不是我们中国人本来的叫法，我们原来的叫法是"天下"。什么是天下呢？我们北京，有天坛，有地坛，天坛是圆的，地坛是方的，地坛上供着二十三个牌位，其中有十五座名山、四个海和四条独流入海的大河。这二十三个牌位就是代表中国的天下。地坛是个模型，其实在中国大地上，五岳五镇，四海四渎，外加五大陵山，各有各的庙。当年，沙畹到中国来，他首先迷上的中国古书是《史记》的《封禅书》。《史记·封禅书》恰好就是讲中国礼仪中的山川祭祀。中国的千山万水，他迷上的山是泰山。

前几年，我到泰山看日出，住在山顶。我们中国人说"天上的星星朝北斗"，这是天上。地上，群山奔逸，五岳独尊，都是朝向东方的泰山。"泰斗"的意思就是泰山和北斗。那天晚上，我在泰山上，仰望满天星斗，马上想到一个人，这就是沙畹。沙畹对泰山的研究，使他注意到中国宗教礼仪中的一种活动，这就是他最后一本书的话题，"投龙"。"投龙"是道教的一种仪式。

什么是"投龙"？"投龙"就是给山川的神祇写信。写信人把他的信刻在一个长方形的小方板上，叫"投龙简"。这个简要由一个送信的使者送达。他把小金龙和投龙简埋在山洞里、泥土里或投到江河湖海里，这种仪式就叫"投龙"。当年，沙畹研究投龙，他首先注意的地点是四渎庙里的济渎庙。你看，这就是济渎庙的大门口。重门洞开，我们穿过一道又一道门，最后一道门是临渊门。我们从临渊门进去，可以看到一个水池，这个水池象征

济渎庙大门

临渊门

北海庙

唐玄宗衡山投龙简

海。济水最后要流到北海里。北海就是今天的渤海。

　　沙畹研究"投龙",主要是看庙里的碑刻。他从来没有见过真正的投龙简。沙畹死后,泰山、嵩山、衡山、武当山出土过投龙简,太湖、西湖、鉴湖也出土过投龙简,有用铜做的,有用玉做的,有用石头做的,也有用银做的。例子很多,我们只给大家看一下唐玄宗祭祀衡山的一件投龙简。它是唐玄宗写给衡山神的一封信,刻在铜简上。所谓金龙有两个例子,一个是武当山出土,一个是西湖出土。

　　除这些发现,还有一个发现很惊人。就是在华山脚下出土了一件秦驷玉

秦骃玉版：战国晚期,华阴黄甫峪遗址出土,上海博物馆藏

调查秦笴玉版发现地点　　　　　秦笴玉版发现地点

版。这件玉版，跟上述投龙简非常像，形式和功能都很像，但年代早得多，远在道教出现之前。它有三百多个字，年代非常清楚，大约和亚历山大的时代差不多，可以肯定在秦惠文王时。公元前332年以前，华山是被魏国占据，这一年，秦国把魏国赶走，在华山脚下建了一个庙。这个庙就在坐索道上华山处的门口外，玉版就是出土于这个庙的遗址。

因为我是第一个写文章介绍这个发现的人，所以我要到华山做一点田野调查。这件玉版不是科学发掘品，而是农民的发现。当时，农民发现一个窖藏，里面埋着这件东西。他们把窖藏中的东西私分。最后，这件玉版落在了一个山西警察的手里，而这个警察又把它卖给了上海博物馆。当地的一个农民告诉我这件玉版是从哪里发现的。这个发现地点，现在是个停车场。玉版就是因为修这个停车场才发现。他说是在一棵树下发现的。

大家都知道沙畹有三个很重要的学生，其中一个是伯希和。这位先生跟中国学者交流最多。1900年前后，中国有五大发现，这五大发现，至少有三大发现是中法两国学者共同关心的问题。

伯希和认为，在中国，世界级的学者有两位，一位是王国维，一位是陈垣。中国学者和法国汉学投缘，主要在两个方面。一是中国学者重考据，法国汉学也重考据。我们的考据是小学考据，他们的考据是多语考据，叫philology。二是清代晚期，中国学者非常关心中国的边疆史地，对东北、蒙古、新疆、西藏的历史非常关注。法国汉学特别擅长从中国的外部来观察中国，对这些地区的历史也非常关注。双方有密切交流。我知道，在法国的图书馆里还保存着很多有关资料。

有一位中国学者，曾经是留法的学生，我们特别感谢，这就是冯承钧先生。他对法国汉学做了大量翻译介绍的工作，这些工作收入他编辑的《西域南海史地考证译丛》。我在上面提到，伯希和最佩服两个中国学者，一个是王国维，一个是陈垣。很可惜，王国维只活了五十一岁，就跳了昆明湖（王国维的墓就在我老师墓的后面，我老师的墓，后面还有江青的墓，如果大家到北京的福田公墓，就可以看到王国维的墓）。这两位先生之所以受重视，并不是因为他们会说法语，而是因为他们和法国学者有共同的研究对象、共同的研究兴趣。当时法国学者非常关心丝绸之路和中国的四大边疆，关心世界的六大宗教都是怎样从伊朗沿着丝绸之路传入中国。这六大宗教是佛教、祆教、摩尼教、景教、一赐乐业教、也里可温教。法国汉学家特别佩服这两位先生。

我从王国维和陈垣回溯这段历史，觉得这段历史很重要。今天，时间有限，我就说这些吧。谢谢大家。

附　录
阿李比雄（Alain Le Pichon）发言

非常感谢。您让我来做大会的结语我十分荣幸和激动，也有些困惑，因为我自愧不才，不应该在李教授如此博学精彩的演讲之后讲话。我不是历史学家，我的专业是人类学，我只能尽力而为。

今天我们齐聚在列维—斯特劳斯剧场，让我回想起1962年列维—斯特劳斯在法兰西公学院讲的第一堂课，他谈到了人类学的未来。列维—斯特劳斯是一位伟大的思想家，同时也是一位悲观主义者。他觉得人类学的研究范围越来越小，他提出了一个问题，人类学的未来是不是可以重新得到振兴？通过一些来自非西方文化的知识分子，来实现人类学重新的振兴是不是有可能？他的答案是否定的，因为西方给世界其他国家所带来的苦难过于沉重，以至于来自其他文化的知识分子和思想家无法超脱历史的重量，来维持"遥远的目光"所需要的观察距离。

但是，希望渺茫的事情不等于不应该尝试。我和翁贝托·艾柯在1988年一起创立了跨文化国际学院，也与乐黛云、黄平、赵汀阳一起重拾了这个挑战。我们的课题之一就是赵汀阳著书论述过的，也是李先生刚才在演讲里提到的"天下"的问题。接下来，我想围绕这个主题做我的演讲。

在有限的时间内，我想先讲一个历史故事。很多西方人认为希罗多德的作品是西方文化的基础，是历史学和人类学的源头。其中有两个段落对我们西方有特别重要的意义，和当下的天下问题可以关联。我想讲讲希罗多德的第二本书。希罗多德的大部分作品讲的都是西方世界，也就是当时的希腊和波斯的一些争斗。他在第一本书里写道，波斯国王居鲁士做了一场梦，梦中看见他的儿子大流士肩膀上长出了一对翅膀，一只遮着亚洲一只遮着欧洲，也就是说，整个欧亚大陆、整个世界、整个天下都成了一个帝国。在第二章第八卷里他写道，以雅典为首的希腊城邦打败了波斯人，而当时的波斯国王本来打算侵略西方，占领世界的。希腊人取得了胜利以后，他们的将军地米斯托克利说，并不是我们的军队、我们的战士取得了战斗的胜利，而是诸神不愿意让波斯国王统领世界——诸神不让任何一个人独自统领全世界。

这两个故事意义深刻。纵观西方的历史，虽然会从帝国的概念里吸取灵感，但还没有全盘接受过这个概念。正如刚逝世不久的历史学家，也是我们跨文化学院学术委员会成员之一，雅克·勒高夫认为的那样，帝国从来不是一个西方的概念，而是来自东亚。但是西方还是受到了这个概念的影响，比如从古希腊、古罗马、一直到今天的美国，都有这样一种帝国称霸的意图。

我们跨文化研究所通过与赵汀阳、乐黛云和黄平等中国同事，以及非洲同事们二十五年来的共同努力，取得了一点小成就，就是我想说的"天下"的问题。今天是不是要将看待世界的方法彻底更新，也就是对人文科学的范畴进行重新思考？而且我们的人文科学在很大程度上依赖于西方的概念范畴。当然，完成这样的任务会是一个漫长的过程。全球化带来很多改变，中国的实力也日益增强，这些变化都是包括人类学在内的人文科学需要考虑到的，还应该改变政治科学领域的思维方法。

关于天下，我觉得有两个问题。第一个问题是，天下的概念对当下来说是否合乎时宜？第二个问题是，天下概念的外涵和普适性是否有其正当性？上一场Laurent Laffont谈到了五十一个关键词字典的计划，研究梳理五十一个关键概念好像有点多，的确野心不小。这样一本字典尽管做起来要耗费大量的劳力和精力，但这个工作是特别必要和迫切的。

我就讲这么多，期待一会儿进入对谈，和李零先生直接交流。我非常赞赏李先生刚才的演讲，似乎他也意识到了这个任务的必要性。虽然听起来像是一个遥远美好的乌托邦，但其实也是对当前经济、政治、社会形势的一种切实的回应，我们得承担起在全球化背景下拷问概念模式的任务。谢谢各位。

对谈部分

> 主持人：您按时完成了您的演讲，但现在您还有充分的时间可以和李零先生进行对话。你们两位都是博学多才的，所以对话可能涉及很多领域，那么，是不是今天就围绕"天下"这个概念进行讨论，将这个概念作为讨论环节的核心呢？

李比雄：我想再重复一下，我并没有您说的那么博学多才，关于"天下"这个问题知道得肯定也不如李先生多。今天上场之前，我们两人已经见过面，谈过话。我想问李先生一个问题，我们都知道"得天下"是中国文明里历史很悠久的一个概念，但是我想知道，它在当下的中国文化当中有没有什么现实意义？而且当前我们处于全球化这样的背景之下，"天下"是不是仍然有适用性，还可以成为与外国、与西方，比如说与法国对话谈论的主题,而且不仅仅局限于知识分子之间的讨论?

李零:我不是学哲学的,所以我对"天下"这个概念的理解大部分是从历史角度出发。其实,我们从最重要的地理文献,如《禹贡》《山海经》《汉书·地理志》《水经注》等古书看,中国人的天下观是一个很具体的概念。比如学历史的人大概都知道,明清两代有一个很重要的概念,就是所谓中国本部十八省。当时的中国疆域是由本部十八省和四大边疆构成。我们从《禹贡》的描写看,大概到西周或秦汉统一时,九州的概念就已非常接近这个本部十八省。而在世界历史的早期,还有一个疆域范围更大的国家,这就是以伊朗高原为中心,领土包括今伊拉克、叙利亚,以及整个中近东,还有中亚、阿富汗和印度河流域的波斯帝国。波斯帝国的天下很具体,它的领土横跨三大洲,从地中海沿岸可以一直延伸到印度河流域,北部可以延伸到里海、黑海沿岸,南部可以到现在的埃及。只不过很多受希腊文化影响的人有一种根深蒂固的想法:天下不该这么大,这么大的国家让他们觉得不自由。希腊是由上千个城邦组成,古典作家说,希腊是池塘边的蛤蟆。希罗多德本人其实是波斯帝国的公民,他是住在小亚细亚半岛的东端。即使对希罗多德来说,天下也是非常具体的。虽然西方传统认为,这个大一统是亚洲的概念,但是亚历山大的马其顿帝国,还有后来的罗马帝国,也是类似的大一统概念。特别是亚历山大,他的天下干脆就是波斯帝国的天下。希腊化时代的三大王国也是波斯帝国的遗产。所以对我来说,天下是个具体概念,它是在古代文明冲突里形成的世界概念。虽然这个世界的概念比起现在的全球化要小得多。我的理解就是这样,可能不一定对,请您批评。

李比雄:谢谢李先生对波斯帝国概念全面的、整体性的介绍,还提醒我们希罗多德是波斯的臣民,不过他在文化上来说还是希腊人,我想他的心是向着希腊的。当然这个概念恐怕以不同形式存在于不同文化里，很可能我们在希腊文化里也能找到很相似的概念。但是要注意的是，地米斯托克利对将士们说上天不允许"世界"概念的存在，虽然有点放马后炮的嫌疑，但他说的是因为上天没有同意，所以波斯国失败了。我要说的并不是历史上有建立帝国的意愿，不是这样。今天的讨论都不得不将范围扩大到普天之下，不得不从全球化来考虑问题。我想西方现在重新面临这个挑战，虽然在古罗马时期的"帝国"概念和"天下"概念不尽相同，而且西方人在一定程度上也实现了古罗马帝国的扩张，但我要强调的是西方思想一直有这个早期留下的烙印，从古希腊、古罗马时期传承到今天的这样一种对帝国扩张的担忧和恐惧，这是和今天的现实息息相关的。

昨天周女士还谈到，中国的形象可能受到了损害。考虑到当前世界的现实，中国现在是全球第一大或者是第二大强国，这种现实导致了西方人的担忧和恐惧。我并不是说我们有理由感到担忧，但是因为中国文化当中存在的这种"天下"概念，西方人可能会更感到焦虑。也许比起"帝国"的概念，"天下"这种概念更开放，它的目的不是把帝国强加于人，新帝国的皇帝不会欺凌他人。感谢您之前的补充，但我还想重复一遍我的问题，"天下"的概念在今天的现实意义是什么？它在全球化论题上可能的现实性是什么？

李零：您的问题非常好。其实我们讲古代的"天下"概念，也许关心的并不仅仅是古代的问题，因为在全球化的概念下，"世界"的概念可能是不断变化的。刚才您提到中国崛起让别人感到担忧。谁在担心，担心什么呢？我们这个世界，安全是大问题，越是有钱的人或有钱的国家，他们越担心安全问题。我非常奇怪的是，刚才我们谈的是古代文明，同时我在想，为什么这些拥有最辉煌的文明、年代最古老的国家今天却是灾难最为深重的地方？为什么美国用武力重建的伊拉克，每天都在爆炸，死很多很多人？上面提到的国家，没有一个地方安安生生。这些灾难的原因究竟是什么？究竟谁该为这些灾难负责？是不是他们真的威胁到了我们现在这些最文明国家的安全呢？欧亚大陆，俄国最大，中国其次，这个大，是不是就是让美欧各国不舒服的地方，只有解体，他们才能舒服一点？我觉得，这些问题的确值得探讨。这里，如果我们回到前面的问题，想一想波斯帝国的问题，也许对现在的世界会有点启发。波斯帝国征服过两河流域，两河流域的国家，萨达姆的故乡是亚述帝国的中心。亚述对周边国家的征服非常血腥。刚才提到的居鲁士大帝，他采取的办法和亚述不同，非常类似我们中国古代讲的"柔远能迩"，就是征服一个国家，并不是把那个国家的人都杀掉就能够解决问题，而是应该采取你提到的这些文化交流、经济交流、语言交流。波斯帝国有二十多个行省，原来都是语言不同、衣冠不同的民族和国家，波斯波利斯的大平台上万邦来朝，实际上是民族融合的象征。它一方面融合了那么多的文化，像个大熔炉一样，同时又摆不平各个地区间的差异，所以各个地区的叛乱此起彼伏。我记得芝加哥大学东方研究所的一位专家曾说，他作为一个美国人，恰恰感到，波斯帝国碰到的最大问题也许并不像古典作家经常说的那样，而是和当前美国碰到的问题一样。

观众提问

观众一：我是在法国学习历史学的中国留学生，我有几个问题想提给李零老师。首先我感到很荣幸，能够在今天聆听到李零老师的讲座，我也很赞同您对"天下"从历史地理学角度的一种解读，但同时我也认为天下可以从更人文化的角度来解读，就如孙中山先生所说，"天下为公"是一种更包容性的中国人对"天下"的理解。同时，之前我有幸拜读过您关于《论语》方面的论著，就是《丧家狗——我读〈论语〉》这本书，我也很喜欢您对《论语》的一种考据性、权威性的解读。在这本书里您认为，孔子的"三十而立"是孔子对自己人生的一种总结，我的问题是，您对于人生的规划，或者说每个阶段应该达到一个什么样的目标，有什么样的理解？谢谢。

李零：好像很多都是您的感想，具体问题，我只理解了最后一个，就是您提到《论语》里面孔子"三十而立"的那一段话。这一段话，我理解，他是在回顾他自己的一生，他并没说别人要按照他的经历来生活，因为我们每个人并不知道自己能够活多长。他活了七十多岁，在古代算是很长了，像刚才那位王国维先生，他就只活了五十岁，一个只活五十岁的人恐怕不能按照活七十岁的人的人生计划来生活。所以我觉得，恐怕谁也没有一个统一的人生计划可以提供给别人，尤其是我，恐怕没有这样的计划可以提供给大家，对不起。

观众二：刚才二位关于"天下"展开了讨论，我想说一点我的想法。我们是不是可以不要讨论"天下"，而是讨论"宇宙"的概念？"宇宙"和"天下""帝国"不一样，除了地理意义，它的内涵更多是关于美、和谐、哲学和宗教，而天下总是和暴力有关系，包括您刚才提到的人们对帝国衰败的恐惧和忧虑。在中文里，"天下"的用法总是说"打天下""一统天下",很暴力的感觉。所以我建议,今天应该更多地思考"宇宙"这样更有哲学和美学意味的概念。谢谢。

李比雄:我同意您的说法,"宇宙"的概念是哲学的,它也涉及宗教。而且我也理解您刚才所讲的,希望西方能够更多地从"宇宙"角度来接受"天下"的概念。我在这方面很无知,我想即使赵汀阳这样的哲学教授在阐释"天下"概念的时候强调了宇宙空间方面的含义,他的阐释还是从现实考虑的,是把"天下"作为一个有现实意义的概念来考虑,也必然考虑到了您刚才提到的暴力和衰败。我想从这个意图出发的讨论还是很有意义的,因为它可以更新我们的认识,更新人类学、社会科学领域的世界观。但从政治哲学的角度切入,还必须考察这个概念的可行性、对当下世界而言的可能意义。这些问题,虽然不可能马上找到答案,但会促使思想进步,也包括在宇宙学方面思想的进步。的确会有恐惧,新的帝国总是会给人带来对危险的恐惧,所以从政治意味来考察"天下"这个概念还是很有趣的。谢谢。

主持人:最后第七组的讨论也许对于翻译来说是最累的,因为这里涉及很多概念、很多知识,而这也印证了刚才第六组讨论的,为什么人文的东西那么难捍卫。我们今天生活在一个大家都追求比较快、比较容易的世界里,捍卫思想和文化确实非常难,但是我想我们今天这种尝试,这样的中法文化论坛,接着他们刚才的话,就是能够消除人与人之间害怕的一种很好的途径。交流就是要消除这种对陌生性的害怕、对不知道的东西的害怕。而今天,我们生活的这个世界已经有很多了解对方的可能性,所以无论是什么样的概念、什么样的现状,我相信将来的世界都应该比以前更加和平,也能够有更多的交流。

按照西方的说法，上帝在七天内创造了世界。我们的七个讨论肯定无法重新创造一个世界，但是希望这七个讨论给大家抛砖引玉地带来一些思考的可能性。希望大家，不管是中国人、法国人，都能够对这些问题感兴趣，能够有更多的机会去爱对方的文化，这是最重要的。因为只要你去喜爱一样东西，很多东西就会变得非常容易。好，感谢大家，感谢大家的光临。

2014年6月7日

（原载《中法文化高峰论坛》，北京：新星出版社，2016年）